탄성의 시학

수 많은 이야기로 내 상상력을 키워준 나의 어머니,

강연옥 여사께

탄성의 시학

초판발행일 | 2023년 11월 27일

지은이 | 박진임
펴낸곳 | 도서출판 황금알
펴낸이 | 金永馥

주간 | 김영탁
편집실장 | 조경숙
인쇄제작 | 칼라박스
주소 | 03088 서울시 종로구 이화장2길 29-3, 104호(동숭동)
전화 | 02) 2275-9171
팩스 | 02) 2275-9172
이메일 | tibet21@hanmail.net
홈페이지 | http://goldegg21.com
출판등록 | 2003년 03월 26일 (제300-2003-230호)

값은 뒤표지에 있습니다.

ISBN 979-11-6815-067-6-03810

탄성의 시학

박진임 평론집

황금알

머리말

2017년부터 쓰기 시작했던 글들을 정리하여 묶으니 감회가 새롭다. 기억이란 이름으로 되살아나는 시간들, 그리고 거기 스민 우리 삶의 흔적들이 오히려 곱다. 사라져야 할 것은 사라지게 마련이련만 터지려는 비눗방울을 붙들고자 하는 마음처럼 흘러간 것들을 오래 그리워하는 마음, 그것이 시심이리라. 현대시조가 지향해야 할 곳을 모색하고 전망을 밝혀본 글들과 다채로운 시인들의 시세계를 습자지에 베끼듯 가늠해 본 글들을 여기 모았다. 골방에서 혼자 원고지와 씨름하는 시인들의 고독이 속속들이 배어있는 텍스트들을 읽었다. 텍스트는 물결처럼 일렁이고 파도에 쓸려온 유리병 하나를 내가 건지리라는 무모한 결심으로 글쓰기를 계속해 왔고 앞으로도 그럴 것이다.

이 책의 발간은 현대시조를 사랑하는 많은 분들의 정성으로 이루어졌다. 필자의 몫은 극히 적을 뿐이다. 수많은 이야기로 내 상상력을 키워준 우리 어머니, 강연옥 여사와 다정한 가족들, 지혜로운 친구들이 보내준 성원과 격려를 감사의 말로 표현하기에는 힘이 달린다. 재주가 부족한 필자에게 옥고의 해설을 맡겨주신 은혜로운 분들과 언제나 준비된 손길을 내밀어 글쓰기를 부추겨 주신 시인들께 감사드린다. 집필의 공간을 열어주고 격려를 아끼지 않으며, 책의 간행을 처음부터 끝까지 지휘해주신 황금알출판사의 주필 김영탁 시인과 편집진 여러분께 깊은 감사의 인사를 드린다.

2023년 시월 한강을 바라보며

차 례

II. 시인론

III. 오늘 그리고 여기

I.
현대 시조의 흐름 살피기와 내다보기

현대시조 문학계의 현황 점검과 전망
— 2019년 시조단 설문조사 결과를 바탕으로

1. 양해의 말(disclaimer)와 함께 시작하는 글

한국 현대시조문학계를 이끌고 있는 주요 시인들이 참여한 설문조사가 이루어졌다. 조사는 현대시조단의 현황과 문제점을 구체적으로 살펴보고 시조 발전을 위한 방향을 모색하기 위해 실시되었다. 그 설문조사 결과에 반영된 시인들의 목소리를 분석하고 종합한 다음 현대시조의 발전을 위한 졸견을 밝히고자 한다. 시조 시인이 아닌 외부자의 입장에서 현대 시조단을 진단하고 전망을 제시하고자 하는 것이다. 문단의 말석에 자리 잡은 평론가이기는 하나 필자는 시조 장르에 대한 각별한 애정을 갖고 있다. 마치 그 애정을 무슨 권리라도 되는 것처럼 여기며 무모한 시도를 감행하는 것이다. 그러나 다시금 생각해보니 참으로 어려운 과제를 시도하는 것이 분명하여 난감하기도 하다. 이 글을 쓰기 위해서는 반드시 필요한 선행 과제가 있음을 잊고 있었다. 현대시조의 역사는 이제 백년이라고 보아야 한다. 그 백년 동안 현대시조가 스스로 변모하면서 정체성을 확립해 온 과정을 파악하고 있어야 오늘의 현대시조에 대해 어느 정도 말할 수 있을 것이다. 일제 강점기의 최남선, 정인보 시인에게까지 거슬러 올라가 시조부흥운동의 맥락을 파악한 다음, 이병기, 이은상, 조운, 이호우, 이영도, 김상옥, 정완영 시인등으로 이어지는 현대시조의 전통을 다시금 새겨보아야 한다는 것이 대전제인 것이다. 과거를 분명히 이해하지 못한 채 현재를 진단한다는 것은 덕이 되지 못한다. 잘못된 판단은 뒤이어 올 세대에게 오히려 정정해야 할 것을 늘려주고 불필요한 짐을 지우는 것과 마찬가지일 것이다. 그런 역사성에 대한 인식이 충분한지에 대해서도 확신하기 어려우려니와 시조 창작의 현실에 대해서 충분히 인지하고 있는지도 또한 의문이다. 등록회원 4000여 명에 이르는 것이 한국시조시인협회의 규모라고 한다. 그렇다면 오늘날 시조시인들의 작품세계는 폭이 매우 넓고 작품들은 다양한 개성을 드러낼 것임이 분명하다. 그러므로 현대시조의 통시적, 공시적 점검이라는 일은 한 개인이 담당하기에는 너무나 힘들일 것이다.

그럼에도 불구하고 누군가는 거칠게라도 조사 결과를 요약하고 해석을 시도해보아야 할 것이다. 그러므로 이 글에서 필자는 평소 필자가 지녀왔던 시조 장르의 미학에 대한 이해와 평론가로서 시조 텍스트들을 분석해본 경험을 바탕으로 의견을 덧붙이고자 한다. 필자는 학계에서 비교문학자로 훈련받아 왔기에 주로 세계문학의 장을 염두에 두고 현대시조 텍스트에 접근해왔다. 이 글을 쓰면서도 마찬가지이다. 시조문학이 시문학의 한 하위장르이고 시조문학의 대타적 존재가 자유시 장르로 파악되어온 까닭에 흔히 '자유시 혹은 자유시를 쓰는 시인들과 비교할 때 시조나 시조시인이 소외되고 평가절하 되어 왔다'고 말하곤 한다. 필자는 그런 자세가 먼저 수정되어야 한다고 본다. 시를 쓰는 시인들 중에서 자유시를 쓸 줄 몰라서 시조를 쓰는 시인은 없을 것이다. 자유시로는 문학성을 충분히 인정받을 자신이 없어서 시조로 도피한 시인도 물론 없을 것이다. 그렇다면 시조 시인들이 경쟁자로 여겨야 할 대상은 한국의 자유시인들이 아니다. 시조시인들이 염두에 두어야 할 대상, 그들의 독자는 세계문학 독자가 되어야만 하는 것이다. 필자가 시조 텍스트들을 일반 독자에게 소개할 때 듣게 되는 가장 당황스러운 반응이 "시조도 자유시 못지않게 아름답습니다"였다. 말하는 이는 찬사를 의도했겠으나 듣는 이에게는 전혀 칭찬으로 들리지 않았다. 시조는 자유시보다 기본적으로 열등한 존재이다, 그러나 예외적으로 이 시조 텍스트는 그 예술성이 자유시의 수준에 근접한 듯하다는 뜻이 그 말 속에 들어있다고 본다. 자유시가 시조의 경쟁자여야 하는가? 탄산음료 시장에서 펩시콜라의 경쟁자는 코카콜라가 아니라 물이라고 하는 말을 어떤 경영인에게서 들은 적이 있다. 한국 시조의 경쟁자는 한국 자유시가 아니다. 중국 한시도 아니고 일본 하이쿠도 아니다. 전 세계인의 문학적 감수성에 스며들어 공응을 얻어내는 것이 현대시조의 목표가 되어야 한다. 그렇다면 시조의 경쟁자는 세계문학을 구성하는 지구상의 모든 문학일 따름이다.

필자가 장황하게 늘어놓는 이런 이야기는 이 작업의 의미와 비중이 매우 큼에 반하여 필자의 공부가 태부족하다는 자각이 추동하는 부끄러움에서 나오는 것이다. 시조 연구가 학계와 문단에서 동시에 더욱 깊어지고 넓어져서 이 글에 드러날 결락을 속히 메꾸어줄 것이라 믿는다. 필자가 스스로 위로로 삼고자 하는 것은 최근 북한 문학사에서 시조를 연구해 온 경향에 대해 조금 공부하여 정리 발표할 기회가 있었다는 사실이다. 그 덕분에 우리 시조단에서 시조를 대하는 입장을 북한의 시조 이해와 대비하여 점검해볼 수 있게 되었다. 남한의 현대 시조 시인들이 이병기, 이은상, 최남선, 조운등을 문학사적 기여도가 높은 인물로 꼽는 반면 북한에서는 조운을 제외한 인물은 거의 배제하고 있다. 이병기, 이은상, 최남선등에 대한 평가는 아예 등장하지 않는데 거기에는 '친일문제'가 일차적인 원인으로 개입하고 있을 것이다. 고시조 영역에서도 우리 시조단에서는 이조년과 정몽주의 텍스트를 교과서에 실을 만하다고 보고 있으며 황진이, 윤선도, 정철, 이조년, 박인로, 정몽주등을 중요한 시인으로 꼽고 있다. 반면 북한에서는 윤선도, 김립, 박인로, 황진이등의 기여를 높이 산다.

시조를 대하는 남북한 간의 태도 차이에는 남북한의 정치 이념적 차이가 놓여있다고 볼 수 있다. 양 사회체제의 이념 차이는 당연한 것이다. 그러나 중요한 것은 정치 이념 차이보다 오히려 문학 철학, 넓게는 예술 철학의 차이가 양자에게서 확연히 드러난다는 점이다. 북한에서는 민중의 삶에 대한 긍휼을 보여주고 양반 중심의 계급사회에 대한 비판을 보여주며 우국의 정신을 노정하는 텍스트를 중요하게 여긴다. 남한에서는 선명한 갈래를 찾아보기 어렵다. 남한에서는 서정성 강한 텍스트도 높이 평가받고 시어의 우아미를 보여주는 텍스트도 존중받는다. 시조의 내적 형식을 창조적으로 재구성한 시인들의 작품들도 고평 받는다. 그러므로 남한은 다양성을 존중하는 유연한 성격의 시조관을 지니고 있다고 볼 수 있다. 먼저 최남선, 정인보등의 문학사적 기여를 인정하고 더 나아가 이태극, 이우종을 중요한 현대시조시인들로 인정한다는 데에서 작품의 문학성만큼이나 시조 문학의 활성화를 꾀한 문단 활동을 긍정적으로 평가하고 있음도 볼 수 있다. 또한 작품 미학의 문제를 두고서도 다양한 평가 기준을 적용하고 있음을 볼 수 있다.

시조 형식의 본질을 탐색하는 텍스트를 보여주고 형식의 혁신을 도모해 본 장순하등을 고평하고 시조의 주제나 내용에서 현대성을 도입하고자 애쓴 일군의 시인들에 대해서도 좋은 평가를 보여준다. 서정성과 사회성에 천착한 다양한 텍스트들에 대해서도 고르게 높은 평가를 보여주고 있음을 볼 수 있다.

다양성과 유연성의 존중이라는 태도는 매우 값진 것이다. 그러나 동시에 작품을 평가하는 기준에서 눈에 띄게 드러나는 통일성을 찾기가 어렵다면 그 의미를 고민해 볼 필요가 있다. 그것이 시조의 철학 부재로 연결되지는 않는지 의심해볼 수도 있다. 시조의 시조다움이 어디에 있는가? 오늘날 우리 시단에서 자유시가 주도적인 역할을 맡고 있는 상황 속에서 굳이 시조를 통해 우리 시조시인들이 추구하고자 하는 것은 과연 무엇인가? 시조 텍스트에서 효과적으로 드러나는 압축적 심상과 언어의 음악성은 자유시의 결핍을 어떤 식으로 넘어서고 있는가? 시조가 아니면 안되는 그 것, 시조를 통해서만 제대로 온전히 드러날 수 있는 에너지 혹은 사상은 과연 어떤 것인가? 이와 같은 질문들에 대한 대답이 바로 시조의 철학이라는 주제어에 합당한 담론들이 될 것이다. 이번 설문조사에서 보여준 다양한 시각과 태도들이 앞서 언급한 것처럼 기준 없는 것으로 이해되지 않을까 우려된다. 자칫 현대시조단이 시조 철학 확립을 위한 고민과 모색을 결여하고 있는 것으로 해석되지는 않을지 생각해 볼 일이다. 굳이 정치적 이데올로기와 연결된 것일 이유는 없지만 우리가 주장할 만한 통일된 시조철학을 궁리해 볼 필요가 있겠다. 시조의 철학에 대한 질문은 시조의 본질에 대한 질문이기도 하다. 아울러 논의가 계속되고 있는 시조 형식의 규정 문제도 철학을 분명히 한 이후에 적절한 답을 얻을 수 있을 것이다.

2. 설문 조사의 성과와 한계

현대시조 백년사에서 금번의 설문 조사와 같은 의견 수렴은 유의미한 과정이라는 견해를 이미 밝혔다. 최남선, 정인보의 시대, 그들이 생각했던 시조의 모습과 2019년의 현대시조단이 시조라는 이름에 부여하는 의미는 매우 다를 것이다. 이은상, 이호우, 이영도의 시조와도 사뭇 다를 것이다. 국운이 풍전등화이던 시대, 즉 최남선의 시대와 달리 2019년의 한국은 세계 경제 구도에서 경제규모 11위에서 14위 사이를 오가는 부유한 나라가 되었고 그만큼 극심한 사회변화도 거쳐왔다. 김훈 소설가가 밝히듯, 6.25 전쟁 직후 80달러에 불과하던 국민 소득이 이제 30,000달러에 이른다고 한다. 압축 근대화의 70년을 거치는 동안 한국 사회는 세계 역사상 유례가 없는 변화를 함께 겪었다. 그 과정 속에서 민족이라는 상상된 공동체의 동일성을 확보해주는 역할을 상당 부분 담당하면서 현대시조는 성장하고 확장하고 변모해왔다.

그럼에도 불구하고 이 조사는 한계도 분명히 지니고 있다. 현대시조단의 중요한 목소리를 내는 인물들을 중심으로 진행되었지만 약 4만 명의 회원 목소리를 대변하기에는 44명은 충분하다고 보기 어렵다. 설문에 응하지 않은 분들의 이른바, 들리지 않은 목소리들에도 유의해볼 필요가 있다. 더 나아가 문학 창작은 극도로 개인적이며 고독한 작업의 장이므로 공적인 목소리를 내는 것 자체가 문학인 본연의 자세에서 벗어난 것이라는 견해를 지닌 분도 있을 것이다. 의견을 밝히지 않았다고 해서 그분들의 표현되지 않은 견해가 덜 중요한 것은 아닐 것이다.

필자는 설문 응답자들의 등단 연도나 그분들이 함께 활동하거나 교류하는 동인이나 계파에 대해 무지한 편이다. 설문 응답자 중 일부가 등단 연도에 따른 문단 내 위계질서에 대한 비판을 보여주기도 했으므로 그 점에 무지하다는 것이 필자에게는 오히려 잘된 일이라고도 볼 수 있다. 그러나 작품이 보여주는 성숙도와 시적 경향성을 등을 기준으로 살펴볼 때 설문 응답자들의 세대별 분포는 적절한 다양성을 확보한 것으로 보인다. 필자가 설문 응답자의 경력을 정확히 몰라서 다소 부정확할 수도 있으나 응답자들의 분포는 대략 다음과 같았다. 시조단의 인물 구성이 빈약하던 시절, 시조단을 개척하는 역할을 담당하셨던 분들이 네 분 정도, 그 뒤를 이어 본격적으로 텍스트의 다양성을 보여준 세대에서 열 세 분, 그 다음 세대가 열 여섯 분, 그리고 신예에 해당한다고 볼 수 있는 세대에서 아홉 분이 응답한 것으로 보인다. 평론가 두 분은 응답자를 헤아릴 때 제외했다. 배열하면 가운데가 불룩하고 가장자리가 줄어드는 바람직한 종 모양(bell curve)이 만들어질 것 같다. 그러므로 이번 설문조사가 시조단의 기성 세대나 신세대, 혹은 특정 계파에 편향되어 이루어지지 않고 대체로 다양한 시각을 반영할 수 있게 진행되었다고 판단할 수 있다.

3. 전통과 현대성, 그리고 시조의 정체성

수렴된 의견 중에서 시조의 정체성에 대한 문제 제기가 상당수 있었다. 고답적인 정서를 반복적으로 재현하는 것을 시조의 요체라고 생각하는 것에 대한 비판, 시조 텍스트들이 하나 하나 독특한 개성을 보여주지 못하고 유사한 정서나 은유를 반복하고 있다는 비판도 있었다.

시조 장르의 본질에 대한 이해가 많이 부족하다는 의견, 시조가 지닌 언어의 리듬감이 훼손되는 것에 대한 우려, 시조 형식의 혁신이 필요하고 내용에 있어서도 현대성의 요소가 강조되어야 한다는 의견 등도 있었다. 그러한 지적들은 모두 시조의 정체성 문제로 수렴된다고 볼 수 있다. 그 중에서도 시조 장르의 특성 혹은 본질에 대한 이해가 부족하다는 지적은 언필칭 '3장 6구의 균등 4음보'로 시조의 형식을 규정해 온 것을 염두에 둔 것으로 보인다. 그리고 그런 형식의 파괴를 시도하는 신예 시인들에 대한 불만을 토로한 것으로 보인다. 언어의 리듬감 문제도 그 연속선상의 문제일 것이다.

설문조사 문항 중에서는 문학사적 기여도가 높은 인물이 누구라고 보느냐는 질문도 있었고 문학사에 기록될 만큼 완성도 높은 텍스트가 무엇이라고 생각하는지를 묻는 문항도 있었다. 그리고 초,중,고등학교 교과서에 수록하여 가르칠 만한 시조 작품은 어떤 시인의 어느 작품인지에 대한 의견을 묻기도 했다. 이 세 가지 문제는 모두 시조의 정체성에 대한 합의가 우선 이루어질 때 답변이 가능한 성격의 것이라고 본다.

문화의 모든 영역에서 전통과 현대성의 충돌과 융합은 언제나 있어 왔다. 그것은 또 장르의 생존을 위해 필요한 일이기도 하다. 응답자 중 근대성이라는 용어를 사용한 분도 있는데 영어의 모더니티(modernity)의 번역이라는 점에서 그가 의미하는 바는 현대성과 동일할 것이라고 본다. 전통을 무시하면 시조 장르의 존재 의미 자체가 부정되는 것이고 현대성의 도입을 차단하면 장르의 존재 자체가 불안해진다. 어느 분야에서든지 주도적 세력이 있고 소수 세력 또한 그와 함께 존재하게 마련이다. 장르의 역사는 주변적인 것의 주류화 역사라고도 볼 수 있다. 이와 같은 예술사의 흐름을 명백히 이론화한 이들은 러시아 형식주의자들이었다. 낯설게 하기(defamiliarization)라는 개념이 중요성을 갖는 이유가 거기에 있다. 한국문학사의 맥락에서 살피자면 조동일이『한국 문학 통사』를 쓰면서 기조로 삼은 바도 바로 낯설게 하기의 전개과정이었다. 문학사의 주도적 장르가 어떻게 변천해 왔는가를 근거를 들어가며 설명한 것이다.

그렇다면 현대시조의 영역에서 전통의 범주는 어떻게 규정되고 현대성의 허용범위는 어디까지라고 보는 것이 적절할까? 우선 시조 형식의 문제에 있어서 3장 6구로 구성된 균등 4음보의 형식이라는 정의는 새로이 연구되어야 한다고 본다. 사실 이는 국문학계에서 학자들이 자료 확인과 이론적 검증을 통하여 먼저 정리해두었어야 하는 바라고 생각한다. 국문학계가 보여준 시조에 대한 무관심의 결과로 현대시조단이 그 고민을 떠안고 있는 셈이다. 민병기의 지적대로 시조, 특히 현대시조는 고전문학의 영역에서도 현대문학의 영역에서도 동시에 배척된 장르가 되어 버렸음은 매우 유감스러운 사실이다.

현재까지 정리된 바로는 시조의 기본 형식은 3.4 혹은 4.4의 음수율을 중심으로 한 것이고 4음보 혹은 4율마디로 불리는 4박자의 리듬감을 지닌 것이다. 북한 문학사에서도 남한에서와 마찬가지로 3.4조나 4.4조를 중심으로 한 3장 6구 형식이 시조의 기본적인 형식이라고 보고 있다.

그러나 필자는 3.4의 자수율이나 4마디 리듬감이 시조의 필수 요건이라는 두 가지 점에 모두 의문을 품고 있다. 더 많은 연구가 진행되면서 시조의 형식적 규범이 분명해질 것을 기대해본다. 인공지능(AI)의 발달이 향후 십 년 이내에 이를 가능하게 해줄 것이라고 본다. 수집 가능한 모든 고시조 작품을 입력하면 시조를 구성하는 글자 수와 리듬의 전형이 도출될 것이기 때문이다. 북한에서는 김하명 원사박사교수가 『시조집』을 발간하면서 고시조 대표작들을 집적한 바 있다. 남한의 고려대학교 김흥규 교수 팀이 십 년 이상 연구 인력을 투입하여 『고시조 대전』을 편찬한 것은 고시조 연구의 매우 중요한 결과물이라고 본다. 조만간 남북한 학계의 공조 작업이 이루어진다면 남북한 시조 연구의 결락 부분을 메울 수 있을 것이다. 인공지능의 역할에 더하여 기록물의 남북 공조까지 이루어지면 시조 연구의 장은 활성화될 것이다. 현대시조단이 그 연구 결과를 누리며 형식상의 문제를 쉽게 넘어설 수 있을 것이라고 본다.

충분한 자료 검토가 이루어지지 않은 상태에서 필자의 의견을 굳이 제시한다면 다음과 같다. 시조의 핵심은 자수율에 있다고 보지 않는다. 그보다는 3장의 구조로 전개되는 시상의 구조적 특성과 간결하고 선명한 이미지와 전언에서 시조의 핵심을 찾아야 한다고 본다. 글자 수가 흔히 3,4조 혹은 4,4조로 등장하는 것은 정병욱의 주장처럼 2음절과 3음절어가 대부분인 한국어의 음절 특성에 따른 자연스러운 현상에 불과한 것이다. 글자수는 시조 형식의 제약으로 작동해서는 곤란할 것이다. 4음보론에 대해서도 의심하고 있다. 지면 관계상 3장 6구 4음보라는 시조 형식 기준에서의 일탈을 보이는 고시조 작품들을 열거할 수는 없지만 『해동가요』『가곡원류』 등에 수록된 텍스트들을 검토하면 3음보격으로 보아야 하는 구절을 포함하는 시조 작품들도 많다.

그렇다면 현대시조의 장에서도 자수율이나 4박자 리듬감에 대한 기준을 완화하고 형식적 제약에 너그러운 태도를 보이는 것이 필요할 것이다. 몇 백년 역사를 지닌 고옥을 보존하는 도시재생사업이 이제야 우리나라에서도 진행되고 있다고 한다. 유럽에서 13-5세기에 닦은 길이나 그때 지은 건물들을 보존하는 방식을 통해서 전통을 유지하는 방안에 대한 지혜를 얻을 수 있다. 핵심적인 요소들은 남기고 나머지는 모두 새것으로 대체할 때 전통의 보존이 가능하다. 가옥이라면 기둥과 대문, 대들보만 남긴 채 벽과 내부를 모두 바꾸어도 전통미를 거기에서 느낄 수 있다. 중국이 서양 세력의 도전 앞에서 중체서용(中體西用)사상으로 국가 운용의 방향을 잡았던 것도 상기해 볼 수 있다. 한학자 이가원은 전통과 현대성은 7:3 정도의 비율로 섞이는 것이 바람직하다고 이른 바 있다. 현대시조단이 새로움의 요소를 열린 마음으로 받아들이면서 동시에 전통의 아름다움을 지켜갈 수 있으리라 믿는다.

4. 시조 장르의 대중화와 시조 교육

한국문학사에 기록될만한 시조 작품에 대한 의견을 묻는 것과 초, 중, 고교 교과서에 수록되기에 적합한 작품들을 묻는 것은 약간의 차이는 지니지만 일맥상통하는 질문으로 보인다. 현대시조의 발전에 기여한 작품들은 단연코 예술적 완성도가 높은 것들이어야 한다. 그런 작품만이 오래 기억될 수 있다. 그런 우수한 시조 작품들이 학생들의 문학 교육에 이용되는 것도 매우 바람직한 일일 것이다. 다만 교육의 관점에서는 학생들의 정서적 성숙도와 그들의 언어 구사력의 수준을 반영하면서 문학 교육을 행해야 하는 까닭에 교과서에 수록될만한 작품들이 반드시 예술적 완성도로만 결정될 문제는 아닐 것이다.

설문조사 결과는 시인의 문단 기여도와 창작품의 완성도가 혼재되어 있는 것을 보여준다. 시조단에서는 시인의 창작 외적 기여를 어떻게 평가할지에 대한 합의가 있어야 한다고 본다. 작품과는 별도로 시조단의 발전을 위하여 시인이 공헌한 바를 어떤 기준으로 반영할지에 대해 기준을 정하면 좋겠다는 뜻이다. 현대 시조 발흥기의 최남선, 정인보가 보여준 시조 사랑은 문학사적으로 매우 중요한 것이다. 그러나 그들의 시조 작품이 반드시 고평을 받아야 하는지, 더 나아가 학생들에게 교육할 만한 것인지는 재고해볼 필요가 있다. 그 점은 이후 세대의 이은상, 이태극, 박경용, 이우종, 정훈등의 경우에도 마찬가지이다.

교육의 관점에서 고시조를 생각할 때에도 같은 문제가 제기된다. 정몽주나 박인로의 작품을 교육하여 기대할 수 있는 효과는 무엇인지 생각해볼 것은 물론이고 역효과는 어떠할지도 고려해볼 수 있을 것이다. 정몽주와 박인로는 북한 문학사에서도 중요하게 다루는 인물이다. 북에서는 정몽주가 보여준 윤리 의식을 높이 사고 박인로 작품에 표현한 사회적 약자에 대한 배려도 고평한다. 그러나 우리 남한 문학의 장에서 정몽주와 박인로가 중요하게 다루어져야 하는 이유는 검토해볼 필요가 있다고 본다. 정몽주의 「단심가」를 문학적 완성도 높은 작품으로 볼 이유는 없지 않은가? 1960년대 이후 박정희 정권이 강조한 충효사상을 교육받고 이를 내재화한 세대의 자동 반사 작용이 정몽주를 기리게 만드는 것은 아닌지 궁금하다. 마찬가지로 현대시조의 장에서 이은상의 「고지가 바로 저긴데」나 최남선의 『백팔번뇌』, 정인보의 「자모사」등을 기억해야 한다는 주장도 재고해 볼 문제이다. 정몽주, 최남선, 정인보를 주요 현대시조시인으로 꼽고 있는 설문 결과를 앞에 두고서 필자는 우리 문학계에도 깊숙이 스며든 국가주의 혹은 민족주의 (nationalism)의 위력을 느낄 수 밖에 없다. 정인보의 사모곡으로 대표되는 가족애의 정서도 민족주의의 우산 아래에 든다고 볼 수 있다. 물론 어머니에 대한 사랑의 정은 인류 보편적인 것이다. 그러나 희생의 어머니를 강조하는 전통은 이제 청산될 필요가 있지 않을까. 정인보, 최남선, 이은상등의 기여를 충분히 기억해야 한다는 것은 재론의 여지가 없다. 그러나 그들의 작품이 현대시조의 대표작으로 교과서에 등장하고 학생들이 그 작품들을 접하게 된다면 '현대시조는 시대착오적인 장르'라는 일반인들의 편견을 오히려 강화하게 되지 않을까 우려된다.

필자는 1960년대 이후 우리 초등 교과서의 변화가 우리 문화 전반에 걸쳐서 격조의 후퇴를 불러왔다고 믿는 사람이다. "어머니 어머니 우리 어머니, 아버지 아버지 우리 아버지"로 시작하던 초등 1학년 교과서의 첫 페이지가 "나 너 우리 우리나라 대한민국"으로 바뀐 이후 민족주의가 기승을 부리고 국민 정서가 건조해지고 우리말이 거칠어졌다고 믿는 사람이다. 필자는 중학교 교과서에서 이은상의 「고지가 바로 저긴데」와 이태극의 「삼월은」을 읽으며 의아해했던 기억을 아직도 강하게 갖고 있다. 이태극의 「서해상의 낙조」에도 "물이 끓는다"와 "끓는 물"이라는 중복된 이미지가 한 텍스트에 겹쳐서 나타나고 있다. "어허, 아차차"와 같은 감탄사가 반드시 등장해야 하는지 의아하다. 그 감탄사는 3.4조 형식을 의식하여 동원된 표현은 아닌지 의심스럽기도 하다. 이태극이 척박한 시대의 열악한 문화적 분위기 속에서 『시조문학』을 창간하고 유지하며 추천 제도를 통하여 수많은 시조 시인들에게 활동의 장을 열어준 공로는 오래 기억하고 기려야 할 덕목임에 틀림없다. 그러나 문학성의 평가가 작품을 벗어난 활동에 영향을 받아서는 곤란할 것이다. 시조단에의 기여도와 무관하게 그의 작품들이 문학사에 기록될만한 것이라고 시조단이 평가하고 있다면 그것은 뜻밖의 일이다. 정훈의 시조 "나랑 앞에서 끌게 엄니랑 뒤에서 미셔유"로 시작하던 작품도 너무나 읽기가 힘들었다. 그래서 필자는 그 시인의 이름을 아직도 기억하고 있다. 오늘의 현대시조단이 이룬 엄청난 문학적 성취들을 뒤로 하고 전면에 내세울만한 작품인지 다시 생각해보았으면 좋겠다. 정완영의 숱한 수작들을 제끼고 「조국」을 그의 대표작 중의 하나로 꼽아야 하는지도 의문이다. 1960년대와 70년대의 군사 정권하에서는 조국 사랑 이데올로기가 중요하였다. 그래서 현대시조 작품 중에서도 그 이데올로기에 부합하는 작품을 찾아 기리고자 했을 것이다. 그러나 이제는 많은 것이 바뀌었다. 국가 간의 장벽이 그동안 지녀오던 의미가 약해지면서 민족의 개념 자체가 도전을 받고 있다. 현대시조시인들 중에는 영어의 알파벳이나 영어 표현을 자유롭게 동원하여 창작하는 이들도 늘어나고 있다. 그런 변화 속에서 「조국」에 드러나는 "서러움"과 "달"을 여전히 노래하는 것이 지닐 함의를 더욱 살펴보았으면 한다. 이우종의 「산처일기」에 드러나는 "두메산골"이나 "국화주 빚어야지"가 불편한 것도 마찬가지 이유에서다. 박경용의 「도약」의 작품성에 대한 평가는 다양할 수 있겠다. 그러나 그 작품 속에 지나치다 싶을 만치 빽빽이 들어찬 이미지들이 "현대시조는 난해한 것"이라는 일반인의 편견을 역시 강화하지 않을지 질문해볼 필요가 있을 것이다.

한편, 그 밖의 추천작들은 강한 개성을 지닌 채 문학적 우수성을 잘 드러내는 작품들이 대부분이었다. 현대시조단이 이룬 가작의 열매들이 풍성하다는 사실이 이번 설문조사 결과를 통해 확인되었다. 시인들이 추천한 대부분의 작품들이 내용과 형식에서 다양한 방식의 미학들을 구현하고 있음을 확인할 수 있었다. 현대시조의 발전과정이 확연히 드러나고 시조의 미학이 지속적으로 정교하게 다듬어져 온 점을 조사 결과가 반영하고 있다. 현재까지 집적된 다양한 주제와 소재, 그리고 새로운 창작기법이 더하여 지면서 현대시조의 미래가 밝을 것이라고 생각한다.

5. 시조단 내부의 위계질서와 도제적 문화 문제

설문조사에서 적지 않은 수의 응답자가 시조단 내부의 위계질서를 문제시했다. 등단년도 혹은 시조단에서의 활동 연륜에 따라 시조시인들 간의 위계질서가 엄격히 존재한다는 것을 지적하였다. 스승인 원로 시인을 정점으로 하여 제자들 세대의 시인들에 의해 구축된 도제적 전통의 문제점도 그 연장선상에서 언급되었다. 이와 같은 위계질서와 도제적 문화의 문제는 시조문학상과 관련된 불만들과 긴밀히 연결되는 것으로 보인다. 시조단 내부의 위계질서와 도제적 문화가 지속되는 한 그런 질서와 문화는 문학상 수상자의 심사과정에 반영될 수 밖에 없다고 본다. 이와 같은 점들은 시조단을 경직되게 만들고 시조단 발전에 걸림돌이 된다. 그러한 사실을 시인들이 인지하고 그에 대한 우려를 표명한 것이라 볼 수 있다.

작품도 창작자가 있어 생산되는 것이고 창작자는 기계가 아닌 사람이므로 사람들 사이의 친소관계나 은원관계는 일정 부분 창작의 장에서, 또 그 창작물에 대한 평가의 장에서 작동할 수 있을 것이다. 그러나 시조단 내부에서 이와 같은 점이 지적된다는 것은 매우 안타까운 일이다. 시조단이 한국현대문학사에 끼친 지대한 영향에도 불구하고, 또한 시조시인들이 가지고 있는 예술가로서의 자부심에도 불구하고 한국 문학계에서 현대시조의 위상은 매우 부적절하게 초라한 것이 현실이다. 이번 설문조사에서 학생들의 교과서에 시조를 많이 수록해야 한다는 의견과 그 목적을 위해 적합한 작품들을 고르는 작업이 큰 비중을 차지했다는 점에서도 그 점을 확인할 수 있다. 일반 독자에게 시조가 매우 소원한 문학장르라는 것, 그리고 그것이 한국문학계의 손실로 이어진다는 점에 대해 시조시인들이 모두 동의하고 있다. 그렇다면 이런 시조단 내부의 불합리한 경직성은 하루 속히 불식되어야 할 문제일 것이다. 위계 질서에 의해 시인들이 자신들의 의견을 자유롭게 개진할 수 없다면 그런 분위기는 시조단의 전망을 어둡게 만들 것이다. 그리고 몇 원로시인을 중심으로 시조단 내부의 소그룹들이 형성되고 각 그룹 간에 벽이 생긴다면 그 또한 시조단 내부의 손실일 뿐 아니라 궁극적으로는 시조단의 힘을 약화시키는 결과를 가져올 것이다.

조직을 이끌고 매체를 만들어 운영하고 그리하여 시조시인들로 하여금 보다 나은 창작 환경에서 작품 생산에 매진하게 돕는 일은 기려 마땅한 일이다. 그러나 무엇보다도 중요한 것은 작품 그 자체가 되어야 한다. 시조단 내에서의 연륜 때문에 새로운 세대가 발언보다는 침묵을 선택하는 일은 개선되어야 할 문제라는 것이 통일된 목소리이다. 그런 문화가 개선되지 않는다면 시조단 자체가 고답적인 그룹이 되거나 현재에 만족한 채 발전을 모색하기 어렵게 될 것이다. 도제적 문화 때문에 시조단 전체의 방향이 좌우되는 것도 마찬가지 이유에서 지양되어야 할 문제이다. 이와 같은 인식의 공감대가 이루어졌다면 이제 남은 문제는 고양이 목에 방울을 다는 일이다. 분위기의 개선은 점진적으로 이루어질 것이다. 시조단 내부에서 의견의 다양성을 존중하고 탄력적 태도를 추구하기를 갈구하고 있기 때문이다.

6. 문학상의 운영 문제

설문 조사에서 시인들이 문학상의 문제에 대해 지적한 바는 문학상 심사에서 이른바 '내 편'을 수상자로 내정해두거나 결정하는 일이다. 아울러 동일 인물이 다양한 상들을 다수 수상하게 되는 경우가 많고 그런 점이 수상에서 제외된 시인들에게 좌절감과 소외감을 느끼게 한다는 점도 지적되었다. 그런 문제점 또한 시급히 개선되어야 할 점이라고 본다. 문학상 제정의 취지에 맞게 작품 자체의 미학이 수상자 혹은 수상작 결정의 유일하고도 합당한 근거가 되어야 할 것이다. 사제간의 인연, 출신 지역에 따른 편향성, 문단 활동에 있어서의 은원 관계등이 문학상 운영에 개입한다는 것은 다시 한번 시조단 전체의 손실이며 동시에 대외적으로 시조단의 위상을 추락시키는 결과를 낳을 것이다.

특히 몇몇 주요 문학상의 수상 작품들은 현대시조에 대한 일반 독자의 인식에 지대한 영향을 미치게 된다는 점을 상기할 필요가 있겠다. 문학상의 의미가 바로 그 점에 있다고 보아도 과언이 아닐 것이다. 문학상에는 훌륭한 작품을 생산한 창작자에게 수여하는 공로상의 성격도 없지는 않겠다. 그리고 창작자의 창작 의욕을 고취한다는 점도 문학상의 부수적 역할일 수 있겠다. 그러나 문학상은 일차적으로 일반 독자에게 문학 작품을 읽어볼 동기를 부여하는 역할을 담당한다. 노벨 문학상 수상 작품이나 맨 부커(Man Booker)상 수상작품은 책으로 나오면 곧바로 베스트셀러가 된다. 문학에 그다지 관심이 없던 일반 독자들도 최소한의 교양을 얻기 위해서라도 세계적으로 유명한 문학 작품은 읽고 싶어 하기 때문이다. 이는 국내 독서 환경에서도 마찬가지이다. 소설계의 대표적인 문학상인 이상문학상은 경영난을 겪고 있는 문학사상사에 수익을 안겨다 주는 공신이라는 말을 어느 소설가에게서 들은 적 있다. 어떤 이는 이상문학상 수상작품들이 십여년 전부터 예전 같은 감동을 주지 못해 더 이상『이상문학상수상작품집』을 읽지 않는다고 말하기도 했다. 상의 권위를 만드는 것이 무엇인지, 그리고 구축하기도 어려운 그 권위를 훼손하는 것은 무엇인지 문학상 심사에 임하는 모든 사람이 깊이 생각해보아야 할 것이다.

시조단의 경우로 돌아와 생각해보자. 문학상 수상 작품들은 일반독자의 시조에 대한 관심을 유발하거나 이미 관심 가진 독자의 애착을 증폭시킬 수 있는 구실을 담당할 것이다. 수상 대상자가 오랜 시간을 두고 보여준 작품들의 균질적인 우수성도 수상자 선정에 있어서 고려의 대상이 될 수 있다. 그러나 무엇보다도 염두에 두어야 할 것은 그 수상작들이 일반 독자들에게 직접 현대시조의 성취를 선전하고 현대시조의 매력을 증명하는 존재가 될 것이라는 점이다. 삼천만 일반 독자, 통일될 경우를 생각하면 오천만 일반 독자가 자신들에게 감동으로 다가오는 동시대 현대시조 텍스트를 접하게 되고 반응한다면 현대시조 독서 인구가 쉽게 늘어날 수 있을 것이다.

심사의 방식에 대해서는 설문조사에 해당 항목이 없었다. 그러나 여기에서 제안하고자 하는 바가 있다. 심사자 선정과 심사 대상의 문제에 대해 이야기하고자 한다. 심사자는 대조적인 시조 문학관을 가진 것으로 보이는 심사자들이 섞여 있어야 한다고 본다. 3인 이상의 홀수로 구성된 패널이라면 더욱 좋을 것이라고 생각한다. 정반합의 의견 수렴과정이 3인 이상의 심사원들을 통해 가능해질 것이다. 심사자 선택에 있어서는 가능한 한 다양한 배경을 지닌 사람들이 고루 안배되어야 한다고 본다. 심사자의 문단 활동 경력, 성별, 출신 지역, 문학관 등에서 다양성이 많이 확보되면 될수록 현대시조단에 유익할 것이다. 문학관의 문제를 먼저 들어보자. 특정 심사자가 시의 서정성을 중요시하는지 사회 참여적 성격을 중요시하는지, 혹은 기법의 혁신성을 우선시하는지 살펴서 다양한 시각이 반영되도록 하는 것이 바람직하다. 성별의 문제도 가벼이 여길 수 없다. 현대시조단의 구성에 있어서 여성 시인이 3분의 2 이상을 차지하고 있으므로 여성 시인들 특유의 감수성과 세계관에 대해 충분히 이해하고 감응할 수 있는 심사자가 필요하다고 본다. 여성의 언어와 남성의 언어가 함의나 발화방식에 차이를 지니고 있다는 주장이 학계의 다양한 부문에서 제기되고 있다. 페미니즘 문학론에서만 그러한 것이 아니다. 그 주장의 타당성 여부는 연구 결과가 집적되어가면서 확인될 사항이나 현대시조단이 여성 시인의 특수성에 관심을 보이는 것은 바람직한 덕목이라고 본다.

문단 활동 경력을 고려할 때에는 보다 탄력적인 자세가 필요할 것이다. 다양한 세대의 심사자가 함께 결정에 임한다면 문화의 세대 차이를 일정 부분 반영할 수 있다는 장점이 있다. 그러나 현실적으로 위에 든 바와 같이 시조단 내부의 위계질서가 확연히 존재한다면 기성세대 시인의 목소리가 심사과정을 압도할 우려도 있다. 이 점은 더욱 논의되어야 할 부분이라고 본다.

출신 지역의 문제를 제기하는 것은 일찍이 타개되었어야 할 지역감정에 민감히 반응하자는 의미가 아니다. 정치적, 사회적으로도 지양의 대상인 지역감정이 문화계에서 작용하고 있다면 이는 개탄해 마지않을 일이다. 현대시조의 발전과정에서 지역적 특색이 반영된 부분이 있고 작금에 이르러서는 그런 특색들이 현대시조단 내부에서 변별적인 경향성을 보여주고 있다고 본다. 이를테면 1950년대부터 1970년대에 이르기까지의 시기를 비추어 볼 때 한국전쟁 피난시 부산에서 시작된 시조 계승 운동이 있었고 1960년대에 이르러 경남 서벌, 박재두 중심의 율동인 계보, 전남 송선영 중심의 영산강 계보, 대전 중부권의 황희영 중심의 청자 계보, 경북 이영도, 이호우 중심의 죽순 혹은 낙강 계보 등의 문학적 전통이 단속적으로 유지되어 왔다는 사실을 고려해볼 수 있다. 그 각 경향성의 특수성을 포괄하는 것이 바람직할 것이다. 세대, 성별, 문학관의 다양성을 존중하는 것과 유사한 맥락에서 출신 지역(혹은 문학적 훈련과정에서 형성된 경향성이라고 불러도 좋을 것이다)의 다양성도 존중하자는 뜻이다.

심사 대상을 시인이 발표한 개별 작품으로 삼지 않고 그해에 간행된 시집으로 삼는 것에 대해서도 재고할 필요가 있다고 본다. 열심히 창작하고 이를 시집으로 묶는 것은 장려할 일이지 백안시할 일은 아닐 것이다. 그러나 ARCO등에서 지원금을 주어 창작을 격려할 때 그 요구사항이 시집 출간이라는 결과물의 제시에 있음을 기억해보자. 현대시조단이 거기에 거들어 시집 출간을 장려하는 것이 바람직한 일인지 생각해볼 일이다. 신념을 지닌 시인 중에는 과작을 숭상하는 이도 있고 시집의 형태로 창작의 결과물을 내는 것보다는 창작 자체에 더욱 몰두하는 이도 있다. 심지어 경제 사정이 좋지 않아 책을 자주 간행하지 못하는 시인도 있을 수 있다. 중요한 것은 시인들이 발표한 작품의 문학적 완성도라고 본다. 개별 시조 작품이 아니라 시집에 상을 주는 것은 그런 이유로 다시 생각해보았으면 한다. 이영도는 생애 160여 편의 시조를 썼을 뿐이다. 한국현대시사의 대표적인 인물인 소월도 간행한 시집으로 평가한다면 위상이 흔들렸을지도 모른다.

　심사의 방식에서 백수문학상의 경우처럼 창작자의 정체성을 가려 둔 채 심사하는 블라인드 심사 방식도 바람직하다고 본다. 현대시조단의 특성상 작품 한두 줄만 읽으면 누구의 작품인지 알아볼 수 있을 확률이 높지만 그래도 공정성을 지키고자 하는 좋은 태도라고 본다. 심사자 구성의 면에서 현재 중앙시조대상의 경우처럼 두 명의 시인과 한 명의 평론가가 심사하는 방식이 바람직하다고 생각한다. 거꾸로 서로 다른 문학관을 가진 두 명의 평론가와 한 명의 시인이 심사에 참가하는 것도 의미가 있을 것이다. 시인들은 시조단 내부의 현실을 잘 이해하고 창작의 실제 경험을 바탕으로 하여 바람직한 현대시조의 모습을 제시할 수 있는 장점을 지니고 있을 것이다. 반면 스스로 시조단의 일원이므로 시야가 다소 한정적이거나 시조단 구성원들 사이의 관계 문제에 예민할 수 있다는 점이 우려 사항으로 작용할 것이다. 평론가는 시조단 내부 사정과 무관하게 객관적인 입장에서 작품 평가에 임할 수 있고 대체로 문학이론 훈련을 오래 받았다는 강점을 활용하여 전지구적 시각에서 작품을 대할 수 있다. 즉 세계문학의 틀 안에서 한국현대시조를 점검하고 전망을 제시할 수 있다. 반면 작품의 내적 미학에만 치중하게 됨으로써 작품들 사이의 상호 영향 관계 등에 둔감할 위험도 있다. 그러므로 시인과 평론가가 적절히 안배된 심사자 구성이 바람직하다고 생각한다.

7. 평론과 평론가의 문제

많은 시인들이 평론가가 평론 본연의 임무 중의 하나인 비판에 등을 돌린 채 칭찬과 덕담만 일삼는, 이른바 주례사비평에 몰두한다는 점을 지적했다. 혹자는 시인의 특성을 발휘하여 "죽비는 없고 주례사만 있다"고 은유적으로 표현하기도 했다. 스스로 평론가의 직함을 걸고 글을 쓰는 필자가 현대시조 평론가들의 입장을 대변할 수 있지는 않을 것이다. 그러므로 여기서는 필자 자신의 견해만 밝히고자 한다.

필자는 평론가는 시인을 거드는 사람이라고 믿는다. 판소리 완창을 즐겨 보는데 4시간이 넘도록 관객을 웃고 울리며 흥보가나 심청가를 완창하는 이는 소리꾼이다. 그런데 소리꾼이 고수 없이 소리 하는 것을 보지 못했다. 고수가 네 시간 내내 붙어 앉아 소리꾼과 호흡을 같이 해야 한다. 소리가 잦아들면 북소리로 감추어 주면서 동시에 북돋아 주어야 하고 소리가 절정에 이르면 잠시 쉬어 거기가 절정임을 깨닫게 만든 다음 다시 북을 울려 내리막을 재촉해야 한다. '얼씨구 좋다' 하는 추임새가 적절히 개입해야 하는 것은 두말할 나위도 없다. 소리꾼이 기량이 달린 것처럼 보인다고 해서 고수가 대신 소리를 메워줄 수 없다. 소리꾼이 아니리를 잊어버렸다고 해서 고수가 북채로 그를 한 대 칠 수도 없다. 그리고 판소리 청자가 사랑하는 것은 소리꾼이지 고수가 아니다. 판소리가 관객에게 기억될 때에도 임방울의 춘향가라거나 박봉술제 흥보가로 기억된다. 고수가 누구였는지는 기억할 이유가 별로 없다. 물론 필자는 송순섭 명창을 자주 동반하는 박근영 고수를 기억한다. 고수가 북을 칠 때에는 그처럼 능수능란하게 북채를 갖고 놀아야 한다고 생각하며 박근영 고수처럼 시인이 탐내는 시조 평론가가 되고 싶다는 꿈을 꾼다.

그러므로 평론가란 한편으론 쓸쓸하기 그지없는 존재이다. 독자는 시를 읽고 싶어할 뿐이다. 해설에 주목하는 일이 거의 없다. 그럼에도 불구하고 평론가는 필요하다. 시는 최고로 정교한 언어 표현의 결과물이기 때문이다. 일반 독자가 그 정교함을 바로 파악하는 것이 쉬운 일이 아닐 수 있다. 예술이론의 조명 속에서 혹은 문학사의 맥락 속에서 작품의 의미가 제대로 드러나는 경우도 많다. 전문가의 시각이 필요한 것은 그 때문이다. 평론가가 적절히 조명할 때 숨은 뜻이 제대로 밝혀지기도 한다. 미술계의 큐레이터와 이야기한 적이 있는데 평론가로서 큐레이터와 깊은 공감을 나눌 수 있었다. 조각가 쟈코메티 작품의 한국 전시회에서 필자가 큰 감동을 받은 것은 큐레이터 때문이었다고 생각한다. 큐레이터가 작품을 전시할 때 효과적으로 잘 진열하였다. 더나아가 쟈코메티의 삶의 파편들을 작품들과 함께 배치하여 작품에 대한 이해를 도와주었다. 즉 궁극적으로 훌륭한 것은 쟈코메티의 작품들이었지만 그 작품들의 아름다움이 충분히 드러날 수 있도록 하는 데에는 큐레이터의 안목과 결단이 크게 기여한 것이었다.

작품의 매혹에 이끌려 받아쓰기하듯 자연스럽게 쓰는 글이 평론이어야 한다고 믿고 있다. 필자의 경우 늘 그래 왔다고 자랑스럽게 말할 수 있다. 작품의 미학에 동의하지 않으면서 공허한 미문을 동원하여 작품의 가치를 드높이고자 하는 이가 있다면 그의 글은 주례사가 아닐 것이다. 주례사가 아니라 매문(賣文)이라고 불러야 마땅할 것 같다. 아직 경력이 짧은 평론가라서 가능한 일이었는지는 모르겠으나 필자에게는 매문할 일은 없었다. 작품이 직접 말을 걸어온다고 느껴지지 않을 경우, 시인에게 실례를 무릅쓰고 기다려 달라고 부탁한 적은 더러 있다. 그 경우에도 작품이 기대에 못 미친다는 뜻이 아니라 공부가 부족하여 시간을 벌고 싶다는 뜻을 표한 것이었다. 처음엔 무심한 듯 지나쳤던 작품들인데 몇 년 뒤에 읽으니 속속들이 사무치게 마음을 움직이는 작품들도 더러 있었다. 지금 특정 평론가에게 공감을 덜 주는 텍스트가 영원히 그러할 이유는 전혀 없다고 본다. 시인의 시세계가 끊임없이 변모하는 것처럼 평론가의 시각도 세월과 함께 깊어지고 넓어지는 것이다. 그러므로 아름다운 것을 아름답다고 하는 일은 즐겁고도 흔쾌히 자주 한다. 지금 아름답지 않게 느껴진다고 해서 반드시 그렇다고 말해야 하는 것인지는 모를 일이다. 그런 비판 혹은 지적이 누구에게 도움을 줄 것인가? 평론가로서 누군가를 언급하지 않는다면 그것이 바로 그 시인에 대한 비판이다.

소설 평론을 주로 하는 권성우 평론가는 평론가가 비판도 해야 한다고 주장한다. 작품집의 해설을 읽어보면 매우 좋은 작품들이 수록되어 있는 것 같은데 그 해설을 믿고 작품을 읽어보면 그렇지 않아 실망스러워하는 독자가 더러 많다고 한다. 그런 일이 반복되면 독자는 평론을 신뢰하지 않게 될 것이라고 그는 경고한다. 필자도 동의한다. 작품의 가치를 부풀리는 평론은 평론 자체의 존재 의미를 훼손하고 결국은 평론과 평론가의 소외를 자초할 것이다. 그러므로 작품을 객관적이고도 엄정하게 대하려는 자세는 늘 필요할 것이다. 그러나 평론가가 죽비를 들어 누군가를 칠 수 있는 존재라고는 믿지 않는다. 숨어 있는 명창의 재능과 의욕을 북돋우는, 소리꾼을 위한 북채는 들 수 있다고 본다.

죽비를 드는 존재는 스스로 다른 수행자보다 도(道) 혹은 법(法)에 한 단계 더 근접해 있다고 믿는 자일 것이다. 학문과 종교의 영역에서는 그런 죽비가 가능하고 필요할 수도 있겠다. 학문이나 종교의 진리는 그것이 실체로서 존재하는 것이라는 믿음에 근거를 두고 있을 것이다. 그러나 문학이라는 예술은 학문이나 종교의 영역과는 분리된다고 생각한다. 모두가 과정 중에 있고 모색 중에(on trial, in process) 있다. 문학 이론가 쥴리아 크리스테바가 시적 언어의 특징으로 든 것이 바로 과정 중이라는 점이다. 서로 부축하여 나갈 뿐이다. 공자는 지지위지지 부지위부지 시지야(知之爲知之 不知爲不知 是知也)라고 했다. 아는 것을 안다고 하고 모르는 것을 모른다고 하는 것, 그것이 아는 것이다. 필자는 이렇게 말한다. "아름다운 것을 아름답다고 하고 아름답지 않은 것을 그냥 스쳐 지나간다. 그것이 평론이다."

8. 현대시조단에 바란다.

방탄소년단의 인기가 세계를 휩쓸고 있다. 1960년대 비틀즈의 인기를 능가한다고 한다. 김연아, 박세리 등의 스포츠 스타가 세계인의 사랑을 받고 있다. 한강이 맨부커 상을 받으며 한국 문학의 잠재력을 세계에 인식시켰다. 압축 근대화의 70년을 살아오면서 다양한 문화적 요소들에 다 노출되었던 것이 지금의 한국인이다. 보리고개의 배고픔에서부터 스타벅스의 아이스 아메리카노에 이르기까지, 모든 가난과 풍요의 경험을 다 기억 속에 저장하고 있다. 한강의 『채식주의자』를 읽어보면 육식 문화 비판이라는 현대의 전지구적 문화적 경향이 소설의 주제로 놓여있다. 그 주제를 추동하는 것은 아시아의 특수성인 개고기 먹는 문화의 기억이다. 서구의 집단 기억 속에서는 흔적이 거의 남아있지 않은, 개고기에 대한 잔인하고도 특이한 기억이 그 소설의 핵심적인 요소이다. 물론 공부해보니 프랑스인들도 제2차 세계대전 중 독일 점령기에 먹을 것이 없어 개와 고양이 고기를 탕으로 먹었다는 정보도 있다. 그러나 그것은 매우 한시적이고 예외적인 일이었을 것이다. 우리 문화에서는 개고기 식용 문화는 당당하고도 오래된 전통의 일부였다. 연암 박지원이 자신의 저서에서 개고기 요리법을 기록할 정도였다. 이런 한국 문화의 특수성을 텍스트에 녹여내면서 현대 세계인이 함께 고민하는 문화와 철학의 주제들에 접근해 가는 것이 한국 문학 창작자들의 숙제라고 생각한다. 부연하거니와 압축 근대화의 시기를 겪은 한국인은 위에 든 이유로 하여 다양하고 독특한 창작으로 나아가기에 유리한 위치에 있다. 현대시조가 이처럼 풍부한 문화적 자원을 활용하여 세계 속의 한국문학의 상을 확립해줄 것을 기대한다.

* 참고한 책
김하명 『조선문학사2』 사회과학출판사, 1991년.

시어의 갱신과 시 영역의 확대

— 현대시조단이 나아갈 길을 찾아

1. 은유와 프런티어, 그리고 현대시조의 미래

현대시조가 나아갈 길을 두 가지로 제시하고자 한다. 현대시조의 미래를 여는 두 키워드는 '은유'와 '프런티어'라고 본다. 현대시조의 과제는 첫째 은유의 다층성을 확보할 것, 둘째, 시세계의 프런티어를 확장해 나가는 것이다. 본고에서는 현대시조의 양상을 두 가지 측면에서 탐색하고자 한다. 첫째 언어의 유희성에 민감하게 반응하는 시 텍스트들을 살필 것이다. 둘째, 현대시조의 프런티어를 모색하는 텍스트들을 살필 것이다. 시가 언어예술인 까닭에 시어의 탐색은 부단히 지속하여야 할 작업이다. 언어의 속성을 진지하게 고찰하고 새로운 시어를 발견하는 것은 물론 기존의 시어들을 재배치함으로써 현대시조의 혁신이 지속할 것이다. 또한, 한국 사회 문화의 면모들이 급속하게 변화하는 것을 예리하게 포착함으로써 현대시조의 영역을 확장하며 보다 다양한 소재와 진지한 주제를 찾아내는 것이 함께 이루어져야 할 것이다.

2. 은유와 텍스트

현대시조단의 제1번 과제는 시의 필수 불가결한 요소인 은유 (metaphor)의 속성에 대해 치열하게 탐구하고 독자들에게 호소력 강 한 은유를 제시하는 일이다. 철학자 테드 코헨(Ted Cohen)은 "은유 는 특이한 결정체로 이루어진 예술품이다(metaphors are peculiarly crystalized works of art)"라고 주장한다. 코헨은 언어의 속성과 기능 에 대한 기존 철학자들의 주장들을 종합하여 검토하면서 은유에 대 해 설명한 바 있다. 코헨에 따르면 언어라는 주제를 두고 철학자들 은 언어가 지니는 인지적 측면(cognitivity) 과 미학적 특징(aesthetical character)이라는 2가지 요소에 집중했다. 전자의 대표는 홉스 (Hobbes)라고 볼 수 있고 후자는 로크(Locke)라 할 수 있다.

코헨은 은유가 홉스와 로크가 언급한 두 가지 기능을 아우르면서 동 시에 넘어서는 속성을 지닌다고 주장한다. 더 나아가 코헨은 은유는 언어의 발화자와 수신자 사이에 형성되는 해석을 향한 계약에 의해서 만 적절히 구현되는 것이라는 견해를 보인다. 문서로 명시되지 않은 일종의 암묵적 계약이 존재하는 한에 있어서만 은유의 언어는 그 발화 자로부터 수신자에게 무사히 이를 수 있다는 점을 밝힌다. 암묵적 계 약이 발화자와 수신자를 결속하여 일종의 공동체를 형성하게 되고 그 공동체 안에서만 시의 언어는 정확하게 교환되는 것이다. 다시 말해 시의 언어, 혹은 은유는 공동체를 벗어나서는 이해되기 어렵다.

현대시조의 영역에서 시어를 새롭게 하여 독자에게 쾌락을 주는 시 텍스트들을 살펴보자.

임채성 시인의 「바람의 기사 - 돈키호테가 둘시네아에게」는 매우 참신한 소재를 취하여 은유의 다층성을 십분 구현하고 있는 텍스트로 보인다.

> 미치게 보고 싶소, 뼛속 시린 새벽이면
> 풍차거인 마주하던 대관령 등마루에서
> 하나 된 우리의 입술, 그 밤 잊지 못하오
>
> 풋잠 깬 공주 눈엔 태백성이 반짝였소
> 서로의 몸 비비는 양 떼들 울음 뒤로
> 하늘도 산을 안은 듯 대기가 뜨거웠소
>
> 한데 이제 겨울이오, 인적 끊긴 산정에는
> 로시난테 갈기 같은 마른 풀만 듬성하오
> 나는 또 그 말에 올라 북녘으로 길을 잡소
>
> 백두대간 어디쯤에 그대 앉아 계실까
> 폭설이 지운 국도 철조망이 막아서도
> 숫눈길 달려가겠소, 한라에서 백두까지
>   ─ 임채성, 「바람의 기사─돈키호테가 둘시네아에게」 전문,
>   『시조매거진』 2015년 봄

임채성 시인은 돈키호테 같은 기상천외한 발상법으로 은유의 핵심을 관통하고 있다. 통일이 돈키호테의 꿈이 되고 만 우리 현실을 총체적으로, 그리고 효과적으로 환기하는 텍스트이다. 제시된 은유의 초청에 기꺼이 응하여 다양한 역사적, 설화적, 문학적 장치를 동원하며 그 은유의 해석을 시도하는, 좁은 '친밀성의 공동체'를 확인시키는 텍스트

라 볼 수 있다.

3. 현대시조의 프런티어

현대 시조단이 개척해 가고 있는 변경 지대는 다음과 같은 단어로 요약해 볼 수 있다. 한국사회의 고령화 현상과 "이후"의 삶에 대한 고찰, 여성 주체, 몸, 사이보그(cyborg), '다문화 가족'으로 지칭되는 민족적 소수자, 상호텍스트성…(여기서 "이후"의 삶의 "이후"는 박기섭 시인의 「이후 시편」에서 차용한 것이다), 덧붙여 미국 시단에서 주목받고 있는 "언어시(language poem)"라는 이름의 실험시에 대한 모색을 새로운 프런티어로 제안하고자 한다. 시적 소재의 다양화가 중요한 것은 단지 물리적인 의미에서의 시적 영역의 확대를 의미하기 때문이 아니다. 다양한 시세계를 통하여 드러나는 변경의 삶, 비주류의 삶의 현실 속에서 동시대를 살아가는 한국 현대인들의 내면을 읽을 수 있기 때문에 중요하다. 변모하는 정서적, 사상적, 문화적 지형도를 읽어낼 수 있는 기제가 그 변경의 공간에 있다. 이를테면 고령사회로의 진입은 한국 사회의 지각 변동에 해당하는 중요한 사건이다. 여성 주체의 부상과 그들의 감수성의 재현은 '몸'에 대한 관심과 '몸' 담론의 생산과 연결된다. 여성의 목소리가 들리기 시작한 것은 성적 소수자의 주체성 문제와 함께 민족적 소수자의 인권과 감수성에 대한 관심을 낳았다. 다시 스마트폰과 SNS로 대표되는 가상 공간의 생성과 팽창은 우리 문화의 신대륙에 해당할 것이다. 현대시조단의 내면이 알뜰해지고 외연이 확장되면서 다양한 개성의 시인들과 텍스트가 양산되면서 '상호

텍스트성'을 보여주는 새로운 시적 시도들을 발견하는 것도 지적해야 한다. 사설시조의 부활, 행과 연의 재배치 등의 현상에서 보이듯 시조 형식 자체에 관한 탐구도 주목해야 한다. 결국은 시적 언어의 해체를 통한 재구성의 시도가 도래할 날도 머지않았다고 짐작해본다.

먼저 노령화 사회로의 진입과 그에 따른 변화를 민감하게 포착하여 현대시조의 새 영토를 찾아낸 텍스트들을 살펴보자.

　　--쉰흔 넷

　　예서 가믈 흐까진 몇 날 몇 밤이더냐
　　받아 논 동이 물도 그예 동이 나고
　　서늘한 아랫목이여, 내 저녁은 쉰흔 넷

　　--쉰흔 다섯

　　쉰흔 다섯 내 나이는
　　가을도 애지랑날

　　눈썹 끝에 한두 개쯤 늦볕이 뜬다마는

　　그 별이 어디서 오는지
　　그걸 모르니… 참

　　--쉰흔 여섯

　　저물녘 오동꽃에

넌짓 물어보느니,

오동꽃 지는 뜻을 오동꽃은 아느냐고

불현듯 출렁거리며
기슭을 치는 못물

--쉬흔 일곱

누가 거두어갔나, 저 개울의 악보를

귀먹은 바위들만 웅크린 채 앉아 있는,

노래가 다 사라져간 쉬흔 일곱의 乾川

- 박기섭, 「以後 詩篇」 전문

박기섭 시인은 50대의 삶과 서정을 그려냄으로써 산업화시대의 역군들의 "이후"의 삶을 재현한다. 한편, 강경주 시인은 노화가 동반하는 질환으로서의 치매를 그려낸다. 웃어넘기기에는 너무나 만연한, 속수무책인 인생을 그리고 있다. 우리 시대의 풍속도라 할 만하다.

꽃은 무심히 피어 저리 아름다운데
나는 마음을 잃고 치매를 앓는구나
내가 네 어미였더냐
언제까지 그랬냐

- 강경주, 「너는 누구냐」 최근 시집 『老母의 說法』에서

강경주 시인이 형상화한 노년은 정합적 사고가 불가능해진 '병든 몸'
의 노년이다. 동일한 '병든 몸'을 소재로 취하여 이승은 시인 또한 노년
의 삶을 재현한다.

> 튜브로 흘러드는
> 미음
> 삼백 그램
>
> 세상의 늦저녁을 또 그렇게 건너신다
>
> 시늉만
> 입술에 남았다
> 숟가락 없는 식사
>
> 이미
> 부러진 죽지
> 입맛인들 남았을까
>
> 먼 곳에 눈을 얹고 부여잡은 이 하루도
>
> 눈물로 크렁크렁한,
> 설거지의
> 시간일 뿐.
>
>   — 이승은, 「그러나 생일」 전문

"늦저녁" "설거지" 등의 시어를 통해 잉여가 되어버린 삶을 그린다.

제목, 그러나 생일이 모종의 아이러니로 느껴진다면 그 또한 갑자기 맞이한 고령사회의 한 면모일 것이다. 축하하고 축하받던 날의 익숙한 행위와 정서가 모두 제거된 공간에서 그런데도 여전히 도래하는 "생일"을 그린다. "노년"과 "병"과 "생일"이 생로병사의 인생에 대한 새롭고 보다 다양한 접근이 필요함을 웅변한다. 시인들이 개척해야 할 영토임이 틀림없다.

이제 여성 주체가 재현된 텍스트를 살펴보자.

먼저 한분순 시인의 시편에 채택된 '봉숭아 꽃물 들이기'라는 소재에 특별히 주목할 필요가 있다. 김상옥 시인의 텍스트는 현대시조의 한 전범에 해당한다고 할 수 있다. 그 텍스트에서 '누이'로 재현되는 여성은 시적 화자의 기억을 통해 대상화되고 객체화되어 있다. 한분순 시인이 동일한 행위, 동일한 장면을 여성 화자의 목소리로 여성의 관점에서 다시 쓰고 있다는 점, 그것은 여성 목소리가 부상하고 있음을 알리는 신호탄으로 볼 수 있다.

그믐달,
선지피 닿은
서늘한 입김 있어

짓이긴
핏물 머금고
첫사랑 기다린다

불그레 두근거리는
손톱 위의

봉숭아물.

- 한분순, 「손톱에 달이 뜬다」 전문

정수자 시인의 텍스트가 구현하는 전복성 또한 주목에 값한다. 이 시의 새로움이란 현대 여성 시인이 시조라는 전통적 양식과 더불어 이제 진부해질 만치 반복된 시적 모티프들을 해체하여 재구성해 낸다는 데에 있다.

너를 안고 한 번쯤은 시를 먹여보리
끓다 넘다 식혀진 광 속의 밀주 같은
내 생의 내출혈들을
오래오래 먹이리

부푼 시편으로 발긋발긋 상기된 밤
수상한 수유 따라 산수유 더욱 붉어

… (중략)…

창밖엔 이른 수선화가
하마 벌곤 하리라

- 정수자, 「수작」 부분

더 나아가 여성 시인들은 여성 육체를 재현하고 여성에게 고유한 경험인 임신과 출산 등을 소재로 취한다. 그리하여 육체를 통한 여성 주체의 자각과 재인식에 이르고자 하는 시도를 보여준다. 손영희 시인의 여성 육체 재현, 한분옥 시인의 '입덧' 그리고 김선화 시인이 그려내는

'임산부를 통한 생명의 찬양' 등을 살펴볼 수 있다.

저기
산을 품고 오는
여자가 있다

두 봉오리
발그레
홍조를
띤

거무룩
더욱 짙어진
産道가 아름다운

2.

네 둥근 자궁을 안아보자 여자여
다산을 꿈꾸는
내 집은
적막하니
누대의
가계家系로부터
핏줄로
이어졌으니.
　　　　　　　　　　– 손영희, 「목욕탕에서」, 『진주 여성문학 제15호』

애 터진 무슨 곡절 이리도 생목 죄나

뉘도 눈치 못 챈 느닷없는 풋정인 걸

입소문 번질까 몰라 꽃은 고대 지고 만다

처방도 없는 입덧 가당찮게 잦추더니

객쩍게 앓아눕는 지극한 봄날이다

한사코 핏물 자으며 오장을 다 토한다.

— 한분옥, 「입덧의 시간은 가고」 전문

둥근 배 감싸 안고
민낯 여인 버스에 탄다

지금은 뜨거운 사랑
살뜰히 영그는 중

환하다
우주를 품은
그녀가 달린다

— 김선화, 「쉿!」 전문

　　그 밖에도 홍성란, 이승은, 박명숙, 박해성, 노영임, 김영란 시인의 텍스트에 드러난 여성 주체의 자의식과 욕망의 문제들을 살펴볼 수 있다. 세대적 특수성과 여성 주체로서의 보편성 사이에서 이합하고 굴절, 교착하는 지점들은 더욱 다양한 접근을 향해 열려있다.

　기계문명의 발달, 그리고 그런 과학적 진보와 손잡은 의학의 발전은 인간의 사이보그(cyborg)화를 강화하는 결과를 낳았다. 기계에 의존하는 인생, 기계가 삶의 일부가 되어버린 시대, 기계와 의술에 대한 과도한 의존의 시대, 그 자화상을 이화우 시인의 「컬러링」과 정용국 시인의 「앙살에 시건방이라니」에서 살펴볼 수 있다.

　　귀로 듣는 애무는
　　이렇게 감미로운가

　　꽃으로 가려 놓고
　　말을 막는 저 四分闊

　　알몸은

　　절
　　벽
　　을 잡고

　　閨房 앞에 서 있다
　　　　　　　　　　　　　　　　　　　　　　－ 이화우, 「멋울림」 전문

　　간절하지 못한데 몸인들 남아나랴

　　혈액검사 단층촬영 독이 든 신약까지 제 몸을 남에게 맡기고 뒷북을 치고 있다 혈압과 고지혈이 최고치를 경신하며 신경전을 벌이는 숫자의 전

쟁터엔 리베이트 활개 치는 처방전이 넘쳐나고 수치를 잡으려다 생목숨이
거덜 난다 이놈을 잡아라 못된 콜레스테롤 저놈이 나쁜 놈이다 혈압을 끌
어내려라 한 치 앞만 내다보는 가엾은 난리굿판에 들뜬 몸 단내나고 시룽
새룽 헛걸음만 지천명 숨이 차게 발만 동동 구르다가 알량한 생각 한 채
겨우 짓고 살기를 분칠해서 엉망이 된 모조품을 걸어 놓고

앙살에 시건방이라니
쭉정이만 그득하다
— 정용국, 「앙살에 시건방이라니」, 『정형시학』 2015년 겨울호

이송희 시인의 「쇼윈도」와 네비게이터, SNS등의 소재를 취한 텍스
트들도 같은 맥락에서 살펴볼 수 있다. 시어의 문제 또한 현대시조 시
인이 탐색해 나가야 할 공간이다. 시어의 선택이라는 틀 안에서 소수
언어(minor language)의 문제를 생각해 볼 수 있다. 표준어로 통일된
한국어의 공간에서 '틈새 언어'로 여전히 존재하는 사투리의 존재에 주
목하는 시인들이 있다. 민족어의 보존과 융성을 도모하는 것이 시의
역할 중 하나라면 사투리의 존재 의미를 되새겨볼 필요가 있다. 사투
리가 매개하는 지역 문화의 미학을 찾고 이를 형상화하는 것 또한 시
조단의 또 하나의 프런티어라 할 수 있다. 박기섭 시인이 주목하는 경
상도 사투리와 오승철, 고정국, 문순자 시인이 재현하는 제주도 사투
리의 텍스트를 살펴보아야 하는 이유이다. 여기서는 박기섭 시인이 채
록한 경상도 사투리의 미학을 살펴보자.

쩔뚝거리 쌍티마는
마뜩다

문디 가시나

내도록 잘 있더만
와카는데
가리늦가

지 눈깔 지가 찔렀제
우얄끼고
저 피서답!
　－ 박기섭, 「앵두나무 우물가에—사투리調 3」 전문, 『다층』 2017년 봄호

　서정시의 만개와 그 뒤를 잇는 상호텍스트성의 시를 시조단에서 발
견하는 것 또한 각별한 의미를 지닌다. 하나의 텍스트가 또 다른 텍스
트를 추동시킬 만큼 완숙했다는 점, 그리고 텍스트와 텍스트의 접촉과
교환을 통한 제3의 영역의 탄생을 볼 수 있다는 점 때문이다. 조지훈
의 승무 텍스트에서 보듯 상호텍스트성의 전례가 더러 있기는 하지만
고무적인 일이다. 현대시조단은 물론 한국 문학의 성숙을 보여주는 신
호로 보인다. 오승철 시인과 박명숙 시인의 텍스트를 나란히 두고 함
께 읽어보자.

　솥뚜껑 손잡이 같네
　오름 위에 돋은 무덤
　노루귀 너도바람꽃 까치무릇 얼음새꽃
　솥뚜껑 여닫는 사이 쇳물 끓는 봄이 오네

　그런 봄 그런 오후 바람 안 나면 사람이랴

장디리꽃 담 넘어 수작하는 어느 올레
지나다 바람결에도 슬쩍 한번 묻는 말
"셔?"

그러네 제주에선 소리보다 바람이 빨라
'안에 계셔?' 그 말조차 다 흘리고 지워져
마지막 겨우 당도한
고백 같은
그 말
"셔?"

– 「"셔?"」 전문

날렵한 지느러미
한순간 물을 치듯

몸통은 가라앉고
꼬리만 남아서는

바람도 잡지 못한 말
한순간 획을 치듯

– 박명숙, 「꼬리지느러미의 말: 오승철의 "셔?"」 전문

　그 밖에도 고찰을 요하는 것은 언어의 운율과 음악성의 탐색을 보여
주는 텍스트들과 시 쓰기 행위 자체를 시적 제재와 주제로 삼는 일종
의 메타시조의 공간이다. 전자의 텍스트로 이정환 시인의 「적벽」을, 후
자의 예로서 정수자 시인의 「시라는,」과 서숙희 시인의 「누더기 시」를
들어볼 수 있다.

심호흡
심호흡

붉은 벽 앞의 심호흡
붉은 벽 안의 심호흡
붉은 벽 밖의 심호흡

무작정
다가설 수 없는

꽃밭머리
심호흡

– 이정환, 「적벽」

마름질도 서투른 몇 조각의 시상을
이리저리 꿰맞추고 밤새워 이어보며
시린 몸 하나쯤 가릴 옷 한 벌을 꿈꾼다

끝 무딘 바늘과 낡고 바랜 실 몇 가닥
내 초라한 반짓고리엔 이것밖에 없어서
앞섶에, 눈먼 은유만 잇댔다 뜯어냈다가

언 발목도 덮지 못할 한 벌 누더기 시
성긴 솔기 사이로 허연 바람만 들고
다 터진 실밥을 문 채 누덕 누덕 우는 시

– 서숙희, 「누더기 시」 전문, 『열린시학』 2107 봄호

4. 맺음말

시의 요체로 은유를 들어 은유의 다층성을 효과적으로 구현하는 시조텍스트들을 살펴보고 시조의 새로운 영역 확장을 보여주는 일군의 텍스트들을 고찰해보았다. 한국 문학의 장에서 자유시가 난해시와 산문화 경향을 강하게 드러내지만, 현대시조단에서는 효과적인 은유를 구현하는 텍스트들을 다수 발견한다. 은유를 통하여 시조의 속성을 다시 한번 고찰할 필요가 있다. '프런티어'는 미국 문화의 주요 개념항 중의 하나이다. 미국 역사에서 '서부West'는 오랜 기간에 걸쳐 그 내포가 변화해 왔다. 초기 미국인들에게 서부는 뉴욕의 허드슨강 서쪽을 의미했으며 서쪽으로 더욱 진출해 나아감에 따라, 시카고 중심의 중서부가 서부로 지칭되었다. 그리고 마침내는 태평양에 맞닿는 지점으로, 대륙이 끝나는 곳까지 확장되었다. 그처럼 문학의 영토 또한 변화하는 시간에 맞추어 계속 확대되고 변화할 것이다. 현대시조의 새로운 영토를 개척하기 위하여 야심만만한 21세기 시마의 도래를 그려본다.

II.

시인론

하늘과 사막과 꿈과 시

― 디아스포라 시조의 개척자 김호길 시인

1. 시조와 더불어 한국 현대사의 고개를 넘으며

　태학사간 『우리시대 현대시조 100인선』의 31번째 『절정의 꽃』은 김호길 시인의 문학 세계를 고스란히 담고 있다. 김호길 시인의 시세계를 이해하기 위해서는 그의 독특한 이력을 먼저 살펴볼 필요가 있다. 그는 1965년 율 시조 동인으로 활동하면서 시조 시인의 삶을 시작했다. 그러나 이듬해인 1966년에는 육군항공학교를 졸업하고 육군 조종사로서의 경력을 쌓기 시작했다. 시인으로서 등단한 것은 1967년이다. 「하늘 환상곡」으로 『시조문학』 추천을 완료하였다. 그리고 1973년부터는 대한항공 국제선 조종사로 근무하기 시작했다. 1970년대의 한국 사회는 아직도 보릿고개를 걱정하던 시절이었다. 그러한 궁핍한 상황 속에서 국경을 넘어 하늘을 날아다니는 비행기 조종사라는 직업은 많은 이들의 선망의 대상이기도 했다. 김호길 시인이 비행기 조종사라는 매우 전위적인 직업을 가진 채 시조라는 문학 장르를 택하여 창작 활동을 시작했다는 점은 흥미롭다. 당시는 물론이고 지금까지도 시조는 고답적인 문학 장르로 인식되곤 한다. 시조는 시대착오적인 음풍농월의 장르로 알려져 온 것이다. 매우 현대적인 직업과 가장 전통적인 장르의 문학을 김호길 시인은 선택한 것이다. 비행기 조종사로서의 경험은 김호길 시인의 시 세계에서 큰 몫을 담당한다. 등단작이「하늘 환상곡」인 데에서 알 수 있듯 그의 삶과 문학은 일찍이 하늘을 날면서 전개되었다. 달리 비근한 예를 찾기 어려울만큼 독특한 것이 그의 삶이요 문학인 것이다.

김호길 시인의 인생 항로는 일찌감치 반도라는 좁은 영토를 벗어나 있었던 것이다. 그러나 그 항로는 단지 하늘길에 머물지 않는다. 1981년에 그는 대한항공을 사직하고 도미하여 미주 중앙일보 문화담당 기자로 새 삶을 시작한다. 그리고 1984년에는 또 한 번 방향 전환을 하여 해바라기 농원을 설립한다. 미국 국경을 넘어 멕시코 땅에 농장을 일구게 된것이다. 그리하여 이제 그는 성공한 벤처 농업인으로 인정받고 있다. 끊임없는 모색과 변신을 인생의 전과정에서 추구하면서도 한 손에는 창작의 펜을 놓지 않았다. 그리하여 지금까지 세 권의 시집을 상재하였다.

김호길의 시조를 읽으면서 민족, 민족주의, 한국어, 한국 문학, 그리고 전지구화(globalization)가 맺고 있는 관계에 대해 생각해보지 않을 수 없다. 일찍이 국가의 경계를 넘나들면서 살아온 그의 삶의 여정에서 한국어와 한국 문학은 어떤 의미를 가지는가? 그리고 어떤 역할을 수행하였는가? 전통, 그 중에서도 특히 시조가 대표하는 한국의 전통은 그에게 어떤 의미를 지니는가? 그의 텍스트를 읽어가면서 그와 같은 질문들을 떨쳐버릴 수 없다. 또한 1981년 이후 김호길 시인의 문학 세계는 전지구화라는 시대적 변화와 그를 동반하는 디아스포라 한국 문학의 문제와 연결해서 살펴야 한다. 민족과 민족주의 담론을 적용하여 살펴볼 수 있는 다양한 문학적 주제와 소재를 김호길 시인이 제시하고 있기 때문이다. 텍스트를 넘어 그의 인생을 살펴볼 때에도 동일한 질문들을 떠올릴 수 있다. 그의 경험들은 한국 현대사의 고비고비를 증언한다. 김호길 시인은 일본제국주의 지배의 말기에 태어났다. 그리고 1960년대와 1970년대의 산업화 시대를 경험했다. 그 산업화의 중심에 대한항공이 속한 한진 그룹이 놓여있다. 김호길 시인은 한진 그룹의 부상을 목격하면서 대한항공 조종사로서 그 기업의 성장에 직접 기여하였다. 또한 그는 베트남전 참전 용사이기도 하다. 베트남 전쟁 당시 헬리콥터 조종사로 참전하였다. 그리고 마침내 미국으로 이주하고 멕시코에서 농장을 일구며 이민과 개척의 경험까지 지니게 된 것이다.

그 순조롭지 않은 길을 더듬어 헤매며 그는 앞으로 앞으로 혼자 나아갔다. 그런 그의 인생항로에 나침반처럼 함께 한 것이 바로 시조라는 '고답적'인 전통의 문학 양식이다. 김호길 시인은 한국에서도 미국에서도 그리고 멕시코 모래땅 위에서도 시조 쓰기를 멈추지 않았다. 어디에서든지 줄기차게 시조를 쓰면서 디아스포라 주체로서의 자신의 정체성을 정립해 온 것이다. 그리하여 자신이 한민족의 일원임을 스스로에게 부단히 상기시키고 미주 땅에서 디아스포라 한국 문학의 맥을 이어가는 데 기여해 왔다.

한국 소설사에서는 안수길이 북간도에서의 체험을 문학적으로 형상화함으로써 일제 강점기 말기, 이른바 한국 문학사의 암흑기를 넘어서게 만들었다. 일제에 의해 한반도에서는 한글로 창작하는 것이 금지되었을 때 간도에서 한국 문학을 창작함으로써 그 공백을 메워왔다. 안

수길에 대한 문학사적 재평가가 최근에 활발히 이루어지고 있는데 그것은 김호길 시인을 비롯한 디아스포라 문학인의 정체성을 이해하는 데 시사하는 바가 크다. 지금과 같은 전지구화 추세가 지속된다면 한국 문학의 경계는 달라질 수박에 없다. 그 경계가 물리적 국경을 넘어 문화적 국경으로 변경될 날도 머지않았다. 그렇다면 그는 디아스포라 한국 문학의 최전방에서 다시 비행기를 모는 문학 조종사라 할 수 있을 것이다. 또한 디아스포라 한국 문학의 사막 땅을 농원으로 일구어 가는 문학의 벤처 농경인이라 할 것이다.

김호길 시인은 멕시코 농장 경영에서 느낀 감회를 수필로 써서 『바하사막 밀밭에서』라는 제목의 책으로 펴낸 바 있다. 시조라는 정제된 형식을 통하여 암시적으로 드러나던 그의 삶이 수필집에서는 색깔을 달리하여 재현되어 있다. 수필 전편을 통하여 그는 척박한 사막에서 조우하는 밤하늘의 아름다움을 그려낸다. 고요테와 선인장과 순박한 이웃들을 재현한다. 조태일은 "풀씨의 고향은 바람이 멎는 곳"이라고 노래한 바 있다. 마음이 머무는 곳, 거기가 바로 고향이라 했다. 그렇듯 김호길 시인은 한반도 땅을 넘어 보다 확장된 공간으로 고향을 끌고 다니는 시인이다. 경상도 사천 땅의 봄날 아지랑이와 새 울음 소리, 그리고 비 소리와 어머니의 그림자를 그는 여전히 그리고 있다. 그 풍경들을 멕시코의 바하 켈리포니아에서 다시 펼쳐 내는 것이다.

그의 시는 한국 디아스포라 문학의 맥을 살피는데 중요한 출발점을 제공한다. 그러나 국경을 벗어난 국외자의 경험과 향수로 디아스포라를 한정한다면 그 의미는 반감되고 말 것이다. 그가 벗어난 국경은 물리적, 지리적 국경만을 뜻하는 것이 아니다. 그는 한국 국경을 벗어나

있음으로 하여 한민족의 제한된 경험의 반경을 연장하고 있으며, 한국
현대 시조의 소재와 주제의 영역을 개척하고 확장하고 있는 것이다.
조국에서도 크게 각광받지 못하는 시조라는 양식을 그는 평생 붙들고
놓아버리지 않는다. 그 시조 양식을 지상이 아닌 하늘에서, 한국이 아
닌 베트남과 하와이, 캘리포니아에서, 더 나아가 멕시코에서 실험하면
서 호위하고 있는 것이다.

　김호길 시조의 성격을 살핌에 있어 민족과 이산의 문제를 언급하는
것은 한편으로는 시인 자신이 '민족과 모국어의 관계'에 대해 매우 뚜
렷한 신념을 갖고 있어서이기도 하다. 그의 수필을 인용해본다.

　　유태인들은 타국 생활을 몇 천 년, 몇 세대에 걸쳐 오래도록 하고 있지
　만 지금 세계의 어느 나라에 살든지 그들은 그들의 풍습과 고유한 전통과
　종교를 지키며 그들만의 공동체를 잘 유지하고 있는데 왜 우리 한인들은
　구심점이 없이 그렇게 사라지고 마는 것일까.
　　그것은 여호와 하나님을 섬기는 종교적 구심점과 신의 백성이란 선민의
　식이 없는 점이 근본 원인일 것이고, 커뮤니티의 중심이 되는 단체가 세대
　를 이어 오면서 내려오지 못한 점도 원인으로 볼 수 있고, 무엇보다도 한
　글을 가르쳐 언어로 연결되지 못한 점을 근본원인으로 볼 수 있다. 말과
　글을 가르쳐 언어를 통해 민족의 정체성을 심어주었더라면 그렇게 한민족
　이 쉽게 사라지지는 않았을 것이다.
　　　　　　　　　　　　　　　　　　　　　－『바하사막 밀밭에서』146~7면

　위의 글은 최초의 멕시코 이주 한인들의 후손을 시인이 조우한 경험
을 바탕으로 쓴 것이다. 1천 9백년 경 약 1천명 남짓의 한인이 유카탄
반도로 대거 이주한 바 있다. 그들은 멕시코 땅에서 한국인으로서의

정체성을 잃어버린 채 멕시코인으로 완전히 동화, 통합되어 버렸다. 그 후손들이 한민족의 흔적을 거의 갖고 있지 못한 점을 시인은 크게 안타까와 한다. 그리하여 민족어의 의미를 되새기는 것이다. 민족의 존재와 그 유지에 결정적인 역할을 하는 것이 바로 민족어라고 이르며 그 중요성을 강조한 것이다. 이스라엘의 건국과 히브리어의 관계를 생각해보면 김호길 시인의 견해에 동의할 수밖에 없다. 이스라엘 사람들은 천년 전에 사라졌던 국가를 이차대전 이후 부활시킨 후, 이미 사어화되었던 히브리어를 부활시킨 것이다. 당시 이미 널리 통용되고 있던 이디시(Yiddish)어와 경합을 벌이며 히브리어는 이스라엘 사람들의 민족어로서의 구실을 하고 있다. 그런 역사적 사실을 되새겨보면 김호길 시인이 펼쳐가는 민족어의 운명에 대한 사유에 동참할 수 있을 것이다. 그리고 그의 문학 세계에 있어서 시조 장르라 지닌 의미를 재확인할 수 있을 것이다.

김호길 시인은 멕시코 농장 근처에 있는 라파즈 집에까지 시조 잡지를 옮겨다 놓고 시를 쓴다. 짙푸른 멕시코 바다를 바라보면서 시조를 통하여 삶의 결을 다듬는다. 라파즈 지역의 아름다움을 상상하기 위해서는 헤밍웨이가 한 때 라파즈에 살면서 창작활동을 했다는 점을 상기하면 충분할 것이다. 무시무시하도록 맑고 푸른 바다, 아주 건조한 모래 땅, 그 마른 흙 사이에 뿌리내린 강인한 식물들, 또 그 식물들이 사력을 다해 물관부로 끌어올린 생명수를 마시고 피워난 정열적인 꽃들… 바다는 잔인하게 푸르고 꽃은 미당 표현대로 "섬하도록" 붉다. 멕시코 여성 화가 프리다 칼로(Frieda Carlo) 그림에 보이는 꽃과 새가 왜 그리 섬찟하리만치 분명한 색깔인지를 상기해보면 멕시코의 경치가 마음의 수평선에 펼쳐질 것이다.

그런 멕시코의 단순하고 선명한 색채와 풍경은 우리 시조의 형식을 닮아있다. 군더더기는 다 잘라내고 정수(精髓)만 남은 것이 그 색깔이며 시조 형식이다. 미지근한 중간의 색깔은 버리고 가장 강인한 극단의 색깔만 멕시코 풍경이 간직하듯이 시조의 언어 또한 그러하다. 설명하지 않는다. 제시한다. 독자에게 친절하지 않다. 훈련받은 독자, 리듬을 사랑하고 아껴 쓰는 말의 인색한 잔치에 기꺼이 동참할 의사를 지닌 제한된 취향의 독자를 향해서만 속살을 내보이는 것이 시조다. 그런 이유로 시조를 엘리트들의 전유물, 유한 계층의 '음풍농월'이라 부른다면 그렇게 불러도 되겠다. 시조의 멋과 맛은 쉽게 즐길 수 있는 것은 단연코 아니다. 백석 시에 보이는 풍속의 성실한 재현, 고은의 『만인보』에 나타나는 질척한 사람 살이의 모습, 대중적으로 인기 있는 요즘 몇 시인들의 친절하고 포근한 서정성을 사랑하는 독자라면 시조를 멀리해도 좋으리라. 헤밍웨이의 문체를 닮은 소설가 김훈의 문체가 생각난다. 짧고 굵고 단순화된 문체이다. 그러나 시조만큼 인색한 글쓰기 형식은 달리 없을 것이다. 그런데 시조의 간결하고 강렬한 양식은 김호길 시인의 기질과 부합하는 면이 있다. 요체에만 집착하고 군더더기를 생략하는 방식으로 그는 삶을 개척해 온 것이다. 매우 도전적이며 선이 굵으면서도 동시에 섬세하고 서정적인 세계가 김호길 시인을 특징짓는다. 시조도 그러하다.

2. 하늘을 나는 꿈에

김호길 시인의 초기 시조들은 하늘을 나는 꿈의 텍스트들이다. 비행기 조종사 경험이라는 그만의 독특한 시적 소재는 현대 시조의 영역을 확장하는데 기여했다.

3만 5천 피트쯤
밀려온 구름 한자락
3만 5천피트 만큼
속편해진 심사인지
이승엔 편한 날 없는
날 잡아 흔드노니

— 「난류」 전문

「난류」는 난기류 앞에서 잠시 인생을 들여다보는 시적화자의 목소리를 들려준다. 3만5천 피트와 난류, 이는 비행기 조종사에게 허여된 독특한 시적 제재에 해당한다. 땅에서 이루어지는 일들을 시로 형상화한 시인들은 많지만 비행기를 몰고 하늘을 날아보는 것을 시로 노래한 예는 찾아보기 쉽지 않다. 공기에는 4가지 다른 성격의 권역이 있다. 비행기는 처음 대기권을 통과하여 그보다 한 층위 위인 성층권에서 운항한다고 한다. 성층권에서는 기류 변화가 거의 없어서 비행기가 순항할 수 있고 또한 기류의 저항이 가장 적어 연료의 소모도 가장 덜한 까닭이라고 한다. 비행기의 순항고도가 국제선 비행기의 경우 바로 35000피트이다. 조종사는 35000피트를 날아오른 다음에는 한숨 돌리고 순항을 기대한다. 그러나 간혹 난류를 만나면 비행기가 심하게 요동치게된다. 그 어쩔 수 없는 상황을 시인인 조종사는 한 편의 시로 형상화하고 있다. 구름은 순항고도에서 속 편하게 흐르는 반면 조종사 시인은 난류를 만나 마구 흔들리고 있다. 이를 두고 시인은 인생에는 순항고도가 없다고 노래한다. 이승엔 편한 날 없다고 노래한다. 하늘이라는 공간, 비행기, 35000피트의 고도, 구름… 모두 상승과 초월의 이미지를 지닌 말들이다. 구속으로부터의 자유와 해방을 의미한다. 그러나 상승과 초월을 통한 자유와 해방은 인생에서는 쉽게 찾아볼 수 있는 것이 아니라고 이른다. 하늘조차 이승인 한 편한 날 없다고 잘라 말한다. 난류를 만나면 다시 흔들릴 수밖에 없는 것이 이승에서의 삶이라는 것을 보여준다. 난류가 초래한 요동에서 이승의 삶을 다시 확인하는 것이다.

정수리를 꼭 찔러 보이는 시조의 '시조됨'이 이 한 수에서 한껏 발휘되고 있다. 제목이 난류가 아니었더라면 독자는 텍스트가 무엇을 노래한 것인지 알기 어렵다. 난류를 소재로 취하면서도 난류에 대한 직접적인 제시나 언급은 찾아볼 수가 없다. 소재는 항공 모티프에서 취하면서 주제는 인생에 두고 있다. 초장과 중장은 상황 설명과 묘사에 바쳐지고 종장에서는 시상의 전개가 급선회한다. 초, 중장은 종장을 위한 배경으로 작동하며 종장에 이르러 시상은 주제를 향하여 돌진한다. 시조 학자들은 시조의 초, 중장과 종장이 매우 상이한 성격의 것이라는 데에 동의한다. 초, 중장과 종장을 각각 구성하고 있는 두 이질적인 요소가 변증법적으로 결합한 경우가 시조 텍스트라고 본다. 즉, 초, 중장은 서경(敍景)에 바쳐져 시적 화자가 경험하거나 관찰한 바가 거기에 드러난다. 그런 다음 종장에 이르면 성격이 완전히 달라져 시적 화자는 서정성으로 선회하며 종장에서 모종의 깨달음을 보여주게 된다. 초, 중장에 제시된 배경을 바탕으로 내적 성찰에 이르게 됨을 볼 수 있다. 「난류」는 그와 같은 시조의 3장 구성의 원리를 대표적으로 보여주는 예라 할 것이다. 초,중장은 서경, 종장은 서정(敍情)이라는 두 이질적인 시적 요소의 변증법적 결합을 잘 보여주고 있다.

「해발 삼만 구천 피트」는 위 텍스트와 짝을 이루고 있다. 동시에 보다 확장된 시적 공간을 보여준다. 이 시에서 다시 확인할 수 있는 것은 시인의 독특한 경험 공간과 그만큼 독창적인 상상력의 세계이다. 이를 두고 현대 시조의 상상 공간의 확장이라 불러도 좋을 것이다.

Ⅰ.
해발 삼만 구천 피트 한 발 먼저 질러 와서
한사코 달려들다 부서지고 뒹구는 바람
남위도 성난 바람은 천둥 허리를 타고 온다

태평양 파도 이랑에 그림자 벗어두고
야생마 길 못들인 기류를 헤쳐나면
햇볕과 바람만 그득한 하늘 속의 하늘 나라

고층운 상상봉에 눈도 맘도 헹구어 낸
순백의 부신 평원 한나절을 널어놓고
구만리 장천(長天)을 쪼아 봉황으로 나른다.

Ⅱ.
한 생애 험난한 항로 멀고 먼 각고의 길을
나와 동승한 그대 운명을 같이 지고
만리도 시름에 젖는 어둔 밤의 여로여

–「해발 삼만 구천 피트」 전문

앞서 든 「난류」가 한장의 사진처럼 순간의 포착에 바쳐진 재미있는 상상력의 발현이라면 「해발 삼만 구천 피트」는 조종사의 상상력에 포착된 인생의 진경산수화 같다. 그 정경들은 먼저 난류 앞에서 흔들리는 비행기를 보여준다. 이윽고 위태로운 순간을 지난 다음의 순한 햇볕과 바람의 축복, 그리고 그 축복 속의 순항의 이미지가 전개된다. 삼장에서는 순백의 평원과 구만리 장천의 이미지가 등장한다. 더불어 봉황의 이미지가 제시됨으로써 조종사가 경험하는 비행 중의 희열이 묘사된다.

마지막으로 연을 바꾸어 나타나는 것은 밤의 이미지이다. 여기서는 이른바 야간 비행의 다양한 이미지들을 동원하고 있다. 그리고 그 야간 비행은 인생의 비행으로 비약한다. "나와 동승한 그대 운명을 같이 지고"는 시적 애매성(ambiguity)이 발휘되는 부분이다. 여기서 그대는 인생의 동반자로서 동승한 아내로도 읽힐 수 있고 비행기에 탑승한 승객들로 읽힐 수 있다. 이 구절은 문자 그대로 한 비행기를 탄 사람들이 지니게 되는 운명공동체의 동정심을 드러내 보인다. 1연의 초, 중, 종장에서 시적 화자의 시야가 자신에게 국한되어 있었던 반면, 2연에 이르면 동행하는 사람 또는 사람들에게로 그 눈길이 확장됨을 볼 수 있다. 비행의 경험을 시인의 상상력으로 다시 해석하여 인생의 낮과 밤, 위기와 평화, 현실과 초월 등의 다양한 이항 대립적 요소 등을 제시하고 있다. 그 밖에도 「하늘 환상곡 1」, 「하늘 환상곡 2」라거나 「구름밭 일기」, 「하늘 습작—새」 등의 시편에서 한결같이 볼 수 있는 것 또한 초월과 상승의 이미지들이다. 하늘, 비행기, 새 등의 소재가 보여주는 그러한 상승의 이미지는 김호길 시 전반부를 지배하는 가장 중요한 모티프라 할 수 있다.

칠흑 깊이 재웠다
바닷물로 헹구었다
구름깃에 닦았다
놀로 활활 불지폈다

일천 겹
금비둘기 떼
아
일제히 튀는 소리

─「일출」 전문

이 시에서는 시각적 이미지가 완만히 전개되다가 종장에서 급격히
청각적 이미지로 전환되는 양상을 보여주며 그리하여 시상을 선명하
게 드러내 준다. 「그리움」에서도 그러한 시상의 흐름을 다시 찾아볼 수
있다. 거듭 드러나는 상승의 이미지가 제시하는 것은 김호길 시인 고
유의 긍정성과 적극성이다. 그 이미지들은 젊은 시인의 기상과 야망
을 보여준다. 「하늘 습작─새」의 "내 젊음 날개를 치며 대붕의 꿈을 펼
친다" 구절에서 그런 기상을 가장 잘 찾아볼 수 있다. 그와 같은 활달
하고 적극적인 이미지는 당대 문단의 주류적 경향과 대비하여 살펴
볼 때 매우 색다른 것이다. 패배주의와 한과 슬픔의 정조가 주를 이루
었던 것이 전후 한국 문단의 분위기였다. 박재삼의 「슬픔이 타는 가을
강」이라거나 서정주의 「귀촉도」가 그러한 정황을 대표한다. 그 속에서
김호길 시인은 드물게 상승의 기운을 보여주었다. 상실의 정서가 문
단을 휩쓸고 있을 때 그 대척점에서 김호길 시인의 시편들이 등장했던

것이다.

3. 사막에 심은 꿈을

1981년 미국 이민 이후의 김호길 시조는 디아스포라 시조라는 독특한 장르의 시작을 알리는 신호탄으로 보아야 할 것이다. 지구상에 인구의 교통과 이동이 없었던 적은 없을 것이다. 그러나 지리학자 데이비드 하비(David Harvey)의 지적처럼 대규모의 인구 이동은 현대성(modernity)의 산물임에 틀림없다. 교통과 통신의 발달, 산업화의 뒤를 잇는 정보화 시대의 도래로 인하여 지역적 경계를 넘어서는 인구 이동이 활발해졌다. 그리고 그런 대규모의 이동은 곧 새로운 시대, 프레드릭 제임슨(Frederick Jameson)이 이름 지은대로 부르자면 후기자본주의 시대를 열어가는 것이었다. 이제 캘리포니아 주민이며 미국 주민이 되었지만 그의 정서는 여전히 한국적이고 동양적이기만 하다. 그의 시심 또한 동양에 뿌리를 내리고 있다. 「신기루」는 서양의 풍경 속에 등장하는 동양의 사유를 보여준다. 그의 문화적 혼종성의 텍스트 중에서 유의해 볼 시편이다.

　　　　라스베가스 가는 길에
　　　　숲인 듯 호수인 듯

　　　　한참을 아른아른
　　　　어디론가 사라졌네

사는 일
꿈꾸는 것이라
일러주고 갔어라

— 「신기루」 전문

　로스엔젤레스에서 라스베가스로 가는 길은 덩굴 잡초만 무성하게 자라는, 사막화해가는 척박한 땅이다. 풍경은 단조롭기 짝이 없다. 그 황폐한 땅에서 함께 메마르고 삭아가기를 거부하는, 꿈꾸는 자들이 세상에는 더러 있다. 라스베가스를 불야성의 오락지대로 만드는 꿈을 꾼 한 사나이의 이야기가 있어, 영화 〈벅시(Bugsy)〉는 그 삶을 그려낸 바 있다. 벅시라는 이름으로 불리던 한 미국인이 갑자기 달리던 차를 멈춘다. 그리고 "이 사막 한가운데에 환락의 도시를 이룩하리라"하고 부르짖는다. 라스베가스는 그렇게 그의 무모한 꿈을 통하여 탄생하게 된다. 바로 그 지점에서 김호길 시인은 신기루를 본 듯하다. 사는 것이 꿈이요 꿈이 삶이라는 이 느낌은 장자의 일장춘몽(一場春夢), 나비의 꿈을 연상시키는 것이다. 그러므로 동양인에게는 매우 친숙한 문화적 모티프이다. 라스베가스를 꿈꾸었던 몽상가, 벅시는 그 라스베가스가 완성되기 전에 죽음을 맞는다. 그의 꿈이 나비가 된 것일까, 그 꿈이 계속 남아 여진처럼 신기루를 이루는 것일까? 21세기, 우리의 디아스포라 시인이 동참한 것은 벅시의 몽상이었을까 장자의 나비 꿈이었을까? 아니면 그 둘이 어울려 이룬 혼종적 디아스포라의 또 다른 꿈이었을까?

　그러나 김호길 시인의 꿈은 그곳 캘리포니아에서 멈추지 않는다. 다시 나비의 넋에 이끌리어 더 태양 가까이로 날아간다. 멕시코로 이주해 간 것이다. 멕시코는 적도에 가깝고 그 사막 땅은 매우 척박하다. 멕시코와 미국의 접경지대를 차로 통과해 보면 손 닿을 듯한 거리를 두고 국가의 경계가 곧 풍요와 빈곤의 경계선으로 변하고 있음을 확인할 수 있다. 미국의 풍요와 멕시코의 빈곤이 국경을 넘는 순간 피부에 와 닿는다. 김호길 시인은 그 멕시코 땅에서 맨주먹으로 농장을 일구었다. 김영하 소설『검은 꽃』에 등장하는 그 멕시코 땅이다. 멕시코는 20세기 초반 한국인이 선인장 농장의 노동자로 이민 와 노예처럼 살았던 그 역사를 생생히 안고 있다. 애니깽이라는 이름으로 더 잘 알려져 있다. 애니깽 이민 이후 김호길 시인은 한국인으로서는 멕시코의 첫 농장 개척자가 된 것이다. 농부의 경험을 바탕으로 쓴 시들에서도 시인의 활달한 기상이 다시 등장하는 것을 볼 수 있다. 「해바라기」는 해바라기 송가이다. 김호길 시인의 개척정신을 닮은 해바라기를 그려 낸 텍스트이다. 시인의 농장 이름이 해바라기 농장인 것은 어쩌면 우연이 아닐 것이다.

갈기를 날리며 구름을 일군
야생마 발굽소리

실한 소리의 메아리
알알이 박혀있다

넉넉히 짐짓 넉넉히
굽어보는 기상으로

풀잎처럼 바람 앞에
쉽게 굴신(屈身)을 않노라

눈과 비 성신의 흐름
도도한 물결조차

거슬러 펼쳐나가는
방패꽃이 되었니라.

뜻으로 신념으로
한 세상 펼쳐보이는

그대 의지만큼
발돋움해 피어난 꽃

먼 하늘 소망도 가득
흩뿌리고 있어라

- 「해바라기」 전문

　「해바라기」는 김호길 시인의 개척정신과 건강한 세계관을 상징적으로 드러내 보여준다. 그것은 베트남으로 중동으로 어디든지 달려가 땀 흘리며 청춘을 바치던 시대, 그 60년대, 70년대의 시대정신을 보여주는 것이기도 하다. 「해바라기」는 김수영의 「풀」과의 상호텍스트성 속에서 읽을 수 있다. "바람보다 먼저 눕고, 바람보다 먼저 일어난다"고 한 김수영 시귀는 흔히 풀잎이 가진 생명력과 저항정신을 보여주는 시로 해석된다. 자세히 살펴보면 이미지가 정합적이지는 않지만 김수영의 풀은 다시 일어설지라도 바람이 불면 드러눕는 존재이다. 김호길 시인의 해바라기는 바람 앞에 눕기는커녕 오히려 그 바람을 굽어보며 바람을 호령한다. 그런 강한 자존과 자신감의 표상이 된다. 그런 해바라기의 존재에 관여할 수 있는 것은 오로지 작열하는 여름의 태양 뿐이다.

김호길 시인의 디아스포라 시조는 그의 수필집과 함께 읽을 때에 그 의미가 더욱 온전하게 드러난다. 비행사이며 농부이며 동시에 시인임으로 하여 그는 생텍쥐베리(Saint Exupery)가 가진 것을 다 가진 다음 그 위에 하나를 더 가진 것이다. 아니 어쩌면 김호길 시인은 오로지 한 길을 간 시인이라고도 할 수 있다. 시인의 길이다. 조종사도 시인이라고 그는 호명하고 있기 때문이다.

> 생텍쥐베리의 말을 빌면 파일럿 또한 '농부가 쟁기로 대지를 갈아 나가듯 비행기로 구름밭을 갈아나가는 하늘 위의 농부'다. … 밤하늘에서, 머리 위에 찬란한 성좌를 이고 비껴 있는 강 굽이를 헤아리며 어느 먼 나라 항공을 비컨(수로, 항공, 교통의 표지 및 신호)등 깜박이며 찾아서 날아가는 비행사란 밤의 대기를 가르는 농부요 시인이 아니겠는가.
>
> ─『바하사막 밀밭에 서서』 35면

낮에는 물리적인 밭을 일구는 개척자로 밤에는 마음의 밭을 가는 시인으로 그는 살아간다. 그런 김호길 시인의 모습은 「사막抄」의 한 수가 드러내 보여준다.

> 사구(砂丘)를 지우고 일구는
> 매운 바람도 자고

온갖 살아있는 것들이
탄주하는 노래의 장강(長江)
어쩌면 시의 고향을
찾아볼 수 있겠네

- 「사막抄」부분

그의 개척정신과 실험성은 디아스포라 경험의 재현이라는 소재의
확장에서만이 아니라 시조 형식의 실험으로도 이어진다. 홑시조 연습
에는 일본의 하이쿠를 연상시키는 이미지의 순간적 포착이 나타난다.
시인이 홑시조라고 이름 지은 것처럼 기존 시조 형식을 파괴하면서도
시조의 중요한 형태소를 간직하는 종장, 홑 장으로 이루어지는 시를
보여준다. 홑시조 연습에서 시인이 일관되게 유지해온 시세계가 단편
적으로 드러나는 부분들은 다음과 같다.

－시인

못부릴 짐을 지병을
지고 가는 나그네

－야간 비행

아늑한 밤의 품 속에
깜박이는
떠
　돌
이

별

―삼장시인

해묵은 심전(心田)을 매는
그대
아침의 농부

―「홑시조 연습」일부

　「홑시조 연습」에서 보여주는 글자의 시각적 배열에 주목해보자. 별
의 이미지를 텍스트 내에서 보다 효과적으로 구현해내기 위하여 낱말
들을 흩뿌려 두고 있음을 볼 수 있다. 떠돌이별이 4음절의 복합명사
로 평이하게 드러나는 대신에 각자 분리된 채 떠돌게 만든 것이다. 그
리하여 독자로 하여금 떠돌이 별이 텍스트 내에서 떠돌고 있다는 것을
직접 감지할 수 있게 한다. 이러한 실험적 텍스트를 구현하는 일은 아
주 낯설지는 않다. 이영도 시인의「나비」나 장순하 시인의「고무신」에
서 처음으로 실험된 바 있다. 문무학 시인의「중장이 생략된 시조, 한
반도는」에서도 참신하게 다시 시도되고 있다. 아주 새로운 것은 아니
라 할지라도 김호길 시인은 전통을 계승하면서도 동시에 혁신하는 현
대 시조단의 새로운 움직임에 그처럼 동참하고 있는 것이다. 밤하늘
의 떠돌이별, 그 이미지는 김호길 시인의 정체성을 보여주는 것이기도
하다. 그리하여 시인의 다른 시편에서 계속하여 변모하며 재등장하곤
한다.

4. 기억에의 헌신: 시조, 그 어쩌지 못할 지독한 첫사랑

　어쩌면 시조는 김호길 시인의 삶, 그 자체였을지도 모른다. 그의 첫사랑이었는지도 모른다. 한번 마음 준 까닭에 평생 함께 하는. 어쩌면 평생을 첫사랑에 바치는 것이 예술가의 운명일 수도 있다. 영화 〈시티즌 케인〉을 감독한 오손 웰즈(Orson Welles) 감독의 경우처럼. "한 번 영화와 결혼했는데 그 배우자가 병 들었다고 결혼을 파기할 수 있느냐?"고 웰즈 감독은 말한 바 있다. 김호길 시인에게 있어 시조도 그 배우자와 같다. 성공한 벤쳐 농업인으로서 승용차로 풍요로운 캘리포니아 땅을 달리면서도 그는 평생 시조를 끌어안고 즐겨 노래하면서 또한 끙끙거리기도 하고 있다. 그것은 그가 심장의 한 조각을 진작에 시조에 바쳤기 때문일 것이다. 갓 스무살, 꿈 많은 한 젊은 청년이 진주 개천예술제 시조 백일장에서 장원의 영광을 차지했다. 그날 이후 그는 시조와 맺은 인연을 굳게 지켜오고 있다. 「연」은 시인의 자화상으로 읽히는 시편이다. 고국을 떠난지 삼십년이 지난 뒤에도 모국어와 시조를 껴안고 놓지 못하는 김호길 시인의 모습이 텍스트에 고스란히 담겨 있다.

　　그 먼 날 날아간 연을
　　여직 늘 생각는다.

　　하늘 무한 창공 너머
　　은하계로 날고 있나

그 한 줄
인연의 끈을
아직 놓지 못한다.

- 「연」 전문

지구 곳곳을 찾아 도는 인생의 항로에서 여러 항구를 거쳐 가면서
도 마음에는 초라한 고향의 작은 항구가 가장 아름다운 곳으로 남아있
었다. 그 가슴 속의 한 곳이 지남철처럼 그의 발길을 끌 듯이 그의 한
생은 첫 인연의 끈을 단단히 쥐고 있었던 것이다. 그가 인연 맺은 조
국, 모국어, 사람들, 그리고 시조…

김호길 시인은 몸으로 궁핍의 한국 현대사를 꿰뚫어 왔다. 맨주먹
으로 미국의 자본주의를 학습하고 정복해왔다. 그가 농사를 지으러 멕
시코에 처음 내려갔을 때의 이야기는 초현실적이라고 할 만하다. 그
는 남쪽 멕시코로 가면 미국에서처럼 비싼 땅을 빌리지 않아도 싼 값
에 땅을 얻어 농사를 지을 수 있을 것 같다는 상상을 했다. 그 꿈이 그
를 이끌었다. 그러나 그 멕시코의 어디로 가야 하는지 아무도 가르쳐
주지 않았다고 한다. 그래서 미국에 배달되어 온 야채 박스에 적힌 주
소를 보고 그것을 종이에 적어 찾아갔다고 한다. 스페인어 한 마디 못
하면서 트럭 하나를 끌고 멕시코로 그냥 달려가서 농장을 일구었다고
한다. 그런 대담성이 그의 삶을 이끌어왔다. 하늘에서 사막에서 한반
도에서 미주대륙에서.

시인은 창조를 멈추지 않는다. 그는 이제 농사꾼으로서 기후 변화
에 대응할 수 있는 새로운 영농법을 개발하고자 부단히 공부한다. 자
본주의 이후에 올 것이 무엇인지 궁리한다. 늘 땅을 살핀다. 이제 재

화는 더 이상 땅에서 창출되는 것이 아니라 그 땅의 젖줄, 물에서 창출
되리라고 예언한다. 그는 노마드(nomad) 즉, 유목자이다. 여러 국경을
일 년에 몇 번이고 넘나든다. 미국과 멕시코 국경, 미국과 한국 국경…
자본의 흐름을 따라, 물길을 찾아, 어린 시절 어머니의 자장가를 찾아,
잃어버린 조국의 봄날 아지랑이를 찾아. 전 지구를 떠도는 그의 발길
아래 땅 깊은 곳에는 시심(詩心)이 흐른다. 그의 삶의 영토에 창조의
물을 대는 시심의 수맥이 거기 있다. 그는 아직도 밤이면 시를 쓴다.
그 시의 형식은 시조이다. 「고향생각」은 디아스포라로 요약되는 그의
인생과 시조를 축약하여 보여준다. 김호길 시인에 대한 글은 김호길
시조 텍스트의 직접 인용으로 마무리되어야 한다. 텍스트가 시인의 모
든 것을 말해주기 때문이다.

고향은 언제나 내게 꿈이고 또 신앙이다
외로울 때나 슬플 때나 메아리로 와서 닿는
청솔 숲 뻐꾸기 소리 늘 가슴에 빗고 있다

항일성 해바라기만큼 그 땅으로 끌리는 마음
그날 그 순간만은 만월만한 복일러니
어머님 자장가 소리 눈이 절로 감기는…

오봉산 나락논에서 쫓겨 나온 새떼 같은
엮어온 숱한 세월 돌아보면 회한인데
뒤뜰에 채마밭 일구는 그런 꿈이 그리워

고향은 언제나 내게 정이고 또 사랑이다

세상사 티끌 속 누벼 마지막 돌아갈 귀항
푸른 산 푸른 물빛이 눈에 삼삼이누나.

-「고향생각」 전문

김호길의『사막 시편』읽기
— 비상의 꿈과 견인의 의지

김호길 시인의『사막 시편』(2012)은 그가 새로운 시업을 시작했다는 것을 알리는 일종의 데뷔 시집으로 볼 수 있다. 오랜 이민 생활을 거친 후 고국에 거처를 마련한 시인이 모국어로 다시 창작활동을 시작했다는 것을 알리는 신호이다. 60년대에 등단하여 한국 시단의 융성에 기여하기 시작한 때로부터 50년 가까운 시력을 지닌 시인이지만 80년대 미국으로 이민을 떠남으로써 한국 시단에서는 어느덧 그의 존재가 잊혀져가고 있었다 할 것이다. 모국어에 대한 엄청난 애정을 간직한 채 시인 또한 험난한 인생 여정을 개척해 오느라 시작에만 온전히 몰두하지 못했을 것이다.

한국이 산업화, 근대화의 시절을 통과하던 60년대 70년대에 그는 비행기 조종사로서 베트남전에 참전하고 대한항공 조종사의 길을 걸었다. 미국 이민 이후에는 미주 한인 신문사의 기자 생활을 거쳐 멕시코에서 농장을 경영하는 농업경영인의 길을 걸어왔으니 그는 실로 다채로운 변신의 길을 걸어 온 것이다. 그런 유목민(nomad) 인생, 집시 같은 인생의 역동성과는 달리 문학에 관한 한 그는 한결같은 집념과 애착으로 시조 장르만 고집해왔다. 일찍이 그가 비행기 조종사의 경험에서 얻은 시상들로 빚어낸 「난류」와 「해발 삼만 구천 피트」등은 한국 현대시조의 영역에 독특한 색채를 더해주었거니와 『사막 시편』은 멕시코의 한인 농부의 경험이라는 더욱 독특한 소재를 취한 시편들로 구성되어있다. 미국 남가주 지역에서 우리말로 창작하는 한인 문인들 가운데에서 주춧돌 역할을 해 온 까닭에 그의 존재는 '해외 한인 문학'의 지형도를 그릴 때에 중요한 위치를 차지한다. 아울러 이제 이 시집에서 '사막'이라는 공간적 질료를 한국 현대 시조의 영역에 끌어들임으로써 현대 시조의 영역을 확장하고 있다 할 것이다.

시조가 려말선초(麗末鮮初)부터 다양한 형태로 변주되어 창작되면서 한국인의 미의식을 고양시켜왔다는 사실을 부정할 사람은 아무도 없다. 장순하 시인이 「시조사절요」에서 노래한 것처럼 시조는 장백산에서부터 한산도에 이르는 한반도 전체를 공간적 배경으로 삼았고 봄밤의 정한이나 님 그리는 사모의 정에서부터 4.19의 역사적 성취와 그 그늘에 가려진 희생을 노래하기에 이르기까지 장대한 시간성의 축 위에 또한 놓여 있기도 했다.

> 만수산(萬壽山) 드렁칡도 얽지 못한 일편 단심
> 만월대(滿月臺) 저녁답에 목동의 피리 소리
> 다정도 병 되는 삼경 자규새가 울었다.
>
> 삭풍부는 장백산(長白山)달 밝은 한산섬(閑山島)
> 동창에 노고지리 강호에 해오라기
> 동짓달 기나긴 밤에 귀 세우는 신발 소리.
> – 장순하, 「시조사절요」 전문

이제 김호길 시인의 『사막 시편』은 한국 현대 시조의 공간을 해외로 확장시키는 디아스포라 한인 시조의 시작을 알리는 것으로 볼 수 있다. 전지구화의 시대를 맞아 현대 시조가 국내 한국인의 정서를 재현하는 장르이기에 그치는 것이 아니라 지구 곳곳에 퍼져 있는 한인들의 다양한 체험을 담아낼 수 있음을 보여주는 것이다. 한국을 떠나 미국을 거쳐 멕시코 사막을 자신의 삶의 터전으로 삼았기에 시인은 자신을 영원한 경계인(borderlander)이요, 전지구적 집시(global gypsy)요, 이방인(outsider)이요, 우주 공간에서 홀로 소멸하는 유성이라 부른다. 「사막시편—유성」은 그의 자화상으로 읽히는 시편이다.

> 난 아마 몇억 광년 밖
> 먼 별나라 사람.
> 고국에서 늘 이방인
> 이국에도 늘 이방인
> 빛 긋는 유성이 되어
> 또 떠나는 꿈을 꾼다.
>
> —「사막시편—유성」 전문

고국에서도 이국에서도 이방인일 수 밖에 없는 것이 경계인의 본질이다. 이편에도 저편에도 완전히 소속될 수 없는, 이중의 부정성으로 경계인은 특징지어 진다. 머무르지 않기, 꿈 꾸기, 그리고 또 떠나기… 떠돌이의 삶, 떠돌이의 노래는 실로 한결같이 그의 시세계의 특징이 되어왔다. 일찍이 시 「난류」에서 "이승에선 편할 날 없는" 이라고 스스로 예감하고 예언했듯이 그는 삶의 수없는 난류들을 관통해왔다. 그리고 꿈꾸기를 거듭해왔다. 세월이 막을 수 없는 그의 꿈은 이제 유성의 모습으로 '빛긋기'를 하고 있는 것이다.

　이전 하늘을 날던 그의 꿈이 파도를 뚫고 오르는 새와, 햇빛과 바람에도 굽히지 않는 해바라기의 기상으로 드러났다면 이제 고희에 이른 시인은 시편 곳곳에서 관조의 정서를 드러내고 있다. 가장 커다란 절망의 상징물인 사막 앞에서 머리 숙여 감사하는 모습을 보이고 '고요'를 노래하는 그윽한 시선을 지니게 된 것이다. 「사막시편— 강아지 풀」에는 모든 것이 말라 바스라지게 만드는 자연의 절대적 권력 앞에 한 개 흔적 없는 생명으로 살다 순순히 스러져가는 존재에 대한 동정심이 드러나 있다. 이 시의 소재는 단순한 몇 개의 사물에 한정된다. 말라죽은 강아지풀, 사막, 바위, 바람, 하늘, 그리고 그 모두를 감싸고 있는 고요가 그것이다. 현란한 색채보다 여백의 미를 강조하는 한 폭의 수묵화를 보듯, 백색의 화선지에 굵고 단순한 붓질로 친 난을 보듯, 그의 시편에서 바위틈의 강아지풀을 중심으로 한 사막의 한 장면, 그중에서도 고요한 한나절의 스케치를 볼 수 있다. 아무도 몰래 태어났다 그렇게 사라져간 강아지풀을 하늘이 고요히 감싸주고 있다. 이 정경을 그리기에는 한 수의 단시조로 충분하다.

　　비 한 방울 오지 않는
　　사막 바위 틈서리
　　말라죽은 강아지풀을
　　바람이 흔들고 간다.
　　꽃 피워 섬겨준 하늘
　　고요로 감싸주느니

　　　　　　　　　　　　　　　　　　－「사막시편—강아지 풀」 전문

「사막시편─강아지 풀」을 읽으면 윌리엄 워즈워드(Willliam Wordsworth)의 1799년작 시, 「그녀는 인적없는 길에 살았네(She Dwelt Among the Untrodden Ways)」를 떠올리게 된다.

그녀는 인적없는 길에 살았네
도브 강물이 시작되는 곳 옆에.
찬미해 줄 이도 전혀 없고
사랑해줄 이도 별로 없는.

이끼 낀 바위 옆의 바이올렛 한 송이
사람들 눈에서 반쯤 가려진!
─ 하늘에 단 하나의 별만이 반짝일 때, 그 별처럼 아름다운.

루시는 아무도 몰래 살았네
이 세상 떠난 것 아는 이도 거의 없었네.
그녀는 무덤에 누웠고,
아, 나에게 그 차이란!

She dwelt among the untrodden ways
  Beside the springs of Dove
A maid whom there were none to praise
  And very few to love;

A violet by a mossy stone
  Half hidden from the eye!
─Fair as a star, when only one
  Is shining in the sky.

She lived unknown, and few could know

   When Lucy ceased to be;

But she is in her grave, and oh,

   The difference to me!

       – 워즈워드, 「그녀는 인적없는 길에 살았네」 전문. (필자 번역)

워즈워드가 시적 소재로 삼은 것 또한 단순한 몇 대상이다. 루시라는 이름의 아가씨, 도브 강, 이끼 낀 바위, 바이올렛, 별, 하늘이 그 전부이다. 하늘에 별 하나만 반짝일 때의 그 별처럼, 이끼 낀 바윗가에 핀 바이올렛처럼 사람들로부터 멀리 떨어져 살다 간 한 처녀를 워즈워드는 노래했다. 마찬가지로 김호길 시인은 사막 바위틈에 혼자 태어나 꽃 피우고 죽어간 강아지풀을 노래하고 있다. 강아지풀과 처녀는 숨어서 조용히 났다가 그렇게 소리 없이 사라져 자연의 일부로 환원하는 지구상의 수많은 생명체들을 지시한다. 그들이 지닌 소박하고 순결한 아름다움은 세상이 주목하지 않는 것이다. 그 작은 생명체에게 눈길을 주고 그 하찮은 생명체의 존재와 부재를 인식하는 것, 존재와 부재의 차이를 가슴에 새기는 것이 시인의 몫이다.

워즈워드는 시의 마지막에 시적 화자인 자신을 투영한다. "내게 그 차이라니!"하고 자신을 중심에 두는 것이다. 루시라는 한 처녀의 존재는 이 지점에서 후경으로 물러서고 시적 화자인 남성 주체가 경험하는 상실감이 시적 종결에 놓이는 것이다. 김호길의 시조는 우리 동양화가 그러하듯 주체를 배제하고 정경만을 그리고 있다. 하늘과 고요가 주체의 자리를 대신하게 한다. 멀찍이서서 자연을 바라보는 시적 화자는 텍스트상에 가리어져 있는 것이다. 그리하여 강아지풀을 바람과 하늘 같은 자연 속에 온전히 남아있게 만든다. 자연을 시적 주체의 감정에 봉사하는 대상으로 변환시키는 것이 아니라 시적 주체가 자연의 고요를 존중하고 보존하는데 봉사하는 것이다. 광활한 사막에 서보라! 누구든 자연 앞에 겸손히 몸을 낮추게 될 것이다. 꽃 피우고 섬겨준 하늘에 감사할 따름일 것이다. 그렇다면 주체를 감춘채 풍경화같은 텍스트를 보게 되는 것은 당연할 따름이다.

바슐라르(Gaston Bachelard)의 물과 불의 시학에 의지해 보자면 『사막 시편』은 단연 불의 요소가 우세한 텍스트이다. 물은 생명이요 변화이며 불은 소멸에 해당한다. 사막의 존재는 필연코 물기의 부족과 상실에서 연유하는 것이다. 인간 살이도 그와 다르지 않다. 「사막시편—시원의 사막」에서 시인은 물기 마르면 모든 것이 사막의 모래처럼 바스라져 버린다는 것을 간파해 내고 있다. 밀림이 변하여 석유가 되듯이 사람 살이에 있어서는 물기 마르면 사랑도 사막으로 변하기 마련이다. "네 사랑 물기가 마를 때/ 사막이 시작되었네" 하고 시인은 인간 사회의 사막을 노래한다.

물기는 생명의 동의어이다. 물기 없는 사막에서 살아있는 생명은 위대한 것이다. 작열하는 햇빛 아래 모든 것이 바스라져 내리는 사막에서는 삶은 삶대로, 죽음은 죽음대로 각별한 의미를 지닌다. 사막은 있음과 없음 사이, 존재와 부재 사이의 이항대립적 구별과 위계질서를 허물어버릴 것을 가르친다. 「사막시편—생과 사」를 보자.

이곳의 무생물은
있는 그대로 숭고하다.

살다가 죽은 것은
그 여정이 눈부시고
아직도 숨쉬는 모두는
그 투쟁이 거룩하다.

—「사막시편—생과 사」 전문

자연의 위력 앞에서 삶이 허여된 존재는 그 삶을 사는 것이고 그 삶이 거두어진 다음에는 살아있는 동안의 아름다움으로 그 죽음을 기억해야 한다고 시인은 노래하고 있다.

「사막시편— 산(山)아!」에 이르면 시적 소재가 사막에서 산으로 전이되는 것을 발견할 수 있다. 멕시코 라파즈 바닷가에 자리 잡은 시인의 집에서는 바다 건너 길게 드러누워 있는 산이 건너다 보인다. 사막이 끝나는 곳, 아직 원시의 색깔을 간직한 짙푸른 바다가 펼쳐지고 그 너머에 산이 드러누워 있는 것이다. 시인은 그 산을 자신의 가진 기상과 시인으로서의 시적 자존감의 등가물로 삼는다. 그 산은 드러누워 명상하기도 하고 때로는 달아나는 것처럼도 보이지만 더러 도도히 우뚝 고개 쳐들기도 한다. 그 산이 그렇게 사막과 거리를 둔 채 산으로 남아있는 것을 두고 시인은 해와 달과 별이 지켜주어 그러하리라 본다. 다시 우주의 한 존재를 보듬어 안는 자연의 신기한 조화를 찬양하는 것이다. 그리고 그 산으로 하여금 산으로서의 기개를 지키게 만드는 것은 산에 맞대어 부는 바람이라고 본다. 그 바람을 참선하는 승려의 정신을 가다듬는 죽비에 비유한 것은 그 바람의 채찍질로 인하여 산이 산의 기상을 간직할 수 있기 때문이다.

한 존재를 돌보는 자연의 조화로운 기운에 감탄하면서도 자신에게 다가오는 시련과 절망, 고난에 대해서도 이를 시인 자신을 일깨우는 '죽비'로 받아들이는 수용의 자세를 여기에서 엿볼 수 있다.

> 누운 소마냥 드러누워 명상하는 산아!
> 뱀처럼 구불구불 기어 달아나는 산아!
> 그중에 독사처럼 우뚝 고개 쳐든 산아!
>
> 해와 달은 널 위해 돌고 또 돌았느니
> 별무리도 또 널 위해 밤새워 등을 달고
> 바람은 무시로 불어 죽비 치고 지나노니.
>
> — 「사막시편—산(山)아!」 전문

모험을 두려워하지 않고 절망의 심연을 들여다보며 치열하게 살아온 시인의 삶은 풍부한 시적 질료를 지닌 이로 김호길 시인을 특징짓는다. 모국어로 시를 쓰는 시인의 자리로 회귀할 것임을 선언하였지만 이방인으로 살던 시인과 모국어 사이에는 아직 조금의 거리가 남아있을 것이다. 그 거리가 좁혀지는 시점에 시인은 6, 70년대에 보여주었던 꿈 많은 청년의 기상과 화려한 시어들을 회복하게 될 것이다.

"거리(distance)는 발견(discovery)을 가능하게 한다"는 말이 있다. 가까이 있어 익숙하면 보이지 않던 것들이 일정한 거리를 두고 멀어지게 되면 보인다는 말이다. 이제 오랜 이민 생활을 반쯤 접고 고국에 돌아온 시인이 우리 문화의 어떤 면모를 발견하고 시로 재현할지 기대된다. 영어와 스페인어를 능숙하게 구사하는 시인에게 모국어의 어떤 음향, 어떤 의미가 각별하게 다가올지, 늘 꿈속에 보이던 고향의 풍경은 이제 어떤 색채로 그에게 다가올지 궁금하다. 모국어의 미묘하고 섬세한 아름다움이 시인의 폭넓은 노마드 경험과 어우러져 한국 현대 시조의 새로운 영역을 개척해 보이기를 기대한다.

춘설 속 사과배 한 알

— 오세영 시조집 『춘설』 읽기

1. 슬픔을 아는 자여, 시인이여!

오세영 시인은 오랜 세월 동안 현대 시단에서 전통적 서정시를 계승하는 장자(長子)의 역할을 담당해왔다. 시인이 제1회 소월시 문학상 수상자라는 사실에서 그 점을 확인할 수 있다. 시집 아메리카 시편의 자서에서 그는 "시인은 잃어버린 것을 찾아 헤매는 자"라고 규정한 바 있다. 슬픔과 상실이 숨기고 있는 아름다움을 알아차리고 그 슬픔과 아름다움을 날실과 씨실로 삼아 서정시의 직물을 한 평생 짜온 이가 오세영 시인이다. 80년대에 발표한 어느 글에서 시인은 어린 시절 언덕에 올라 진달래 꽃 더미에서 보던 햇살과 그 진달래로 꽃전을 부쳐주던 어머니에 대한 기억을 쓴 적이 있다. 진달래와 어머니… 그 모티프는 시인의 시세계의 저변에 오래도록 남아있었다. 시인은 외로움에 익숙하고 슬픔과 친구 하며 살아왔고 그래서 잃어버린 것을 평생 찾아 헤매왔다고 볼 수 있다.

19세기 후반의 아일랜드 시인, 오브리 드 비어(Aubrey Thomas de

Vere (10 January 1814 - 20 January 1902))의 시를 읽다가 오세영 시인의 시편들을 떠올리게 된 것은 아마도 그런 이유에서일 것이다.

When I was young, I said to Sorrow,
"Come I will play with thee"…
He is near me now all day:
And at night returns to say,
"I will come again to-morrow,
I will come and stay with thee."

Through the woods we walk together;
His soft footsteps rustle nigh me,
To shield an unregarded head,
He hath built a wintry shed:
And all night in rainy weather,
I hear his gentle breathings by me.

어린 시절, 슬픔에게 내가 말했지
"이리와, 내가 너랑 친구해줄게"
슬픔은 이제 하루 종일 내 곁에 머문다
그러다 밤이 되면 돌아가며 이른다.
"내일 올게, 내일 다시 와서 너랑 있어줄게"

우리는 숲 속을 함께 걷는다
슬픔의 부드러운 발자국은 내 곁에서 바스락거리고.
아무것도 쓰지 않은 내 머리를 젖지 않게 하려고
슬픔은 초라한 오두막 한 채를 지어주었다.

비 오는 밤이면 밤새도록

내 곁에 잠든 슬픔의 부드러운 숨소리를 듣곤한다. (졸역)

어릴 적부터 슬픔과 친구 되어 오세영 시인은 들녘의 진달래와 멀리 사라지는 기차와 외로운 존재들과 무지개와 어머니를 노래해 왔다. 홀로 시인을 키우신 어머니에 대한 잔잔한 사모곡은 만물을 포용하고 양육하는 여신으로 변주되어 재등장하기도 했다. 옥타비오 빠즈(Octavio Paz)는 "고독은 인간 존재의 심오한 사실이다. 인간만이 자신이 외롭다는 것을 인지하는 존재이다"라고 말한 바 있다. 오세영 시인은 누구보다도 더 분명하게 그 외로움을 직시하고 외로움의 근원을 시를 통해 파고 들어온 시인이다.

시조시집 『춘설』에 이르러서도 시인의 시편들에는 고요하고 평화로운 봄의 정경(「봄날」「해빙」「춘곤」「봄비」「춘설」 등)과 무지개(「무지개」)와 기다림(「기다림」)이 거듭 등장하는 것을 볼 수 있다. 그의 시세계에 일관되게 흐르던 슬픔의 정조가 단아한 시조형식과 만나 과잉된 낭만성을 견제하면서 절제된 모습으로 다시 드러나는 것을 볼 수 있다. 한편으로는 옛 고향집으로 돌아가는 듯하며 또 한편으로는 회귀의 마음조차 뛰어넘어 고요 그 자체에 이르는 자세를 보여주기도 한다. "뒷산의 멧비둘기 울음만 마당 가득 쌓인다"(「봄날」) "섬진강 은어떼에게 그 날짜를 묻는다"(「서하 초등학교 벚꽃」) 구절을 읽을 때 '대상과의 거리'를 명료히 인식하면서 쉽게 얼려들지 않고 자신의 자리를 지키는 원숙한 자세를 다시 보게 된다.

2. 시조의 씨앗

오세영 시인이 발표한 자유시들은 어쩌면 편편이 이미 시조였다. 그의 자유시에는 시조의 씨앗이 들어앉아 있었던 것이다. 시집『춘설』에 수록된「모래」시편은 시인이 각주에서 밝히듯 1982년 시집『가장 어두운 날 저녁에』에 수록된「모순의 흙」을 시조 형식으로 다시 빚은 것이다. '깨어짐'에서 '완성'을 찾는 역설의 사유체계를 두 시편은 보여준다.

흙이 되기 위하여
흙으로 빚어진 그릇,
언제인가 접시는 깨진다.

생애의 영광을 잔치하는
순간에
바싹
깨지는 그릇,
인간은 한번
죽는다.

물로 반죽하고 불에 그슬려서
비로소 살아있는 흙,
누구나 인간은
한 번쯤 물에 젖고
불에 탄다

하나의 접시가 되리라
깨어져서 완성되는
저 절대의 파멸이 있다면,

흙이 되기 위하여
흙으로 빚어진
모순의 그릇

－「모순의 흙」 전문

　"깨어져서 완성되는 저 절대의 파멸" 구절은 시인의 시편 전편에 변주되면서 반복적으로 나타나는 중요 모티프 중의 하나이다. 오세영 시 세계의 핵심은 두 가지로 간추려 볼 수 있다. 앞서 언급한 바의 낭만성의 정조와 「모순의 흙」에서 보이는 역설의 철학이 그것이다. 오세영 시인은 전통적 서정시의 기본 정서를 가장 잘 구현하는 시인이면서 동시에 찰나를 통하여서만 현현하는 철학을 시로 포착하고 구현하는 시인이기도 하다. 물상과 인생의 정체 혹은 그것들을 구성하는 힘의 물리학을 궁구하는 자세를 보여주는 시편들이 후자를 설명한다. 동양의 노장사상이 보여주는 지혜가 시인의 정신세계를 구성하면서 오세영 시의 또 하나의 축을 이루고 있음을 시인은 일관되게 보여온 것이다.

인간이란 한 개 그릇. 그 누구는 권력을,
또 누구는 금전이나 명예를 퍼 담지만
잔치가 절정에 달하는 순간 바싹 깨져버린다.

깨지고 깨져서 바닷가에 흘러들어

비로소 자신만의 자유가 되는 모래
수평선 먼 해조음에 귀를 여는 금모래

– 「모래」 전문

깨어짐의 순간이 곧 진정한 완성의 순간임을 노래한 점은 두 편이 동일하다. 「모순의 흙」에서는 "절대의 파멸"이라는 이름으로 그 순간을 찬양했다. 흙에서 빚어져 흙으로 돌아가는 것이 그릇의 궤적이다. 그 그릇은 곧 그처럼 무(無)에서 나타나서 형태를 갖추었다가 다시 한 줌 흙에 묻히어 처음의 무(無)로 돌아가는 인생의 제유로도 기능했다. 「모래」에서는 그 흙의 이미지가 '자유'의 은유와 어울리며 모래로 변주되어 나타난다. 그냥 원래의 자리로 돌아가는 것이 아니라 돌아가는 과정에서 "자신만의 자유"를 누리는 존재가 된다. 수평선 먼 해조음"이라는 청각적 이미지도 도입되어 그 자유는 더욱 축복 받은 자유로 변모한다. "깨지고 깨져서," 즉 세상살이의 속박에서 모두 풀려나 한 알 모래로 돌아가는 자유를 누리는데 그 자유를 통해 바다의 노래소리를 비로소 듣게 되는 것이다. 바다의 노래는 예술의 발견이기도 하고 그 예술은 다시 자연이라는 궁극적이고 완벽한 예술의 모습으로 제시된다. "귀를 여는"과 "금모래"가 어울려 자유로운 삶이 구현하는 깨달음의 순간을 드러내며 그 광채 또한 제시하고 있다. 그릇이라는 도구적 존재로서의 자아를 부정한 자리에서 본아(本我)를 발견하기를 기원하는 마음이 나타나는 시편이다.

그런데 시조의 씨앗을 품은 채 자유시로 개화한 시편들은 시인이 밝힌 것보다 훨씬 많다고 볼 수 있다. 시인의 자유시를 읽다 보면 그 속에 시조의 형식이 과일의 씨앗처럼, 혹은 신체의 뼈대처럼 이미 자리 잡고 있음을 알아차릴 수 있다.

다가서면 관능이고

물러서면 슬픔이다.

아름다움은 적당한 거리에만 있는 것.

너무 가까워도 너무 멀어도

안 된다.

다가서면 눈멀고

물러서면 어두운 사랑처럼

활활

타오르는 꽃.

아름다움은

관능과 슬픔이 태워 올리는

빛이다.

- 「양귀비꽃」 전문

「양귀비꽃」을 읽으며 필자는 시인의 뜻을 기리면서도 감히 몇 줄을 건너 뛰고 줄여 읽으며 한 편 시조로 그 시편을 즐기고 있는 자신을 발견한다.

다가서면 관능이고
물러서면 슬픔이다.
다가서면 눈멀고
물러서면 어둡다
활활
관능과 슬픔이 태워 올리는
아름다움, 그 빛, 그 꽃,

소설을 영화나 연극의 극본으로 바꾸는 것을 각색이라 하는데 자유시를 시조로 바꾸는 것은 무엇이라 부를까? 적당한 이름을 찾을 수 없을 것이다. 그런 경우가 드물테니 말이다. 자유시의 시조 각색이라는 이름으로 불러도 좋을지 모르겠다. 또 다른 시편, 「무명 연시」도 시조로 다시 읽을 수 있다. 「무명 연시」는 1980년대 한국인의 애송시였다. 여전히 애송시인지는 알 길이 없다. 지금은 세대가 바뀌고 그에 따라 시적 감수성에도 변화가 있을 수 있으니 말이다.

꽃씨를 묻듯
그렇게 묻었다.

가슴에 눈동자 하나,
독경을 하고 주문을 외고

마른 장작개비에
불을 붙이고
언땅에 불씨를 붙였다.

꽃씨를 떨구듯
그렇게 떨궜다.

흙 위에 눈물 한 방울,
돌아보면 이승은 메마른 갯벌
목선(木船) 하나 삭고 있는데

－「무명 연시」전문

꽃씨를 신호로 하여 '묻다'와 '떨구다'가 교차하며 변주한다. 그리고 눈동자와 눈물의 이미지가 다시 묻은 꽃씨와 떨군 꽃씨의 이미지에 화답한다. 그리하여 떠나간 존재와 시적 화자의 그리움을 담아낸다. 마지막 구절에 이르면 그 이미지는 그동안 통합성을 이끌던 꽃씨와 눈의 이미지에서 급격히 이탈한다. 갯벌과 목선의 이미지가 등장한 것이다. 꽃씨가 열어 보이는 상상의 세계는 꽃이 피어 생명력이 충만한 세상이다. 그리움은 눈동자가 대신하여 노래하고 눈물은 상실의 정조를 드러낸다. 눈동자가 대변하는 아름다움과 그리움, 눈물이 대변하는 상실의 시간 뒤에 남겨진 이승은 "메마른 갯벌"이 된다. 거기 시적 화자는 물이 없어 떠오르지 못하고 항해할 길이 없는 목선으로 남겨져 있다. 삭아가는 목선이 그런 시적 화자의 고적한 절망을 드러낸다.

장면의 묘사라거나 경치의 재현과 같은 상투적 형상화를 벗어나 이미지 혹은 사상의 간결한 제시를 핵심으로 삼는 것이 현대시의 세계이다. 그래서 시인은 꽃씨와 목선의 이미지를 제시하는 것으로 현대시의 속성을 구현해내고 있다. 이 시편 또한 이미 잠재적 형태의 시조로 볼 수 있다는 주장이 가능한 것은 위에서 살펴본 바와 같은 이미지의 변주과정이 시조의 내적 문법에 충실함을 보여주기 때문이다.

시조는 중국의 한시와 일본의 하이쿠와 일정한 동일성을 지니면서도 그 두 장르와 구별되는 특수성을 지닌다. 한시는 4줄의 시행을 거느리며 기승전결의 구조로 이루어져 있다. 반면 하이쿠는 두 줄로 구성되어 제시하는 바와 함축하는 바라는 두 이질적 요소를 병치한다. 시조는 3줄이라 양자의 절충이라고 볼 수 있다. 한시와 하이쿠 사이, 그 혼종성의 장르로 볼 수도 있다. 한시처럼 기승전결로 균형 있게 이미지와 의미의 변주를 보이는 대신 초, 중장에서는 기와 승을 보이지만 종장에서는 전과 결을 한 줄로 압축한다. 또한 하이쿠와 대조하여 설명하자면 하이쿠의 첫 줄을 시조의 초, 중장이 받아들여 보다 완만하게 시상을 전개하고 종장에서는 급격히 전환하여 압축하고 종결에 이른다고 설명할 수 있다. 고시조에서 초, 중장은 서경(敍景)에 종장은 서정(敍情)에 사용되는 것을 쉽게 찾아볼 수 있다. 즉 대상의 묘사나 서사의 전개를 초, 중장에서 보여주다가 종장에서는 시적 화자의 내면 세계로 전환하는 것을 볼 수 있다. 「무명 연시」는 서경과 서정의 변증법적 결합을 잘 보여주고 있다. 다시 한 번, 장르 변환이라는 무례한 자유를 감히 누리며 「무명 연시」를 시조의 리듬으로 새로이 읽어본다.

꽃씨 묻듯 그렇게 가슴에 묻은 눈동자
꽃씨 떨구듯 그렇게 흙 위에 떨군 눈물 방울
이승은 메마른 갯벌, 목선 하나 삭고 있는데.

초장과 중장에서는 꽃씨가 등장하여 눈동자와 눈물 방울의 이미지로 확장된다. '묻다'와 '떨구다'의 변주로 인해 초장의 도입과 중장의 전개가 분명해진다. 종장은 급격한 이미지의 전환을 보여주며 갯벌과 목선의 등장을 보여준다. 그리하여 초, 중장의 사연을 후경으로 삼으며 시적화자의 외로움을 강조하는 효과를 갖는다.

「한세상」은 슬픔을 주된 정조로 지닌 시인의 상상력이 염결성과 초월에의 기원이라는 정신적 지향성과 만나 빚어진 시편으로 볼 수 있다. 「한세상」 또한 자유시로서도 유려한 가락과 깊은 서정성을 느끼게 하는 시편이다. 시조로 바꾸어 보아도 그 정서를 그대로 느낄 수 있음을 또한 알 수 있다.

> 먼 산 그리매 한숨이 되었는가
> 먼 하늘 노을의 눈빛이 되었는가
> 산자락 휘도는 개울물 소리
>
> 생솔가지 불에 타서
> 숯이 되듯
> 마른 육신 정에 타서
> 눈물 되듯
> 한 세상 그렇게 죽을 수만 있다면
>
> — 「한세상」 2,3연

> 먼 산 그리매 한숨이 되었는가
> 먼 하늘 노을의 눈빛이 되었는가

산자락 휘돌아오는 개울소리 아득하다.

생솔가지 불에 태워 고스란히 숯이 되듯
마른 육신 정에 태워 남겨진 눈물이듯
한세상 그렇게 죽을 수 있다면… 눈물로 또 숯으로.

오세영 시인은 시조 시인으로 거듭날 운명의 시인이었던 모양이다.
시조 시인이라는 이름으로 새로운 창작의 길을 열어갈 것임이 충분히
예견되었던 것을 확인할 수 있다.

3. 꽃 피는 시조

자유시를 쓰면서 자유시 속에서 내재율을 십분 구현한 시인이었기
에 오세영 시인이 정형 시학으로 관심을 전환한 것은 매우 자연스러운
결과로 볼 수 있다. 그는 정형 시학 고유의 음보율을 지키는 것을 양
보할 수 없는 요소로 파악하고 있으며 자수 또한 3.4 자의 기준을 벗
어나지 않으려고 한다. 그리하여 시어의 선택에 엄격하다. 2000년대
이후 등단 시인의 경우에서 특징적으로 볼 수 있는 것처럼 젊은 시인
들이 형식의 유연성을 도모하는 것과 대조적이다. 4음보 율격을 이탈
해서라도 상상력을 마음껏 발휘하고 그것으로써 현대 시조의 새로움
을 확정하려는 시인들의 대척점에 그는 서 있다. 오세영 시인은 정형
의 기준을 지키면서도 완고해 보이는 틀 안에서 유연한 시상들이 자유
롭게 유영하는 것을 보여주는 시편들을 보여준다. 그런 시편을 발견할

수 있다는 것은 시조를 쓰는 이의 즐거움이요 독자 또한 공유하는 복
락일 것이다.

> 강물도 머리 풀면 바람처럼 흩날린다
> 하늘로 올라올라 은하처럼 흐르는 강.
> 봄 뜰에 내리는 실비 그 물보라 아닐지
>
> — 「봄비」 전문

고시조에서 보듯 자연에서 몇 가지 소재를 취하고 있는 단시조이다.
단시조는 선명한 이미지를 보여주거나 간명하면서도 강렬한 전언을
전해주는 것이 생명이다. 강물, 바람, 하늘, 은하의 이미지가 모두 맑
고 산뜻한 것인데다가 강, 실비, 물보라등 거듭 반복되면서 변주되는
물의 이미지가 청아하다. 수직과 하강의 이미지가 역전하면서도 다시
조화롭게 얼려 독특하고도 몽환적인 느낌까지 주는 시적 공간을 창조
하고 있다. 봄비로 인해 하늘과 땅이 하나로 어우러진 드문 순간을 포
착하는 눈길이 예사롭지 않게 느껴진다.

> 티 없이 맑고 푸른 하늘 끝 가장자리
> 그 누가 걸어놨나 눈부신 **빨래** 한 벌
> 남끝동 색동저고리다 직녀 것이 분명하다
>
> — 「무지개」 둘째 수

「무지개」의 첫수는 무더운 여름날 소나기가 내린 후 동산에 쌍무지
개가 떠올랐다는 전언을 담고 있다. 무지개의 발생과 그 발견을 그림
으로써 2수를 위한 배경을 제공하는 구실을 한다. 무지개의 일곱 색깔

을 그대로 그려내면서 견우직녀의 설화를 끌어들여 무지개를 대하는 한국인의 집단적 상상력을 대변하고 있다. 비가 내리고 그 비를 전제로 해야만 무지개의 출현이 가능한 것인데 그렇다면 비와 무지개는 삶의 고단함과 환희를 각각 상징한다고 볼 수 있다. 박경리 소설가가 남긴 시 중에 "생의 슬픔도 기쁨도 왜 이리 찬란한가"라는 구절이 있는데 그렇듯 비와 무지개가 함께 부르는 노래는 바로 삶의 슬픔과 기쁨이 어울린 이중창이 될 것이다. 혹은 직녀가 견우를 그리며 직조하는 옷감의 씨실과 날실이 슬픔과 기쁨의 등가물이기도 할 것이다. 삶에는 흐린 날도 맑은 날도 있으련만 흐린 뒤에 찾아오는 맑은 날을 축복하듯 무지개가 걸리는 순간, 그 순간은 우리 삶에 드물게 찾아오는 환희의 시간이다. 그 무지개의 찬란함에서 전래 설화를 다시 찾고 노래하는 시인의 모습을 보라. 전통이 왜 보배로운지, 전통 시가 형식인 시조는 또 왜 소중한지 함께 느끼게 하는 시편이다.

『춘설』 시집의 시편 중 유난히 눈에 드는 시편이 있다. 「여자 1」이다. 시인은 어머니와 함께 보내던 어린 시절의 기억과 노년에 딸과 함께 보내는 시간을 병치하고 있다. 그리하여 기억이 현재로 부드럽게 이동하고 현재의 허허로운 감정이 과거의 시간대를 다시 따뜻하게 비추도록 한다. 그리고 제목에서 짐작할 수 있듯이 시인의 삶에 있어서 여성 존재가 지니는 의미를 그려내고 있다. 어머니는 시인의 인생의 초반부를 열어주고 인도해 준 손길이고 딸은 마지막까지 곁을 지켜줄 존재임을 시인은 '여자'라는 제목을 통하여 강조하고 있다. 이제는 아득한 전설같은 단기 표기의 시절에 어린 날을 보내고 삶을 마무리하는 "마지막 시험"을 마음으로 준비하고 있다. 첫 시험과 마지막 시험 사이, 여성과 또 다른 여성 사이, 거기에 시인의 인생이 펼쳐져 있다. 처음을 기억하며 마무리를 준비하는 삶의 노래가 문득 새롭다. 서정성으로 충만한 시편을 넘어 삶의 한 장면을 카메라로 포착하듯 한 이 시편은 오세영 시인의 작품 중에서는 색다른 편이다. 삶이 여과 없이 들어가 앉아있는 사생화 같은 시편이다. 기억을 고요히 반추할 수 있는 연륜의 시인이 부르는 노래라서 거듭 읽게 된다. 딸의 목소리가 그대로 모자이크처럼 삽입되어 있어 더욱 사실감이 느껴진다.

> 내 인생 처음 쳤던 초등학교 면접고사
> 어머니가 꼭 껴안고 가르치신 그 말씀
> "단기(檀紀)로 너 태어난 해는 4281년."
>
> 미상불 닥쳐올 마지막 졸업시험
> 아빠, 일생 일한 중에 보람된 게 뭐야?
> 이제는 어두운 두 눈, 딸 의지해 쳐야 한다.
>
> — 「여자 1」 전문

한 생애를 조용히 돌아보는 호젓한 자세는 「당신만이」에서 다시 찾아볼 수 있다. 상실이 삶을 이루는 여러 가지 요소중의 하나임을 확인하며 상실은 안타까와할 것이 아니라 긍정해야 하는 것임을 시인은 일깨운다. 잃는 것이 없는 것, 즉 항구성을 지닌 것이라면 그것은 생명체가 아닐 것이다. 그렇듯 잃을 것을 알기에 가진 것에 더욱 감사하고 현재의 시간을 충만하게 살아야 한다고 시인은 이른다.

> 갈바람에 나무 잎새 우수수 낙엽 지듯.
> 새벽빛에 별들이 시나브로 스러지듯.

삶이란 무엇인가를 잃어가며 이루는 것.

봄 꽃잎 시들려고 벙글지 않았던가.
그 열매 썩으려고 익어가지 않았던가.
그러매 뭐가 더 소중하리. 이 순간 이 곳밖엔.

- 「당신만이」 전문

더 나아가 시인은 인간이 이룬 문명을 개탄하고 자연의 일부로 되돌
아갈 것을 강조한다. 익숙하고 당연한 것을 다시 보며 삶의 숨은 의미
를 꾸준히 찾아가는 도정에서 발견한 지혜이다.

누가 시간을 금이라고 말했던가.
시간은 금이 아닌, 따뜻한 흙인 것을
유채꽃 흐드러지게 핀 폐광을 보면 안다.

태어나 살고 난 후 다시 돌아갈 그 흙을
한평생 구둣발로 짓밟는 이 패륜
짐승이 맨발로 사는 이유를 그로 하여 알겠다.

- 「흙」 전문

첫 수의 금과 흙, 유채꽃과 폐광의 대조가 다음 수에 이르면 흙과 구
둣발의 대립으로 이어진다. 그리하여 구두로 상징되는 문명을 벗어던
지자고 권유한다. 맨발의 은유를 따라 흙에 직접 살을 대고 살아가는
삶을 전망한다. 「미생」에서도 자연의 질서에 순조롭게 깃들지 못하는
인간의 모습을 그리면서 자연에 대한 반역으로서의 문명을 다시 비판
한다.

이렇게 오세영 시인의 시세계의 변모 과정을 따라가다 보면 그의 시어들이 보여준 맑고 슬기로운 세상의 전망을 찾아보게 된다. 또 상실과 우울의 정조를 바탕으로 한 서정성의 공간에 들게 되기도 한다. 다시 옥타비오 빠즈(Octavio Paz)의 말이 생각난다. "사회가 타락하면 제일 먼저 포악하게 변하는 것이 언어이다. 그러므로 사회 비판은 말의 어법을 바로 세우고 말의 의미를 재정립하는 데에서 시작한다." 우리 사회가 근대화, 공업화, 도시화에 이어 전지구화를 경험하면서 우리말은 급격히 품위를 잃어가기 시작했다. 우리 시대가 아직도 가난하던 시절의 시인들, 김소월이나 서정주에 견줄만한 시인을 회복하지 못한 것도 어쩌면 사회가 타락해있기 때문일 것이다. 노튼(Charles Eliot Norton) 또한 문학 유산을 저버린 민족은 야만적이 되며 문학 창조를 중단한 민족은 사유와 지각을 멈추게 된다고 주장한다. 그리고 시는 민족의 언어 사용에서 생명력을 취하며 역으로 그 민족어에 생명력을 불어넣어 준다고 말했다. 시는 민족의식의 최고점이며 민족 최강의 힘이며 가장 민감한 지각력이라고 말한다.

　오세영 시인은 시대의 흐름과 무관하게 한결같이 서정시의 고유영역을 지켜온 시인이다. "그들도 전통을 사랑하게 되리라!" 일본의 하이쿠 계승자가 한 말이다. 전통의 의미와 가치를 깨닫게 되는 것은 오랜 세월에 걸친 예술적 심미안의 훈련과정이 선행된 다음에나 가능하다는 것을 의미한다. 그러나 예술이 무엇인지 알게 되면 결국 누구나 전통을 사랑할 수밖에 없다고 장담하는 것이기도 하다. 오세영 시인은 한결같이 전통을 사랑해 온 시인이다. 결국은 사랑하게 된 것이 아니라 초지일관 사랑해 왔다. 시조단의 영토에서 새로운 서정의 씨앗을 심고 거두는 모습은 시조단과 자유 시단 모두에 유익한 영향을 미칠 것이라 확신한다. 장르를 넘나들며 시상을 갈고 닦는 시인의 모습은 사과배에 견주어 설명할 만하다. 중극 연변 지역에는 사과배가 있다고 한다. 조선의 사과와 중국의 배를 접붙인 것인데 맛이 달고 향그럽다고 한다. 오세영 시인의 시세계가 이제 사과배를 열매로 맺게 되기를 기원한다. 매우 합당한 기원이 될 것이라 믿는다.

* 참고한 글
Bloom, Harold. Stories and Poems for Extremely Intelligent Children of All Ages, 2001, A Touchstone Book. p.19
Eliot, T.S. 이승근역, 『시의 효용과 비평의 효용』학문사. 1981. 15면에서 재인용.

찬밥과 뻐꾸기

— 모더니즘 현대 시조의 전범 박기섭 시조

1. 잉여와 구체성, 낭만주의와 모더니즘

"병 없이 앓지 마라, 빈 수레 끌지 마라!" 장순하 시인이 오래 전에
이른 말이다. 한국 문단의 과도한 낭만성과 감상성, 그리고 유미주의
를 경계하는 언술이다. 앓는 소리가 지시하는 바의 과도한 감상성은
소월 이래 우리 시의 주도적인 정서였다고 볼 수 있다. '빈 수레'로 대
표되는 과장된 수사 또한 많은 시인들에게서 발견되는 바였다. '떠나
간 님'과 '사무치는 그리움'의 정서는 우리 문단의 대표적인 잉여 모티
프일 것이다. "제 피에 취한 새가 귀촉도 운다"고 미당이 노래한 이후
한과 그리움에 대한 묘사로는 「귀촉도」를 넘어설 수 없을 것이다. 그
렇듯 사무쳐 한이 되는 정서는 우리 시단에서 오랫동안 호소력을 지녀
왔다. 도종환의 「접시꽃 당신」의 한 구절, "살아 생전 당신께 옷 한 벌
못해주고…"는 일반 독자에게 너무나 친숙해진 시귀이다. 닳고 닳은
가난과 한의 심상을 다시 드러내어, 이른바 '국민시'라 불러도 무방할
만큼 대중적인 인기를 누린 시를 탄생시킨 것이다. 박기섭 시인은 '뼈

꾸기 울음은 한의 토로'라는 낡고 오래된 등식을 일시에, 그리고 가볍
게 파괴한다.

외롭다면 은을 주고
서럽다면 금을 주나
은을 준들 뉘를 주고
금을 준들 뉘를 주나
금이야 은이야 말고
한 끼 밥을 나를 다오

금붙이 은붙이서껀
울음 새경 받아놓고
봄 하루 묵정밭을
겨릿소로 갈아엎고
묵은지 찬밥일망정
허기 면하면 됐지

밉기는 누가 밉노
난 아무도 안 밉다
섧기는 누가 섧노
난 하나도 안 섧다
저 혼자 밝은 저 달이
그냥 섧고 미울 뿐

— 「뻐꾸기 울음 속의 찬밥 한 끼」 전문

'뻐꾸기 울음 속의 찬밥 한 끼'라는 제목에서 보듯 시인은 뻐꾸기의
울음을 찬밥의 이미지로 그려낸다. 뻐꾸기 울음이 한국 독자에게 '한'

과 '망자의 넋'과 '사무치는 그리움'을 오랫동안 상기시켜 왔다면 박기섭 시인은 그 클리세(cliché)를 탈색시키고 자신만의 독창적인 은유를 제공하고 있다.

박기섭 시인은 과장에 익숙한 영국 낭만주의의 전통을 파괴하며 혁명적인 기운을 문단에 불어넣은 엘리엇(T.S. Eliot)을 생각나게 한다. 엘리엇은 '감수성의 통합(association of sensibility)'이라는 개념을 주창하며 낭만주의를 비판했다. 시인이 느끼는 바가 적확한 상징을 찾아 그 상징물에 정확하게 대응하여야 한다고 주장했다. 그의 주장은 미국 신비평가에게 영향을 주었다. 그리하여 "시는 사상을 장미의 향기와 같이 느끼게 해주는 것"이라는 랜섬(J.C. Ransom)의 주장이 대두하여 각광을 받게 되었다. 박기섭 시인이 창조한 은유는 "묵은지 찬밥"이라는 구체적인 물질성에 기초를 둔 은유이다. 봄철이 다 가도록 목이 터져라 울음 우는 뻐꾸기에게서 "서역 삼만리"길을 "흰 옷깃 여며 여며" "피리 불고 가신 님"을 독자는 더 이상 보지 않는다. 가신 님을 기리며 "부질없는 머리털" 잘라버리지 못해 통곡하는 여인네의 이미지를 지워버리게 된다. 그 대신 울음이라는 노동으로 "새경"을 받고 "묵정밭을 거릿소로 갈아엎"는 시골 머슴의 사연을 읽는다. "한끼 밥을 나를 다오"하고 우는 소리로 시인은 뻐꾸기 울음소리를 듣고 있는 것이다.

이와 같은 구체적인 물질성의 상상력은 엘리엇의 신념에 부응하는 것이기에 박기섭 시인을 한국 현대시조의 모더니즘을 주도하는 시인이라고 부를 수 있다. 예를 들어 낭만주의 시인 키이츠(Keats)는 "나는 인생의 가시밭길에 쓰러졌노라. 그리고 피 흘리노라(I fell upon the thorns of life, and I bleed)"하고 과장되게 자신의 아픔을 노래했다. 반면 엘리엇은 "인생이 너에게 가혹했느냐? 한숨 자고 나서 용서해 주렴

(If life has been harsh on you, Sleep and pardon!)"하고 담담히 언술한 바 있다. 박기섭 시인 또한 감상에 빠지는 것을 경계한다. "외롭다면" "서럽다면" "은을 주고" "금을 주나"하고 첫 연에서 그는 노래한다. 우리 시의 전통에서 뻐꾸기 울음이 오랫동안 외로움과 서러움의 정서를 환기한 대상이고 시인이 그것을 모르는 바 아니라는 것을 밝히고 있다. 그러나 시인은 그 전통을 부정한다. "금이야 은이야 말고 한 끼밥을 나를 다오." 금과 은으로 대표되는 외로움과 서러움은 장순하 시인이 지적한 "없는 병"과 "빈 수레"의 은유라 볼 수 있다. 간절할 것도 없고, 애틋할 것도 없는 진부한 은유를 박기섭 시인은 걷어차 버린다. 유희하는 감정의 껍질로 변해버린 상투성을 과감히 도려 내고 있는 것이다. 그러나 그렇다고 해서 박기섭 시인의 뻐꾸기가 아름다움을 모르는 작은 기계와도 같은 도구적 존재는 아니다. 그의 뻐꾸기는 1980년대 풍의 리얼리즘 시인이 즐겨 찾는 '노동자, 무산자' 뻐꾸기는 결코 아니다. 밉다고도 외롭다고도 노래하지 않고 또한 섧다고도 말하지 않지만 달을 우러러볼 줄 아는 뻐꾸기가 박기섭 시인의 뻐꾸기이다. 그 뻐꾸기는 달에게만 자신의 속마음을 투사하는 새이다. 찬밥 한 끼와 "허기 면하는"으로 드러나는 구체적이고 절실한 삶의 노래를 부르면서도 "저 혼자 밝은 저 달"과 스스로를 동일시하는 감수성을 지닌 뻐꾸기이다. 굵은 먹물 선 몇 만 남기고 구상의 모든 것을 일시에 제거해버린 서세옥 화백의 그림을 보는 것 같다. 박기섭 시인의 뻐꾸기 심상이 변해온 것을 되새겨 보노라니…

봄날 뻐꾸기 울음에서 찬밥의 이미지를 읽은 시인은 능소화가 상징하는 그리움 또한 매우 이질적인 대상들을 끌어들여 그려낸다.

그리움 아니라면 그럴 리 없잖은가

한여름 뙤약볕에 혓바늘이 돋은 채로 수직의 전봇대 허리를 휘감을 리
없잖은가

이미 낙하마저 불가능한 높이에서 순간의 고압전류에 온몸을 대지르며
단 한 번 우레 속으   로 뛰어내릴 리 없잖은가

— 「능소화」 전문

이 시에서 그리움의 강렬함을 표현하는 데 동원된 것은 수평선이나
안개나 이슬이 아니다. 뙤약볕과 혓바늘과 수직의 전봇대 허리, 그리
고 고압 전류가 능소화의 그리움을 대변하게 만든다. 압력밥솥 뚜껑
손잡이가 덜컹거리며 김을 뿜어내는 것을 두고 시인은 "그렇게 완강한
힘으로 덜컹거리는 추억"이라고 노래한 바 있다. 추억이라는 낭만적
주제를 노래하기 위해서 가장 낭만적이지 못한 소재를 골라 두 이질적
인 요소를 강제로 결합한 것이다. 모더니즘의 박기섭 시인에게 이르면
뻐꾸기는 한을 노래하기를 멈춘다. '피 맺히는 한' 대신 '묵은지 찬밥'
을 노래하는 뻐꾸기가 된다. 달 하나 휘영청 밝아있지 않다면 멋 없다
는 소리를 들을만한 뻐꾸기이다. 능소화도 아름다운 것들을 통하여 간
절한 그리움을 토해내지 않는다. 엘리엇은 땅을 얼게 하여 기억과 욕
망을 묻어 두게 해준 겨울이 다정했다고 노래했다. 삽시간에 그 묻어
둔 것들이 고개 들게 만드는 "사월은 가장 잔인한 달"이라고 했다. 엘
리엇의 '통합된 감수성'을 박기섭 시인의 뻐꾸기와 능소화는 잘 보여주
고 있다. 박기섭 시인을 통하여 모더니즘 현대 시조의 시대가 만개하
였음을 확인한다.

2. 언어유희와 언어 예술

시는 언어예술이다. 언어를 정교하게 사용하여 사상과 감정을 표현하는 예술 장르가 문학이다. 시인은 기본적으로 말의 섬세한 뉘앙스에 민감하게 반응하는 사람이다. 한국시의 전통에서 철학적이고 정신적인 초월성을 강조하는 부류의 시인들이 있다. 그 계보에 이육사와 유치환이 놓인다 할 수 있다. 인간의 감성과 감각에 호소하는 언어의 시인으로 김소월과 서정주를 또한 들 수 있을 것이다. 그런데 우리말의 미묘한 결들에 주목하고 그것을 시로 형상화하면서 말의 풍부한 맛을 보여주고자 애쓰는 시인은 상대적으로 찾아보기 어렵다. 말을 갖고 놀이하는 말놀이는 시의 중요한 본질적 요소에 해당한다. 프랑스 언어의 말놀이(jeu de mots)가 프랑스어를 세련되게 만드는 데 큰 역할을 해왔음을 잊지 말아야 할 것이다. 낭랑한 발음의 효과를 위해 단어의 성별조차 때로 바꾸어버리는 그런 노력으로 인하여 프랑스 언어는 발달해왔다. 박기섭 시인은 경상도 사투리를 다양하게 재현해내면서 그 사투리를 통하여서만 온전히 드러날 수 있는 정서를 그려낸 바 있다. 말을 이리 저리 새로이 배치해가면서 그 말의 감추어진 특질을 찾아가는 노력을 보여 왔다. 「탈북」은 '북'이라는 말의 두 가지 뜻을 발라낸 다음 서로 다른 두 '북'이 묘하게 겹치는 지점을 포착한 시편이다.

북이 찢어졌다 북의 몸 속에서

웅크렸던 소리들이 찢어진 북을 안고

더 이상 울지 않는 북, 그 북을 탈출했다

북편 채편 가로지른 강물도 철조망도

일순 흩어지는 소리들을 막지 못했다

버려진 북채 너머로 먼 총성이 들렸다

– 「탈북」 전문

북과 탈북이라는 어휘를 통해 펼쳐지는 이미지들이 보여주는 두 겹의 서사는 프랑스 영화의 공간과 닮아있다. 예를 들어 프랑스와 오종(Francois Ozon) 감독의 〈두겹의 사랑(L'Amant double)〉과 흡사한 공간이 텍스트에 생성되어 있다. 그 영화에 등장하는 쌍둥이 형제는 동일한 외모를 지닌 채 판이하게 다른 성격을 보여준다. 두 형제는 한 인간의 내부에 존재하는 대조적인 두 가지 성향을 대변한다고 할 수 있다. 이를테면 둘이 하나로 합쳐지는 경우, 그 두 형제는 한 인간이 동시에 지닐 수 있는 공격성과 수동성을 쉽게 설명하게 될 것이다. 그 영화에서와 마찬가지로 박기섭 시인은 파열되는 두 '북'을 그리면서 그 파열을 통해 붕괴하는 체제와 그 체제를 이탈하는 개체를 그려낸다. 한 편으로는 악기인 북이 찢어지는 이미지가 전개된다. 동시에 다른 한 편으로는 닫힌 사회, 북한을 탈출하는 인물의 이미지가 포착된다. 텍스트는 둘 다이면서 동시에 그 어느 것도 아니기도 하다. 모호성, 애매성으로 번역되는 ambiguity는 시의 요체에 해당한다. 말한 바와 숨긴 바 사이의 교묘한 숨바꼭질을 유도하면서 시인은 놀이로서의 텍스트를 십분 구현해 내고 있다. 찢어진 북의 소리를 통하여 자신의 세계를 찢고 뛰쳐나오는 인간의 자유를 이야기한다. '탈북'이란 얼마나 이데올로기에 깊이 침윤된 언어이었던가? 냉전 시대의 산물 중 가장 대표적인 것이 '북'이라는 말이다. 북이라는 말은 우리에게 필연적으로 적색공포(red complex)를 불러일으켜왔다. 그리하여 우리에게는 가장 비서정적이고 정치적이며 이념적인 소재가 바로 분단 체제와 탈북이라는 소재였다. 하필이면 그토록 비시적인 어휘를 골라 시인은 우리가 속해 있는 '서늘한' 현실을 거칠고 단순한 필치로 그려낸다. 보이지 않는 곳에서 예상지 못한 총성을 울리는 저격수 같은 시인이라 할 것이다. 그리하여 독자는 문득 소스라치게 놀라며 깨닫게 된다. 미사일이 우리 동해에 수시로 떨어지고 있는 시절에 우리가 살고 있다는 사실을… 영변 주변 200 km 지점에도 지진이 일어나고 있는 현실을… 핵실험을 하는 북한을 지척에 둔 채 우리는 계절을 맞고 또 보내며 인생의 희노애락을 노래하고 있음을… 우리의 의식 깊숙이에 억압되어 있던 단어 하나를 꺼내어 눈 앞에 들이대며 박기섭 시인은 어쩌면 뜻밖의 방식으로 우리의 사유를 해방하려 들고 있는지도 모르겠다. 문득 '북'이라는 말이 너무 낯설지는 않게 느껴지는 듯도 하다. 검열된 말의 검열을 푸는 이런 글쓰기의 혁명적 성격에 주목하게 된다. 줄리아 크리스테바가 『시적 언어의 혁명』에서 주장한 혁명보다 더 효과적인 시어 혁명의 현장을 보는 듯도 하다.

3. "가을볕" 동량 삼아

간결하고도 정확한 은유를 찾아 시어의 곁가지를 쳐내는 작업을 시인은 오랫동안 부단히 수행해왔다. 잉여의 감정을 버리고 과장을 제거하고 알맹이만 남기는 일을 계속해왔다. 더러 버려진 말과 억압된 말을 찾아 그 말의 값을 제대로 매기는 노력을 보여 왔다. 말들에게 자유를 선사하는 말의 해방군 노릇을 그는 담당해왔다. 말들이 각자의 고유한 개성을 드러내며 평등권을 누릴 수 있도록 말의 공화국을 수립하는 건국 공신의 역할도 함께 해왔다. 긴 시적 여정의 한 고개를 넘어서서 박기섭 시인은 이제 여유롭고 따뜻한 분지의 한 동네에 다다른 듯하다. "들마루에 나앉아" 가을볕과 소곤소곤 이야기를 나누기도 하고 흥타령으로 이어지는 버들의 사랑가를 부르기도 한다.

들마루에 나앉아서 발톱을 깎다 말고
밀양 박씨 규정공파 가첩을 뒤적인다
─자네는 관향(貫鄕)이 어딘고?
귓가에 와 묻는 소리

누군가 돌아보니 그냥 그 가을볕이다
그래 이 가을볕은 내게 몇 촌 뻘인가
낯익은 낯빛을 보니 타성바진 아닌가 보다

동항이 아니라면 숙항인가 질항인가
항렬을 들먹이다 가계를 따져본다
─자네는 안항(雁行)이 몇인고?
나직이 또 묻는 소리

─「가을볕과 수작하다」 전문

따뜻한 "나주볕"에 몸을 맡기고 오래된 민요 가락을 새로이 배우며 깊어진 삶의 뜻을 헤아리는 모습을 이 시편에서 본다. 「서녘의, 책」에서 보듯 시인은 때로 "향기는 다 사라지고 희미한 종이 재만 갈피에 푸석하다"고 겸양과 자책의 발화를 보여주기도 한다. 그럼에도 불구하고 그 자탄을 액면가로 받아들이기에는 시인의 시에 스며있는 새로운 창조의 기운이 너무 승하다. 「가을볕과 수작하다」에서는 가을볕과 시인 사이의 친밀성이 강조된다. '동항'과 '안항'이라는 어휘에서 보이듯 이미 족보를 공유하는 피붙이로 가을볕은 시인에게 다가온다. 가첩을 뒤적이고 관향(貫鄕)을 묻는 것, "안항이 몇인고?"하고 질문하는 것은 완숙한 삶에게만 가능한 습관일 것이다. 젊은이에게 있어서는 넓은 세상에 대한 호기심이 근원에의 관심을 제압하기 마련이다. 그래서 젊은이는 자신의 뿌리를 찾고 전통을 기리는 데에 서툴다. 촌수를 따지고 성(姓)과 타성(他姓)을 나누는 가첩에 "가을볕"이 끼어든다. 자연을 동항 삼으면 관향 또한 자연 그 자체가 될 것이다. 가을볕 따뜻한 곳이거나 억새 우거진 곳이거나 날아가는 기러기 떼에 스며 그렇게 스러지고 소멸해갈 것이다. 인생이라면 누구나 그러할 것이다. 가을볕이 "낯익은 낯빛"일 수도 있겠다. 왔다가 돌아가고 다시 찾아오길 수십 번 반복했으니 말이다. 한 번 날아가 멀어진 피붙이보다 정겨울 수도 있겠다.

"가을볕"으로 드러난 넉넉함과 여유로움은 사랑 노래에도 다시 드러난다. 「너 나의 버들이라」에서 버들은 시적 화자의 여유에 적절하게 부응하는 유연한 사랑의 대상으로 등장한다.

　　　너 나의 버들이라
　　　능수야 버들이라

봄 오면 그 봄 따라 뭇꽃들이 피련마는
내게 와 치렁치렁히 감기는 건 너뿐이라

검푸른 머리채를
실비에나 감아 빗고
은하나 작교를 흥, 너 나랑 건널 적에
그래 흥, 제멋에 겨워서 축 늘어질 줄도 알고

너 그렇게 내게로 와
꽉 무너나 졌으면,
무너지는 한 생각에 또 한 생각 무너지고
하늬녘 이는 북새에 에루화 흥, 탈 줄도 알고

휘영청 달은 밝아 앞섶이 다 젖었네
휘여능청 버들 빛에 성화가 났구나 흥,
명년 봄 내명년 봄에도
너 없인 나 못살겠네

― 「너 나의 버들이라―흥타령 변조」 전문

민요의 모티프를 취하면서도 시인은 그 전통에 함몰되고 끌려가지
는 않는다. 전통을 끊임없이 재해석하여 그 모티프를 현대적으로 변용
하고 있다. 버들 타령도 새로이 해석하고 산뜻하게 단장시킨다. 그리
하여 모더니즘 현대 시조로 재탄생하게 만든다. "너 나의 버들이라 능
수야 버들이라"라는 도입에서는 민요를 그대로 빌어오는 듯하다. 그러
나 곧 그 버들은 "그래 흥, 제멋에 겨워서 축 늘어질 줄도 알고" "꽉 무
너나 졌으면" "에루화 흥, 탈줄도 알고" 구절에서 보이듯 전통의 무게

를 벗어던진 버들이 된다. 적절히 발랄하고 부단히 변신하며 자유롭게 유희하는 버들로 그려진다. 숭고한 사랑과 중후한 이상을 떠받들며 한 평생 성실한 삶을 살아온 세대의 내면을 박기섭 시인은 이 시편으로 그려내는 듯 하다. 봄이 오면 마음이 이끄는 대로 "검푸른 머리채를 실비에나 감아 빗고" "축" 늘어지다가 "콱" 무너지다가… 늘어질 것이면 "축" 맘껏 늘어지고 무너질 양이면 "콱" 온 몸으로 무너지며 이러나 저러나 "흥" "흥"하고 흥겹게 살다 갈 것을… 너무 무거웠기에 문득 가벼웠기를 바라는 마음이 빚어낸 시편으로 읽어본다.

위에서 보인 것처럼 2015년부터 2017년 사이의 발표작들을 살펴볼 때 박기섭 시인은 다양한 시편들 하나 하나에 자신만의 독특한 색깔을 부여하고 있음을 알 수 있다. 그 밖에도 「연밭에서」나 「대장간의 추억」 또한 깊이 있는 해석의 공간을 요구하고 있다. 현대 시조단에서 모더니즘의 경향으로 분류될 수 있는 시편들의 중요성은 더욱 강조될 필요가 있다. 시조는 전통의 문학 양식이라는 이유만으로 소중한 것이 아니다. 박기섭 시인의 시세계는 오늘 우리가 왜 계속해서 시조를 쓰고 읽는지 짐작하게 해준다. 시편 하나 하나가 모두 고유의 시조 미학을 보여주고 있으며 현대 시조가 나아갈 방향을 제시하고 있다. 시조단을 넘어 우리 시단 전체가 그 시편들의 음악에 귀 기울여야 할 것이다.

봄의 허기와 시

― 존재의 허무와 역사를 노래하는 오승철 시인

봄이 다시 돌아왔다. 벚꽃, 무리를 이루어 피어났다 한꺼번에 진다. 세상의 가장 환한 날, 그것은 벚꽃이 만개한 4월 어느 날이다. 벚꽃은 눈부시게 피어난다. 오승철 시인은 이전 시편에서 누구라 종일 홀리나 하고 물었다. 봄 벚꽃은 우리를 홀려 다함께 시인이 되게 한다. 모두가 일상을 멈추고 기억을 찾아가는 봄날, 그 추억여행을 매개하는 것이 벚꽃이다. 기억 속의 환희의 순간은 물론이고 상실의 순간조차 벚꽃 그늘에서는 아름다움으로 변한다. 벚꽃의 만개를 우리는 양가적 감정으로 맞을 수밖에 없다. 한 해 중 가장 황홀한 시간을 맞으며 살아있다는 것의 축복을 큰 숨 들이키며 자각하기도 한다. 고통도 시간의 숙성 과정을 통과한 뒤 한 잔의 술처럼 익는 것을 본다. 미운 이도 품어주고 픈 마음이 들기도 한다. 그런가하면 지금 이 봄날의 순간이 너무도 아름답기에 오히려 그동안 잊고 지냈던 설움을 문득 새롭게 느끼게 되기도 한다. 미국 소설가 앨리스 워커(Alice Walker)의 단편 「로즈릴리(Roselily)」의 한 구절이 생각난다. "그의 사랑으로 인해서 그녀는 그동안 자신이 얼마나 제대로 사랑받지 못하고 지내왔는지 깨닫게 되었다

(His love of her makes her completely conscious of how unloved she was before)." 극진한 사랑은 얕은 사랑의 기억을 더욱 슬프게 만든다. 간절한 정성은 의례적이고 헛된 것들의 실체를 자연스럽게 드러나게 만든다. 은행원은 위조 지폐 감별법을 따로 배울 필요가 없다. 진폐만 만지다 보면 위폐는 그 손끝의 촉각 앞에 정체를 바로 드러낼 수밖에 없다. 마찬가지로 숨이 막힐 듯한 축복의 시간은 일상의 일상성, 그 진부함과 허망함을 그대로 드러내게 된다. 꽃들이 일시에 피어나 세상을 축복의 공간으로 바꾸는 봄날에 그 황홀 이면의 것들을 직감하는 존재가 있다. 시인이다.

> 허랑방탕 봄 한철 꿩소리 흘려놓고
> 여름 가을 겨울을 묵언수행 중이다
> 날더러 푸른 이 허길
> 또 버티란 것이냐
>
> ─「다시, 봄」전문

　해마다 복귀하는 봄날, 그 따뜻하고 신선한 갱생의 시간을 시인은 단지 찬양하기만 할 수 없다. 충일과 짝을 이루는 허무, 그리고 고양된 정서 속에서 더욱 도드라지게 드러나는 존재론적 고독에 시인은 주목하게 된다. 오승철 시인은 그것을 푸른 허기라고 명명한다. 단시조는 이미지의 다양한 변화를 허락하지 않는다. 한 가지 이미지에 정서를 집약시켜야 한다. 동양화라면 매화 한 가지나 대나무 한 대로 완성하는 사군자화에 해당하는 것이 단시조이다. 오승철 시인은 봄꽃들의 무리를 제거하고 꿩소리만 남겨 봄의 풍경을 완성한다. 벚꽃이 주도하는 만화방창(萬化方暢)의 계절을 시어로 바꾸는 재주가 눈에 띈다. 허랑방탕 봄 한 철이란다. 허랑방탕이 보여주는 '뒤틀어 말하기'의 힘에 주목한다. '만화방창(萬化方暢)'이라는 표현도 탄생했을 때에는 시어였으리라. 모두가 반복하다 보니 진부해져서 그만 일상어로 변했을 것이다. '만화방창 봄 한 철'이라고 표현한다면 그는 시인이 아니다. 만화방창의 풍경을 묘사해낸다면 그는 비로소 시인이다. 시는 사상을 장미의 향기와 같이 느끼게 만드는 것이라는 유명한 지적을 상기해볼 것도 없이 그렇다. 그러나 "허랑방탕"이라는 말, 그다지 아름답지도 고상하지도 않은 그 말을 찾아낸 이는 빼어난 시인이다. 허랑방탕 한 마디에 허드러지게 피어나 숱한 노래와 시를 불러내는 벚꽃 무리가 들어있다. 터지는 폭죽처럼, 도시를 점령하는 혁명군의 무리처럼 묘사되던 진달래와 개나리가 모두 압축되어 들어있다. 봄이 연출하는 무장해제된 정서가 집약적으로 전달된다. 엘리어트(T.S. Eliot)가 이른 바, 봄이 일깨우는 기억과 욕망이 모두 담긴다. 그 허랑방탕은 "흘려놓고"라는 표현과 짝을 이루어 완성된다. 그리고 봄 아닌 다른 계절들의 묵언수행과 선명한 대조를 이룬다. 봄꽃들이 연출하는 색채의 시각성 대신 시인은 꿩소리라는 청각적 요소를 선택한다. 그 꿩소리가 봄의 정경을 위해 동원되는 유일한 소재이다. 그리고 그 꿩소리는 다시 시인이 느끼는 푸른 이 허기를 강조하게 된다. 다시, 봄이라는 제목의 다시가 또 버티란 것이냐 구절의 또 음절의 의미에 주목하게 한다. 그 말이 예사롭지 않음을 미리 암시한다. 순환하는 계절 속에서 봄은 유난히 복합적 정서를 추동한다. 시인은 봄이면 묵언수행에서 벗어나 허기로 표현되는 존재론적 허무를 대면한다. 생명이 있는 한 어찌할 수 없는 허기이기에 무력할 수밖에 없는 것이 우리 인생이다. 살아 간다는 것은 그 허기와 대면하고 생명의 유한성과 무력함을 자각하는 일일 것이다. 그런 자세의 시적 표현이 바로 버티기이다. 시인은 버티겠노라 다짐하지 않는다. 그 무엇도 약속할 수 없고 예측할 수 없다. 인생은 유한자의 몫이기에 그러하다. 자문할 수 있을 뿐이다. 또 버티란 것이냐 하고. 봄의 서정을 석 줄에 압축하기 위해 시인이 고른 어휘들이 참으로 단단하고 야무지다. 허랑방탕, 꿩소리, 묵언수행, 이 허기, 또 버티기.

봄날이 선사하는 삶의 희열이 양가적 감정을 동시에 불러일으키는 것은 개인적 경험과 기억의 차원에서만 그러한 것이 아니다. 집단의 기억 혹은 역사 속에서 계절의 아름다움이 역설적으로 선사하는 고통은 더욱 강조된다. 일제 강점기의 공출의 기억도 봄이라는 계절을 배경으로 그 가장 비참한 모습을 드러낸다. 진달래, 읍쌀, 깻묵, 쑥뿌리 등은 뻐꾸기와 꿩 울음 소리 조차 동반한 봄의 풍경 속에서 민족이 겪었던 궁핍, 그 식민의 기억을 되살린다. 그리고 4.19와 5.18로 대표되는 민주화 투쟁과 그 탄압으로 야기된 피의 역사 또한 봄날의 눈부신 햇살 속에서 더욱 슬프게 되살아난다. 「두 이레, 열나흘 굿」은 일본이라는 이국 땅에서 생을 마감한 한국 여성을 위한 진혼곡이다. 어머니가 죽은 딸의 넋을 불러들이고자 벌이는 굿은 그 어머니만을 위한 위로의 제의가 아니다. 일제 강점기를 거쳐 간 한국인 모두의 넋을 불러들여 달래고자 하는 염원의 표현으로 확장하여 이해할 수 있다.

물론, 돈이면 다지
못 할 게 뭐 있겠나
심방도 불러놓고 신들도 앉혀놓고
저승의 그 목소린들 못 청할 리 있겠느냐

하늘올레 들어섰나
펄럭이는 통대 깃발
바다에 자맥질 한 번 하고 가는 노을처럼
어머니 쉰 목소리만 허공에 나부낀다

저승에서 이승까진
두 이레, 열나흘 길
일본에서 세상 떠
길 잃은 거냐, 내 딸아
괘앵 괭 이 소리 따라 *게무로사 못 오크냐

* '그렇기로서니 못 오겠느냐'의 제주어

－「두 이레, 열나흘 굿」 전문

    식민 지배는 피식민지인의 주권과 소유에 대한 수탈을 근간으로 삼는다. 국가 간의 권력 구조의 불균형으로 촉발되는 식민 지배의 궁극적 희생자는 식민지인 중에서도 가장 주변적이며 소외된 존재들이다. 국가 간의 권력 불균형은 다시 국가 내부의 권력 불균형을 강화하는 결과를 낳기 때문이다. 지역적으로는 중앙에 의한 지방의, 성별로는 남성에 의한 여성의, 경제 사회구조적으로는 유산자에 의한 무산자의 수탈과 착취가 동시에 진행되게 마련이다. 지리적으로 변방에 위치한 제주의 가난한 여성이 경험해야 했던 이산(diaspora)은 바로 민족사의 모순이 극명하게 드러나는 지점이다. 조국이 주권을 회복한 뒤에도 고향 땅으로 돌아오지도 못한 채 저승 길을 간 한 제주 여성이 있다. 한 명이 아니라 수없이 많을 것이다. 그 삶을 시로 형상화하는 것은 민족의 역사와 문학이 서둘러 완수해야 할 사명 중의 하나이다. '내 딸의 넋'을 불러들이는 굿이 지니는 의미가 예사롭지 않은 것은 그런 이유에서이다. 어머니 쉰 목소리로 드러나는 처절한 한은 바다에 자맥질 한 번 하고 가는 노을의 이미지를 동반하며 적절히 구현된다. 어찌하여 저승길에 자식을 앞세우게 되면 그의 가슴이 곧 무덤이 된다고한다. 이국 땅에서 죽음을 맞았기에 어쩌면 가슴에도 묻지 못하고 한으로 간직할 것이다. 길 잃은거냐 하고 울부짖는 여인의 한은 붉은 노을의 색채를 통해 강렬하게 드러난다. "꽤앵 꽹 이 소리 따라"라는 선행구에서 보이듯 징소리가 한 맺힌 울음소리를 적절히 북돋우며 강조하고 있다. "게무로사 못 오크냐"하고 제주 방언을 그대로 인용하며종결에 이르는 것도 주목할 대목이다. 살아있는 한의 언어를 그대로모자이크 하여 텍스트의 일부로 삼음으로써 시인은 역사가로서의 임무도 함께 완수하고 있다. 역사로 서술되는 공적 담론은 토속어를 간과하거나 무시하고 삭제하기 쉽다. 문학은 역사가 탈루한 부분을 메꾸는 역할을 맡는다. 동시에 역사 담론의 결을 거스르며 저항 담론을 제공하기도 한다. '일제 강점기 제주 여성의 일본 이산과 그 이후'라는 주제에 대해 역사적 고증과 연구가 아직도 일천한 현시점에서 오승철 시인의 텍스트가 보배롭게 여겨지는 것은 당연한 일이다.

　돌아오지 못한 넋을 위한 위령가는 「오키나와의 화살표」로 다시 나타난다. 가난에 몰려 일본으로 건너간 이산의 무리만이 실향의 한을지닌 것이 아니다. 고국으로 돌아오지 못한 채 이국 땅에서 생을 마감한 사람들은 실로 무수히 많다. 조선의 학도병들도 그러하다. 무력한식민국의 아들로 태어나 전쟁터에 청춘을 바친 젊은이들, 그 가련한넋을 기리는 시를 오승철 시인은 빚어낸다. 오키나와의 학도병들을 시적 소재로 불러들이며 오승철 시인은 다시금 잊혀진 역사, 그 망각이라는 옷감의 구멍을 메우는 시도를 보인다.

오키나와 바다엔 아리랑이 부서진다
칠십 여년 '잠 못 든 남도', 그 건너 남도에는
조선의 학도병들과 떼창하는 후지키 쇼겐*

마지막 격전의 땅, 가을 끝물 쑥부쟁이
"풀을 먹든 흙 파먹든 살아서 돌아가라"
그때 그 전우애마저 다 묻힌 마부니언덕

그러나 못다 묻힌 아리랑은 남아서
굽이굽이 끌려온 길, 갈 길 또한 아리랑 길
잠 깨면 그 길 모를까 그려놓은 화살표

어느 과녁으로 날아가는 중일까
나를 뺏긴 반도라도, 동강난 반도라도
물 건너 조국의 산하 그 품에 꽂히고 싶다

* 태평양전쟁 말기 일본군 소대장으로 참전했으며, 조선학도병 740인의 유골을 직접 수습하는 등 한국인 위령탑 건립과 유골봉환사업에 일생을 바쳤다.
                                                    — 「오키나와의 화살표」 전문

목숨 가진 모든 것의 소멸은 모두 안타까운 것이다. 생명이 스러져 갈 때 느끼는 애틋함은 대상과 무관하게 공평하게 그러할 수도 있다. 그러나 싱그러운 육체와 의연한 기상과 오염되지 않은 순수를 지닌 청년의 생명, 그 소멸을 두고 느끼는 애틋함은 한결 강렬할 수밖에 없다.

세월호 침몰 사건이 오랜 트라우마로 남는 것도 그래서일 것이다.

　시인은 오키나와에서 우리 식민의 역사를 재발견한다. 학도병들의 한이 남아 떠도는 곳으로 오키나와를 재현한다. 굽이굽이 끌려온 길, 갈 길 또한 아리랑 길은 학도병들의 삶을 압축하는 구절이다. 끌려온 길이 징병의 역사를 서술하고 아리랑 길은 고국을 향한 그리움을 드러낸다. 학도병들의 애달픈 삶과 향수와 한 맺힌 넋은 칠십여 년 '잠 못 든 남도'에 구현되어 있다. 잠 깨면 그 길 모를까 그려놓은 화살표는 고향을 향한 간절한 그리움과 귀향에의 염원을 드러낸다. 끌려온 길이 구현하는 굴욕과 고난의 삶이 있어 오키나와는 칠십여 년 "잠 못 든 남도"로 존재한다. 학도병들이 겪은 전쟁의 처참함과 생존을 위한 투쟁은 풀을 먹든 흙 파먹든 "살아서 돌아가라"라는 말에 집약되어 있다. 오키나와 섬은 잠들지 못한다. 잠은 화해와 평화와 안식을 상징한다. 섬이 잠들지 못하는 것은 고향으로 돌아가기를 원하면서도 끝내 돌아가지 못하고 원혼이 되어버린 학도병들이 있어서이다. 그들의 향수는 아리랑으로 표현되고 그 삶의 고난은 풀과 흙으로 드러난다. 고국을 향한 그리움은 화살표가 상징한다. 그리고 식민의 역사와 그 역사로 추동된 징병의 고난은 동강난 반도라는 의미심장한 종결로 귀납된다. 학도병이 경험한 역사와 그들의 바램과 한을 시로 형상화하면서 오승철 시인은 민족사의 모순을 정확히 짚어낸다. 마사오 미요시(Masao Miyoshi)가 지적한 바 있듯이 식민주의의 역사는 탈식민의 과정에서 신식민주의를 야기하며 민족의 내분을 자주 잉태한다. 화살로 변모한 학도병의 꿈이 날아가 꽂힌 곳이 물 건너 조국의 산하라는 품으로 한정되었다면 시인은 역사 인식의 중요한 한 부분을 놓치고 말았으리라. "동강난 반도라도"가 선행구로 배치되어 있어 식민주의와 신식민주의를 차례로 거쳐 간 민족사의 애환이 그대로 여지없이 재현되는 것이다.

끌려간 청년들과 생존과 귀환을 향한 그들의 투쟁과 한으로 남은 귀향의 꿈! 식민의 역사를 배경으로 펼쳐지는 거대한 서사시를 본다. 그 사연의 비통함은 노예선의 벤허나 토니 모리슨의 『비러비드(Beloved)』에 등장하는, 흑인 여성 노예의 영혼에 비할 바가 아니다. 우연히 포착된 오키나와의 화살표를 통하여 민족사의 결락 부분을 서정시로 재구성하는 오승철 시인의 작업은 그 의미를 두고 두고 새겨보아야 할 대상이다. 그려놓은 화살표에서 시작한 시심이 시적 상상력을 통하여 그 학도병들의 한을 풀어주는 해원의 노래로 드러나 있다. 화살표는 움직이는 화살로 변모하여 물을 넘어 과녁을 향해 달려간다. 그 화살의 비행길이 아리랑길이어서 우련 슬프다.

아리랑은 우리 민족의 한이 집약적으로 드러나는 노래이며 우리에게 크나큰 위로의 역할을 해 온 노래이다. 김소영 감독은 다큐멘타리 〈고려 아리랑: 천산의 디바〉를 통하여 카작스탄등으로 이주해 갔던 디아스포라 한국인의 삶을 재구성한 바 있다. '고려인'이라 불리던 유랑의 무리를 재현한다. 고국을 떠나 타국을 떠돌던 그들의 삶을 공통적으로 지탱해 준 것이 바로 아리랑이었기에 아리랑은 바로 우리 민족의 상징인 것이다. 오승철 시인은 일본 오키나와에서 조우한 디아스포라 한국인의 넋을 기리는 데 다시 그 아리랑의 상징성을 적절히 활용한다. 물 건너 산 넘어 연변으로, 오키나와로, 블라디보스톡으로 떠나가던 유랑의 모습을 정확히 기억하는 것은 우리에게 아직도 남겨진 과제인 것이다. 오승철 시인은 시조의 형식으로 그 역사를 새로 쓴다. 떠나가서 돌아오지 못한 이들의 삶을 하나씩 그리면서 그 삶을 기억하는 것, 그것은 어쩌면 우리가 지금 이곳에서 오늘의 우리 현실에 기꺼이 참여하는 것이라고 주장하는 듯하다. 문학과 역사의 서로 다른 서술들이 서로 기대고 대화하며 우리의 과거를 정교히 재구성할 수 있다는 것을 오승철 시인은 증명한다. 시조단에서 그 한 전범을 보여줌으로써 시조의 역할과 가능성을 웅변해주고 있다. 시인 셸리(P.B. Shelly)가 한 말이 생각난다. "시인이야말로 알려지지 않은, 종족의 입법자이다(Poets are the Unacknowledged Legislators of the Race)." 정치가의 언어는 대중 선동을 위한 것이고 광고의 언어는 소비를 목표로 하는 것이기에 늘 오염되게 마련이다. 그러나 시인의 언어는 고독한 자의 가슴에서 나오는 개인적인 것이기에 진실하다. 진실한 언어만이 수천년 세월의 풍화작용을 견디고 살아남아 인류를 지킬 것이다. 윌리암 칼로스 윌리암스(William Carlos Williams)도 말했다. "정치는 언어로 이루어진다(The government is of words)." 언어의 힘이 사람을 모으고 사람들의 인식이 새로운 삶의 방식을 이루어낼 것이다. 기억과 역사와 언어, 그 관계에 주목한 오승철 시인을 주목해야 하는 것은 그런 이유에서이다.

현해탄 건너가서 돌아오지 못한 사람들을 시적 언어를 통해 환생하게 만들면서 시인은 또한 전망 없이 오늘을 살아가는 세대의 삶도 깊이 들여다본다.

서울에선 하늘도 공짜가 아니라고?
중세유럽 주택세는
창문 수로 매겼다던데
고시촌 쪽방조차도 창 있으면 더 내라고?

까짓것
동안거 들듯 면벽하면 그만이지
때때로 물숨 뿜는 혹등고래도 아니고
한 달에 4만 원이면
사나흘 치 컵밥 값인데

그러나 그게 아녀, 세상은 그게 아녀
화마가 지난 자리 엇갈린 삶과 죽음
더 이상 떠밀릴 곳이 이승 말고 또 있다니

막장 같은 가슴에도 복권은 들어 있다
비틀비틀 골목 불빛
이끌고 온 그 사내가
토악질 다독이듯이 다독이는
서울의 밤

－「4만원」 전문

　창 없는 집은 전망 없는 삶의 적절한 상징이 된다. 고시촌 쪽방, 컵밥, 골목, 토악질은 서울의 밤"을 견뎌야 하는 이들의 삶의 대응물이다. 희망을 갖기 어려운 시대를 함께 살아가고자 다독이는 시인의 목소리가 전편에 배어있다. 화마가 삶과 죽음을 가를 때 죽음 대신 삶을 선물로 받은 존재들임을 상기시킨다. 그리하여 소중한 목숨들임을 강조한다. 떠밀릴 곳"이 더 있으므로 이승에서의 삶은 축복임을 강조한다. 삶의 고통과 창 없는 공간도 그런 초월적인 자세에서 다시 살핀다. 동안거"와 면벽"이라는 불교 수행자의 모습을 끌어들여 삶은 다

양한 방식으로 해석되며 여러 의미로 값진 것임을 보여준다. 복권"은
끝까지 주어진 길을 걸어가는 이들에게 필요한 희망의 파랑새에 해당
한다. 시인이 그리고자 하는 희망의 이미지는 아름다운 빛깔의 날개
를 지닌 파랑새로 드러나서는 안된다. 창문 없는 방과 컵밥과 막장 같
은 가슴과 토악질과 골목 불빛의 이미지로 풍요롭지 못한 서울의 삶을
그려내었기에 복권이 파랑새의 이미지를 대치할 때 비로소 시의 정합
성은 완성되는 것이다. 오승철 시인은 전혀 낭만적이지 않은 시어들을
동원하여 전망 없는 현실 속, 전망의 대안물을 제시한다. "서울에선"
으로 시작하여 "서울의 밤"으로 마무리를 지음으로써 서울의 삶, 그
남루함을 그린다. 그리하여 시조 형식이 갖는 간결성과 완결성의 미학
을 드러낸다. 동시에 중세의 세금 계산법과 흑등고래의 이미지까지 동
원하여 창문 없는 방으로 대표되는 궁핍한 삶을 다양한 각도에서 복합
적으로 조명한다. 현실을 견딜 수 있게 만드는 힘의 근원은 종교적 자
세에 있다. 그런 종교적 태도는 필수적으로 예술가의 자화상으로도 드
러나게 마련이다. 인사동에서 초정 김상옥 시인의 흔적을 찾아 걷고
있는 시적 화자의 모습을 보자.

사통팔달 그 길 비켜
다시 한 번 비켜서면
윗분들 말발굽소리
배알이 뒤틀렸는지
달랑게 족새눈으로 숨어들던 피맛골

이 땅에 믿을 것이 장땡 말고 또 있겠나
좌판 관상쟁이도 자리 털고 떠난 오후

한 무리 시위꾼같이
막아서는 싸락눈발

어디쯤에 그 가게
아자방(亞字房)* 있었을까
저녁 불빛 사무치면 세상에 또 올까 몰라
인사동 달항아리를
돌아드는
시 몇 줄

* 초정 김상옥이 운영하던 골동 가게 이름

― 「인사동」 전문

"저녁 불빛 사무치면 세상에 또 올까 몰라" 구절은 세상 떠난 시인을 향한 사모의 정을 표현한다. 인사동 달항아리를 돌아드는 시 몇 줄 구절에 이르면 그 시 몇 줄은 다층적 의미를 지닌 표현임을 알 수 있다. 언어 예술을 공유하는 이들이 나누어 갖는 존경과 사랑의 마음, 흘러간 시간에 대한 향수, 그 시간대에 실려 간 젊은 예술가의 꿈과 열망, 그리고 마침내 누군가의 마음에 전달될 몇 줄의 시를 남기고 그 뒤를 따라가게 될 시인 자신의 모습, 언어가 빚어내는 아름다움과 초월의 공간… 달항아리의 정갈하고 단아한 모습과 시 몇 줄의 조촐한 아름다움은 서로 맞닿아 있다. 그리고 시 몇 줄의 의미는 더욱 예사롭지 않다. 우리 모두는 미리 안다. 그 몇 줄은 석줄을 넘어서지 않을 것임을 안다. 그리고 그 세 줄의 전통이 실로 유구하다는 것도 잘 알고 있다.

"이 한 밤 풀피리처럼 그를 그려 울리어라"고 초정이 선창하면 "마지막 겨우 당도한 고백같은 그 말 '셔'"라고 오승철 시인이 답창하는 모습을 그려본다. 몇 줄의 시를 위해 모여든 사람들과 그들이 벌이는 시회(詩會)의 잔치, 그 우아한 장면을 함께 상상한다. 서울의 밤이 문득 풍성해진다.

흑룡이거나 봉황이거나 황앵이어라

— 이종문 시조의 세계

1. 춘풍황앵이 난초를 물고 세류중으로 넘노는 듯: 봄날의 서정

현대시조의 세계에서는 절제된 형식미와 전통적 서정성을 겸비한 텍스트가 주도적이다. 그런 시조단에서 이종문 시인은 매우 독특한 위치를 차지하고 있다. 그는 풍자적인 혹은 유희하는 텍스트들을 다수 선보여 왔다. 그만의 독창적인 색채를 도입하여 시조단에 기여해 왔다. 그렇다고 해서 서정시 전통과의 단절을 선언한 것은 아니다. 고운 시어들을 모아 한 폭의 수채화 같이 단아한 시세계를 보여주기도 했다. 「봄날도 환한 봄날」을 그 대표적인 텍스트로 꼽을 수 있다. 「봄날도 환한 봄날」은 선명한 이미지와 철학적 사유가 정교하게 결합된 모습을 보여준다. 2수로 구성된 짧은 텍스트에서 시인은 자벌레 한 마리의 존재를 우주의 기운과 연결한다. 두 수 모두 초, 중장에서는 동일한 시상의 반복을 보여준다. 대청마루에 벌레 한 마리가 기어간다는 단순한 언술을 시인은 두 번 반복한다. 봄날, 자벌레 한 마리, 대청마루가 한 편의 시를 위해 동원된 소재의 전부이다. 시간적 배경은 봄날이다.

그것도 환한 봄날이다. 그리고 공간적 배경은 대청마루이다. 그 대청
마루가 자리 잡은 정자의 이름이 하필 호연정인 것도 치밀한 미쟝센
(mise-en-scène)을 연출하는 시적 장치로 보인다. 이름에 동원된 '호
연하다'라는 형용사가 확대되는 공간의 이미지를 추동시킨다. 그리하
여 뒤따르는 대청마루 이미지가 매우 조화롭고도 적절하게 부상한다.
자벌레 한 마리가 꿈틀거리며 기어가는 모습에서 우주의 넓이를 궁리
하는 자세를 본다. 시적 화자의 내면이 투사된 것이다. 자벌레가 갔다
가는 되돌아오는 행위는 자세를 새로이 하며 재도전해 보는 인생의 상
징으로 읽을 수 있다. 초중장의 반복된 어휘들은 단순화의 장치로 작
동하는데 동일한 정경을 반복하여 묘사하며 시상의 분산을 막는 다.
동시에 그 의도된 단순성이 시인이 종장에서 이르고자 하는 바를 선명
하게 만든다. 우주를 향한 호기심을 더욱 부각시키고 강조하게 된다.
첫 수의 자질하며 건너간다가 두 번째 수에서는 자질하다 돌아온다로
살짝 변주되어 시 전편에 탄력성과 생동감을 더해준다.

　　　봄날도 환한 봄날 자벌레 한 마리가
　　　호연정(浩然亭) 대청마루를 자질하며 건너간다
　　　우주의 넓이가 문득,
　　　궁금했던 모양이다

　　　봄날도 환한 봄날 자벌레 한 마리가
　　　호연정(浩然亭) 대청마루를 자질하다 돌아온다
　　　그런데, 왜 돌아오나
　　　아마 다시 재나 보다

　　　　　　　　　　　　　　　　　－「봄날도 환한 봄날」 전문

이처럼 정갈하고도 조촐한 서정성의 시어로 구성된, 그러나 그 함의가 결코 예사롭지 않은 텍스트가 이종문 시세계의 한 면모를 보여준다. 그러나 그의 특징을 가장 선명하게 드러내는 텍스트는 「밥도」라고 할 수 있다. 텍스트의 핵심어는 제목으로 돌려놓고 시인은 우리 삶의 한 장면을 리포타쥬(reportage)처럼 재현한다. 관찰자 시점을 취하여 무심한 듯한 태도로 목격한 바를 서술한다. 그런 방식으로 살아간다는 것의 어이없음을 드러낸다. 그 저격병 같은 텍스트를 보자.

> 나이 쉰 다섯에 과수가 된 하동댁이
> 남편을 산에 묻고 땅을 치며 돌아오니
> 여든 둘 시어머니가 문에 섰다 하시는 말
>
> — 「밥도」 전문

뉘는 시향천리(詩香千里)라 했고 또 다른 뉘는 인향만리(人香萬里)라 했다. 시의 향기로든 인간의 향기로든 우주가 향기로 가득하다면 얼마나 좋으랴? 이종문 시인이 「밥도」에서 구사하는 시어들은 그런 향기의 허위성을 여지없이 폭로한다. 오히려 그 대척점에 인생의 본질이 놓여있음을 드러낸다. 시의 향기라거나 인격의 향기라는 담론이 이 비루하기 짝이 없는 삶의 실상을 가리는 장치임을 통렬히 폭로한다. 현실이란 어쩌면 우리가 그 실상을 직시한다면 견딜 수 없는 것일지도 모른다. 그토록 참혹할지도 모른다. 생존한다는 것은 밥을 떠나서 생각할 수 없다. 생명체이므로 삶을 유지하려고 먹이를 탐한다. 먹는다는 것을 향한 처절한 본능을 그 누구도 인정하고 싶지는 않을 것이다. 그러나 생명 가진 자라면 모두가 공유하는 것이 바로 그 동물적인 식욕이다. 철학자 니체가 인간은 위버만시와 동물 사이에서 위태로운 줄타기를 하는 존재라고 하지 않았던가? 인간이란 한편으로는 초월자의 모습을 지니지만 다른 한편으로는 어찌할 수 없이 동물이다. 산에 묻고 땅을 치며 돌아오는 과수댁이 직면하는 비정한 현실이 "밥도" 한 마디에 집약되어 있다. 애써 외면하며 살아가고자 하는, 생존을 향한 절실하고도 안타까운 몸짓을 시인은 그렇게 그려낸다. 그런 다음 먼 산을 바라며 냉큼 돌아 서 있다.

이종문 시인의 시세계를 이루는 그 두 개의 축은 제6 시집에서도 그대로 유지되고 있다. 서정성의 텍스트와 풍자적 텍스트가 공존한다. 서정성은 더욱 심화되고 그 이미지의 영역 또한 확장되어 있다. 동시에 따끔하게 독자의 가슴을 찌르는 순간적인 깨달음의 장면들도 여지없이 등장한다. 시집에는 목화솜같이 맑고 포근한 서정의 시어들이 가득하다. 그리고 그 틈에 작은 바늘이 감추어져 있는 듯하다. 읽다가 화들짝 놀라게 만든다. 「봄날」을 보자.

새가
앉는 순간
가지가
휘~청, 하며
꽃들이 난데없이
와르르
무너지자
얼굴이
홍당무 된 새

놀라 푸덕거린다
바로 그 날개 짓에
꽃이 또
왕창 지고
가 앉는
가지마다
꽃이 다시 무너져서
천지간
꽃들이 죄다
엉겁결에
지는
봄날

* 이중섭의 그림 벚꽃 위의 새에서 얻은 연상

– 「봄날」 전문

　이중섭의 그림 속, 벚꽃 위의 새가 추동한 상상력이 봄날의 봄날다
움을 그려내고 있다. 새와 꽃은 서로에게 그 존재 의미를 빚지고 있다.
새의 작은 움직임이 벚꽃을 지게 한다. 지는 꽃의 지는 행위가 다시 새
의 움직임을 부추긴다. 지는 벚꽃 더미에 새가 놀라 또 움직인다. 결국
은 천지간 꽃들이 죄다진다. 엉겁결에 진다고 하니 예고도 준비도 없
이 맞게 되는 것이 낙화라는 사건이다. 꽃과 새가 함께 얼려 그 사건
을 이루어 낸다. 봄은 신생의 기운으로 충만한 계절이라 꽃도 새도 모
두 젊고 어린 생명체로 등장한다. 그래서 새는 홍당무 얼굴이 되고 꽃
도 어찌할 바를 몰라 하는 것이리라. 봄날의 짧고 덧없음을 시인 또한
단순한 이미지들을 통해 그렇게 그려낸다. 벚꽃과 새를 통해 형상화된

그런 봄의 정경은 여름날의 한 장면으로 이어진다. 감나무 한 그루와 그 나무에 들러붙어 있는 매미 한 마리의 모습으로 여름이 묘사된다. 「종가」를 보자.

늙은
감나무가

어디 훌쩍
떠날까봐

매미 껍질
한 마리가

꽉 껴안고 있다
와락,

이 집이
어디 갈까봐

못 떠나는
종부처럼!

ㅡ「종가」 전문

시인은 감나무를 꽉 껴안은 매미 이미지에 종가를 지키는 종부의 이미지를 겹치고 있다. 한사코 놓지 않고 지켜내려는 몸짓 혹은 자세가 매미와 종부 이미지의 공유항이다. 이종문 시인의 시적 상상력, 그 원천의 깊이를 가늠하게 한다. 여름을 지키는 매미의 집요함에서 종가를 지키는 종부의 삶을 읽어내는 일! 그것은 한 편 시를 위해 만물을 샅샅이 헤집어보고 난도질 해보다가 다시 모아 보는 시인의 집요함을 통해서만 가능한 일이다. 「종가」는 「말복」과 함께 읽어도 좋을 것이다. 말복의 풍경을 그려내면서 산 한 채를 무너지게 만든 텍스트가 「말복」이다. 시인이 지닌 상상력의 규모를 보여주는 또 하나의 시편이다.

　　푹푹 찌는 날에 더위를 먹은 소가 침을 질질 흘리면서 고삐줄 질질 끌다

　　뒷발에 줄이 밟혀서
　　휘청, 넘어가는 뒷산

　　　　　　　　　　　　　　　　　　　　　　　－ 「말복」 전문

　　때는 바야흐로 말복이다. 이글거리는 하늘의 태양과 대지의 지열로 말미암아 만물이 지칠 대로 지쳐있는 그런 시간대이다. 소는 침을 질질 흘리고 고삐줄 질질 끈다. 그 질질로 충분히 암시되고 예고된 것이 모든 것이 무너지는 사건일 것이다. 무너지는 것은 휘청 흔들리며 내려앉는다. 그런데 휘청하고 넘어가는 것이 소가 아니고 뒷산이다. 넘어지는 것이 뒷산이라고 그려낼 수 있을 때라야 우리는 그를 시인이라 부를 수 있을 것이다. 그 때의 뒷산은 우주의 등가물이기도 하다. 소가 줄에 밟혀 넘어지면 뒷산으로 치환된 그의 우주가 전복되는 것이다. 환한 봄날에 우주를 재던 자벌레가 변신하여 말복의 소가 되었다. 그 소가 여름 한나절 밭고랑 사이를 돌아다니고 있다. 때는 과연 말복이다. 이제 한고비만 넘기면 문득 여름 바다는 서늘해져서 물에 든 아

이들을 뭍으로 몰아낼 것이다. 아침, 저녁 설렁한 바람이 선뜻 불어와 휘청이며 넘어갈 듯하던 시절이 물러갈 것이다. 그렇게 저물 것 같지 않던 여름철이 드디어 저물어 갈 것이다. 그 계절의 순환이 막 시작되기 직전, 가장 팽팽하게 부풀어 오른 여름의 열기가 소와 고삐줄과 뒷산이라는 단순한 이미지 속에 단단히 긴장된 모습으로 들어앉아 있다.

이종문 시인은 자벌레로 봄을 그린다. 말복의 소를 매개로 하여 여름을 그린다. 자벌레를 통해 평화로움 속의 존재를 그린다. 소가 밭에서 넘어지는 여름날의 한 장면을 포착하며 인생의 어느 시간대를 그려낸다. 또한 시인은 이 세상의 미묘한 변화의 움직임에 대해 고찰하기도 한다. 우주 속의 미세한 입자들, 그 파동을 감지하여 형상화한 시로 「고요」를 읽을 수 있다.

참 희한한 일이로다

그 캄캄한 어둠 속에

천년 묵은 토기 하나 제풀에 툭 금이 가서 와장창 두 동강 난 뒤 천둥벼락 같은,

고요

— 「고요」 전문

천년 묵은 토기가 있다. 인간이 빚은 것이 천년을 간다면 우주의 기운이 도운 덕분이리라. 그렇듯 존재해 오던 것이 스스로 수명을 다하고 무(無)로 돌아가는 시간이다. 그 토기의 소신제(燒身祭)는 비화밀교

(祕話密敎)에서처럼 누구의 눈에도 띄지 않게 은밀히 행해져야 할 것이다. 캄캄한 어둠, 제풀에 툭 금이 가서, 천둥벼락… 우주 속으로 소멸해가는 토기에게 바치는 희생제물의 시어들이다. 토기가 두 동강 난 뒤, 그 잔해를 지키는 고요가 천둥벼락 같은 고요임은 당연한 일이다. 이호우 시인은 개화를 두고 한 하늘이 열리는 일이라고 노래했다. 토기가 그 존재 양식을 마감하는 일이 캄캄한 어둠의 공간에서 천둥벼락 같은, 고요 속에 이루어지고 있음에 시인이 주목하고 있다.

자벌레가, 여름날의 소가, 또 천년 묵은 토기가 각각 자신만의 방식으로 조용히 인생살이에 기여하고 우주의 움직임에 동참한다면 사람과 사람 또한 홀로 혹은 더불어 그러할 것이다. 「둥근 달을 함께 보면」은 지극히 담백하고 평범한 언어로 진정한 사랑의 존재를 그려내며 그 사랑의 소중함을 일깨우는 텍스트이다.

　　나 지금 달을 보오
　　그대도 달을 보소

　　산 너머 있다 해도 둥근달을 함께 보면 겸상해 밥을 먹으며 마주앉아 있
　　는 거라
　　　　　　　　　　　　　　　　　　　　－「둥근 달을 함께 보면」 전문

『채근담』의 한 구절이 생각나게 하는 텍스트이다. 맛있는 음식은 담백하고 진정한 사랑은 평범하다. 소소헌(素素軒)이라는 민마루 집을 지어 담백한 것의 아름다움을 보여준 최삼영 건축가의 철학이기도 한 말이다. 나, 그대, 달, 산이 있다. 이 세상에 있다. 모두 외로운 존재들이다. 산이 나와 그대를 가로막고 있으니 산은 단연코 분리의 모티프

이다. 달 또한 홀로 멀리 떨어진 채 떠 있다. 그 분리된 것들 너머로 겸상이 등장한다. 한 밥상에 앉아 함께 밥을 먹는다는 것, 그것은 지극히 평범한 사랑의 모습이다. 맛으로 이르자면 참으로 담백한 맛이다. 떨어져 있어도 함께 할 수 있다는 것에 사랑의 힘이 있다. 함께 한 밥상에서 밥을 먹는다는 것, 그것이야말로 평범하고 진정한 사랑의 행위가 아니겠는가. 나와 그대가 함께 달을 본다는 모티프는 참으로 오래되고 흔한 것이다. 그 진부한 모티프가 시조의 형식 속에 평이하게 스며들어 문득 새로워진다. '보오, 보소, 거라'라는 말 또한 구태의연하여 이제 다시금 낯설게 느껴지는 것들이다. 그 의고체 종결 어미들이 시인의 친근한 목소리로 들린다. 독자에게 직접적으로 호소하는 힘이 그 말들에서 느껴진다.

2. 북해흑룡이 여의주 물고 채운간으로 넘노는 듯: 풍자와 과장과 상상력

「밥도」에 드러난 시어머니의 목소리는 이종문 텍스트의 강렬한 특징을 이룬다고 전술한 바 있다. 이 여섯 번째 시집에서도 시인은 유사한 방식으로 이웃의 다양한 목소리들을 텍스트에 불러들인다. 밥도라는 경상도 방언이 그대로 텍스트에 채록되면서 삶의 단면이 고스란히 드러났듯이 텍스트 내부의 타자의 목소리들은 한결같이 생생함을 잃지 않는다. 이종문 시인이 채록한 민중 언어가 그대로 시조 형식 속에 스며들 수 있다는 점은 주목을 요한다. 시조의 음악성은 대체로 3음절이나 4음절의 어휘들이 규칙적으로 배열될 때 얻어지는 것이다. 이종문 시 텍스트에는 타자의 목소리들이 무리를 이루어 등장한다. 그 목소리들이 텍스트에 개입할 때 시조의 리듬을 거스르며 끼어드는 법이 거의 없다. 우리의 일상어가 바로 시조 형식에 적합한 언어라는 점을 증명하는 사실이다. 그러므로 시조 양식은 한국인의 언어 습관에 매우 잘 어울리는 것임을 다시 확인할 수 있다. 이종문 시인이 개인 내면의 언어도 예민하게 포착하지만 민중 언어에도 민감하게 반응한다는 점은 주목을 요한다. 그가 민중 언어로 시조 텍스트를 생산한다는 사실은 예사롭지 않은 의미를 지닌다. 민족의 언어는 민족 문화의 근원이며 민족 자존심을 지켜주는 기둥이기 때문이다. 체코의 소설가 밀란 쿤데라(Milan Kundera)가 소설, 『농담』에서 강조하는 것 또한 민족어의 그러한 기능이다.

체코 민족에게는 위대한 과거도 있었으나 그 사이에 체코어는 도시에서 농촌으로 물러나 문맹들만의 것이 되었다. 그 과거는 200년이라는 도랑에 의해 민족과 떨어져 있었다. 그러나 체코어는 문맹들 사이에서도 자기 문화를 계속 창조하는 일을 그치지 않았다. 겸손하고, 유럽의 눈에는 전혀 띄지 않는 문화를. 노래, 이야기, 관습적 의식, 속담의 문화를. 아무튼 이 문화는 200년의 도랑을 건너는, 유일하고 가느다란 통나무 다리 역할을 했다. 유일한 통나무 다리, 유일한 작은 다리. 전통을 끊지 않은 유일한 줄기. 이렇게 하여 19세기 초두에 새로운 체코의 문학과 음악을 창조하기 시작한 사람들은 그것을 다름 아닌 이 줄기에 접목해 나갔다. 그래서 체코의 시인이나 음악가들은 그처럼 자주 이야기와 노래를 수집했던 것이다, 따라서 그들의 초기 시나 음악상의 시도는 흔히 민중의 운문이나 선율의 단순한 해설에 불과했던 것이다. (187면)

유럽 주요 국가의 언어에 밀려 방언의 지위로 격하되었던 체코어를 지켜낸 것이 체코의 민중들이다. 그래서 체코 민족 문화의 부흥기에 시인들의 창작은 민중의 운문이나 선율의 해설에 불과했다고 쿤데라는 주장한 것이다. 우리말의 운명은 체코어보다 훨씬 온건했다고 할 수 있다. 민족을 완전히 떠난 적이 거의 없다. 그러나 우리 시인들은 민중 언어에 좀 더 예민하게 반응하면서 그 언어들을 수집할 필요가 있다. 김소영 감독의 도큐멘터리 〈굿바이 마이 러브 NK: 붉은 청춘〉은 쿤데라 소설의 주제 의식과도 상통하는 요소를 담고 있다. 두 텍스트를 함께 살펴보면 민족어를 보존한다는 것의 의미가 더욱 선명해진다. 김 감독의 도큐멘터리에 따르자면 카작스탄에서는 방언으로 인하여 의사소통의 어려움을 겪는 경우가 거의 없다고 한다. 카작스탄에서는 사람들이 모여서 즉흥적으로 춤추고 노래하는 민속놀이가 동네마다 발달해 있고 그 노래에 사용되는 가사가 늘 새롭게 창작되고 있다. 그래서 민족 모두가 민속놀이를 통해 민족어를 충분히 공유하게 된다. 먼 곳에서 온 여행자들도 동일한 언어로 시를 짓고 그 시를 가사로 삼아 함께 노래한다. 그래서 거주지에 상관없이 소통 가능한 언어가 유지되는 것이다. 시와 노래를 모든 민족 구성원이 공유한다는 것, 그것은 바로 민족어로 하여금 더욱 강한 생명력을 지니고 성장하게 만드는 길이다. 그 민중의 상상력과 시적 언어가 이종문 시인의 텍스트들 속에서 생생히 살아 움직인다. 시인은 주변에 널려있는 무명의 시인들, 그들의 언어가 담아내는 지혜와 재치 그리고 은유까지 손상 없이 자신의 텍스트에 이식시킨다. 「좀 편하게 자야겠다」를 보자. 일상어가 곧 시어이며 시어가 곧 일상어임을 보여주는 시이다.

우리 큰 아버지 진지 들다 돌 씹으면
돌을 탁 뱉아놓고 다짜고짜 외치셨다
만석아, 지게 가 온나, 여기 바위 실어내게

우리 큰 아버지 진지 들다 밥이 질면
숟가락 탁 놓으며 다짜고짜 외치셨다
만석아, 삽 들고 온나, 도랑 치고 가재 잡게

우리 큰 아버지 맨 마지막 숨을 쉴 때 —
만석아, 선산(先山)에다 흙구덩이 하나 파라
마누라 옆에 누워서 좀 편하게 자야겠다

－「좀 편하게 자야겠다」 전문

　'큰 아버지'는 과장법이라는 수사학의 대가로 묘사된다. 이웃하기에 즐거운 인물이다. 호방하고도 겸손하다. 그의 한 마디도 무심한 것은 없고 그의 어떤 표현도 무난하거나 무던하지 않다. 우리 삶의 순간들이 신나지도 거룩하지도 아름답지도 않을진대 텍스트의 주인공인 큰 아버지에게는 그렇지 않은 듯하다. 그는 단조로운 일상을 즐거운 유희로 승화시키는 힘을 지닌 존재로 보인다. 밥 안의 돌이 바위로 묘사되고 물기가 도랑이 된다. 그런 그는 동키호테 상상력의 소유자 임에 틀림없다. 동키호테는 풍차도 양떼도 하녀도 성과 적군과 공주로 바꾸어 버린다. 그러므로 동키호테는 인류의 즐거운 상상력의 상징이다. 그런 큰 아버지가 막상 죽음이라는 공포의 대상 앞에서는 상상력의 방향을 전도시킨다. 돌을 바위로, 물기는 도랑으로 확장하면서 단조로운 일상을 즐거운 놀이로 바꾸어오던 인물이 큰 아버지다. 그런 그가 괴

물과도 같이 감당하기 어려운 죽음은 오히려 잠이라는 일상의 작은 사건으로 축소 시킨다. 삶의 작은 실수들은 과장으로 희화화하며 넘기고 감당하기 어려울법한 것들은 친숙하고 하찮은 것으로 변질시키는 그는 과연 동키호테 답다. 삶이 다하는 날까지 삶의 모든 순간을 아낌없이 즐기고 가는 건강한 삶 앞에서 엄숙한 것들이 문득 초라해질 것 같기도 하다. 큰 아버지라는 이름의 시적 주인공은 우리가 삶을 대하는 엄숙한 태도를 나무라기라도 하듯 그 삶을 유희의 대상으로 만들었다. 이종문 시인 또한 유사한 방식으로 현대 시조단에 새로운 기운을 불어넣는다. 서정성에 경도된 시조단의 창작 경향을 넘어서고자 하는 다양한 시도를 보여준다. 재미있지만 결코 웃으면서 읽고 넘길 수는 없는 무게감을 지닌 시편들이야말로 이종문 시조의 특징을 잘 보여준다.

그런 평범한 주변 인물의 목소리가 담아내는 예사롭지 않은 삶의 지혜는 다양한 모습으로 드러난다. 그 민중적 목소리는 근엄한 것들에 손상을 가하면서 새로운 방식으로 세상을 읽어보기를 권한다. 시인은 종종 풍자의 기법을 동원한다. 「한번 외쳐 봤디라」와 「…나는… 가께」를 보자.

가족들 야유회 삼아 임고초등학교 가서

그 큰 나무 밑에다 돗자리를 깔아놓고

한바탕 이야기꽃을 꽃 피우고 있는데요

텅 빈 대 운동장을 어머니가 혼자 건너

시나브로 조회대에 아슬아슬 오르더니

오른손 높이 쳐들고 일장연설 하시데요

뭔 연설 하셨느냐고 물었더니 하는 말씀

여자로 아흔을 사니 할 말이 한 꾸리라

나도 마, 세상을 향해 한번 외쳐 봤디라

-「한번 외쳐 봤디라」 전문

……느그들…. 다 왔구나….

……이리… 가까이로… 온나….

……내가……. 느그들께……

할 말이… 참…많았는데…

…너무도… 숨이… 가빠서…

…말이… 나오지가… 않네…

……내가…… 느그들께…

…하고 싶은… 말이 뭔지…

…… 아마 …. 느그들이….

……다 잘 알고… 있을 끼다…

…그게 곧… 내 할 말이다…

……지켜다오 …나는… 가께.

— 「…나는… 가께」 전문

그 누구의 삶도 예사롭지 않다. 펼치면 끝이 없을 이야기 보따리를 모두 가슴에 안고 산다.「한번 외쳐 봤디라」의 시적 주인공도 그러하다. 너무 많아서 한 번 무어라 외치고 지날 수밖에 없는 삶이 거기에 있다.「…나는… 가께」 또한 수많은 이야기들을 말줄임표 속에 묻어 둔 채 말을 거의 이어가지 못하는 이의 목소리를 담아낸다. 발화되는 한두 마디 의미 없는 말, 혹은 부서져 말을 이루지 못하는 말의 파편들이 그의 한 생애를 대신한다, 익숙한 장면들이다. 그러나 그 장면들이 요구하는 해석의 공간은 결코 제한적이지 않다.「좀 편하게 자야겠다」에서 큰 아버지의 말을 통해 선보인 과장의 언어는「결단」에서 다시 출현한다. 과장과 풍자는 반복되는 일상의 값 없어 보이는 순간을 새로이 소중하게 만드는 효과를 불러온다.「결단」은 시인이 동원한 과장법과 풍자의 기법이 그 힘을 맘껏 발휘하는 텍스트이다.

나 오늘 결단을 했네

미증유 파천황의,

커플 티 같이 입자는 마누라의 질긴 청을

참말로 전격적(電擊的)으로

받아들인 것일세

- 「결단」 전문

과장의 규모로 볼 때 비교의 대상을 달리 찾기 어려울 것이다. 티셔츠 한 장 입는 사소한 일상의 일이 전격적인 결단이며 미증유 파천황의 엄청난 사건으로 등장한다. 마누라의 질긴 청이 전제되어 있으니 과연 결단은 결단이다. 별것 아닌 일상의 작은 순간을 비틀고 다시 보는 것, 그것은 어쩌면 단조로운 삶의 장면들을 거대한 유희의 공간으로 바꾸는 직접적인 힘일지도 모르겠다. 자벌레 한 마리가 대청마루를 기어가면서 우주의 크기를 가늠해보고자 하는 것처럼 햇빛 밝고 바람 순한 날이면 모두가 한 번 쯤 새로운 꿈을 꾸어 보고 자신에게 어울리지 않을 듯한 자세도 취해볼 만하다. 이와 같은 미증유 파천황의 결단도 해 볼 만한 일이다. 이슬 한 방울로도 북해 흑룡의 여의주를 삼자고 시인은 이른다. 채운간으로 넘놀며 한 세상 함께 살아보자 달래는 듯하다. 과장과 풍자도 없다면 이 척박한 시대를 어찌 견디자는 말이냐고 항변하는 듯하다.

3. 단산봉황이 죽실을 물고 오동 속으로 넘노는 듯: 기억이 시가 될 때

이종문 제6시집 『아버지가 서 계시네』에서 또한 주목할 것은 기억으로의 회귀를 통하여 삶의 위로를 찾아가는 텍스트들이다. 「그때 생각」을 보자.

그때 생각나서 웃네, 그녀를 괴롭히는 그 자식이 빠지라고 물웅덩이 메운 뒤에 그 위에 마른 흙들을 덮어뒀던 그 때 생각

그때 생각나서 웃네, 그 자식은 안 빠지고 어머야 난데없이 그녀가 풍덩 빠져 엉망이 되어버렸던 열두어 살 그때 생각

그때 생각나서 웃네, 어떤 놈이 그랬냐며 호랑이 담임 쌤의 불호령에 자수했다 열흘간 변소 청소를 혼자 했던 그 때 생각

그때 생각나서 웃네, 늦게 남아 청소할 때 그녀가 양동이에다 물을 떠다 날라주어 세상에 변소 청소가 그리 좋던 그때 생각

— 「그때 생각」 전문

이야기를 끌어가면서 후렴 대신 시인이 사용한 것이 도입의 반복구이다. "그때 생각나서 웃네"를 신호탄으로 하여 조금씩 그 영토를 확장해가는 기억의 전개가 조화롭다. 양동이도 변소도 물웅덩이도 이제는 망실된 추억의 조각들이다. "어느 놈"으로 드러나는 선생님의 불호령도 이미 전설처럼 아득하다. 그때 생각이 대표하는 유년의 치기와 순수가 다시금 그립다. 문득 그것이 낯선 것이 되어버린 현실이 더욱

낯설다. 그것이 낯설게 느껴질 때까지 이토록 멀리 와버렸다는 사실이 새삼스레 슬프다. 영혼의 울림은 주로 눈물을 동반하게 마련이다. 슬픔도 눈물로 드러나지만 감동도 우리로 하여금 눈물 흘리게 한다. 감동의 눈물은 영혼을 맑게 해 주는 정화의 기능을 지닌다고 한다. 카타르시스(Catharsis)란 그런 것이다. 이종문 시인의 텍스트는 눈물만이 영혼을 맑히는 카타르시스 기능을 하는 것이 아니라 때로는 웃음도 그러하다는 것을 보여준다. 텍스트가 불러일으키는 웃음 혹은 미소도 눈물과 같은 비중으로 영혼에 스미는 모양이다. 대체로 잊히고 사라진 집단의 기억, 그 파편들을 이종문 시인은 골동품처럼 간직하고 있다. 그 값어치가 어마어마한 것임은 두말할 나위가 없다. 물질적 풍요의 시대, 우리가 망각하지 말아야 할 것을 망각한 것은 아닌지 「그때 생각」은 묻고 있다.

흘러 가버린 어린 시절의 기억은 다시 어머니의 목소리로 되살아난다. 아들이 무턱대고 좋아 그저 마냥 바라보기만 하는 것이 어머니의 모습이다. 어머니와 아들이 서로 바라보는 그 장면은 지극히 흔한 기억의 조각들, 그 중의 하나일 것이다. 새로울 것도 특이할 것도 없다. 그런데 그 평범한 모습의 어머니가 들려주는 평범한 한 마디의 말이 인류의 보편적인 기억의 원형을 이룬다. 그리고 이종문 시인은 그것을 시로 쓴다.

모처럼 어머니와
함께 자는 밤이었다

창밖엔 귀뚜라미가

귀뚤귀뚤 노래하고

보름을 갓 지난 달빛
참말로 환하던 밤

한참을 자다보니
느낌이 좀 이상했다

슬며시 눈을 뜨니
어머니가 바투 앉아

날 빤히 보고 있었다
볼이라도 맞출 듯이

그날 밤 이런 일이
몇 번이나 반복됐다

엄마 와? 하고 물으니
좋아서 라고 했다

뭐가요? 하고 물으니
그냥 좋다 라고 했다

- 「가을밤」 전문

　"좋아서"와 "그냥 좋다"가 전부이다. 몇 번이나 반복되어도 좋기만
했을 것이 좋아서와 그냥 좋다라는 말이다. 그것도 어머니가 아들을
향해 이르는 좋아서와 그냥 좋다는 말보다 더 좋은 것은 아마 없을 것

이다. 보름을 갓 지난 달빛이 환히 모자를 비추는 밤에 오갔을 그 말들은 시적 화자의 기억 가장 깊은 곳에 남아있을 것이다. 그 좋은 것들을 다 흘려보내고 잃어버린 채, 이제 기억 속에서만 찾아본다. 그래도 그렇게 기억이 남아있어 좋다. 그 기억이 시가 되어 더욱 좋다. 물웅덩이 만들어놓고 장난치던 기억과 어머니와 주고받던 담백한 몇 마디 말의 기억과 더불어 소 먹이던 기억도 한 편의 시가 된다. 움모--하며 울던 소의 기억도 달빛에 서려 남아 있다.

> 그 소가 생각난다, 내 어릴 때 먹였던 소
> 미친 놀 피범벅 된, 피바다 된 강물 위로
> 두 뿔을 운전대삼아 타고 건너오곤 했던,
>
> 큰누나 혼수 마련에 냅다 팔아먹어 버린,
> 하지만 이십 리 길을 터벅터벅 걸어와서
> 달밤에 대문 앞에서 움모- 하며 울던 소
>
> — 「달밤」 전문

이십 리 길을 터벅 터벅 걸어와 대문 앞에서 움모--하고 소가 운다. 숱하게 함께 다녔던 길이 스스로 기억의 통로가 되어 팔려간 소가 그 길 따라 돌아온다. 소를 울게 만드는 것이 소년이 먹여 기른 정일 것이다. 주인을 찾아와서 울어줄 소도 없고 그 소 울음 소리를 기억해 줄 이도 이제 거의 남아 있지 않다. 유실되어 돌이킬 수 없는 기억이 다만 한 편의 시가 되어 남는다. 기억 속의 모든 것들이 지워지지 않는 이미지로 남아 시인의 가슴에서 시어로 피어난다. 되돌릴 수 없는 시간의 흐름 속에서 함께 지나가고 잃어버린 것들이 시가 되어 남는다.

흑룡이거나 봉황이거나 황앵이거나… 이종문 시인은 채운 속을 넘나드는 흑룡의 모습을 꿈꾸듯 호방한 목소리로 세상 속에서 유희하는 모습을 보여주기도 한다. 난초 가지를 물고 버드나무 가지 사이를 날렵하게 유영하는 황앵처럼 맵시 있는 시어로 삶의 작은 순간들을 그려내기도 한다. 유실된 기억을 찾아 봉황의 모습으로 지나간 세월을 노래하기도 한다. 삶이 향기롭지 못할지라도, 시를 사랑하는 마음이 전설처럼 아득한 옛일이 된 시대일지라도 그의 시를 읽는 동안 우리는 시인과 함께 다른 공간으로 옮겨 간다. 더불어 여의주를 희롱하고 죽실을 물어본다. 난가지도 입에 물고 버들가지 새로 떠다녀본다. 시를 읊고 때로 노래로 부르며 흑룡이거나 봉황이거나 황앵이 되기를 꿈꾸어 본다.

* 참고문헌
Kundera, Milan. 정인용 옮김 『농담』 서울: 문학사상사, 1996.
*"북해흑룡이 여의주 물고 채운간으로 넘노는 듯, 단산봉황이 죽실을 물고 오동 속으로 넘노는 듯, 춘풍황앵이 난초를 물고 세류간으로 넘노는 듯" 대목은 박봉술제 〈흥보가〉 중 〈제비노정기〉에서.

시조 공간의 확장과 혁명적 시어의 탄생
― 강문신 시인의 시세계

1. 선이 굵은 삶과 섬세한 언어

강문신 시인의 시세계는 매우 독특하다. 제주 바다를 소재로 삼아 맑고 영롱한 서정시의 세계를 보여주기도 한다. 아껴 쓴 시어로 빚어진 강한 서정성의 텍스트들이 빛난다. 우리 삶의 현실에서 찾아낸 해학과 지혜가 생생하게 드러나는 리얼리즘의 텍스트들을 시인은 동시에 빚어낸다. 남극과 북극에 동시에 다다르고자 하는듯한 거창한 포부와 무모하다고 느껴질 정도의 패기를 시인은 보여준다. 매우 이질적인 것들을 강제적으로 결합시키며 자신만의 시세계를 이루어낸다. 시의 언어는 본질적으로 모순을 배태한 언어라 할 수 있다. 시어는 우리가 늘 사용하는 언어 중에서 발견되는 것이지만 자신이 태어난 곳으로부터 일정한 거리를 유지하고자 한다. 일상어로 복귀하려는 구심력과 일상어로부터 가능한 한 멀어지려는 원심력의 긴장 관계 속에 시의 언어는 놓여있다고 볼 수 있다. 강문신 시인의 텍스트는 한 편으로는 일상어가 지닌 거침과 비루함을 여실히 드러낸다. 정제되지 않은 날 것의 언어 속에서만 그 속성을 고스란히 드러내는 삶의 현장이 포착된다. 다른 한 편으로 그의 시어는 지극히 섬세하고 서정적이다. 그 언어는 절망하는 바다의 색깔을 드러내고 노을에 밴 외로운 이의 울먹임을 감지해낸다. 가난 속에서 더욱 순결하게 남겨진 꿈과 기억을 그려내기도 한다. 거친 삶의 현장에서 오히려 삶을 더욱 긍정하는 사람들의 일상을 그려낸다. 제주 바다를 배경으로 삼아 펼쳐지는 어머니의 삶과 누이의 기억을 그린 텍스트를 보자.

> 신묘년 새 아침을 서귀포가 길을 낸다
> 적설량 첫 발자국 새연교 넘어갈 때
> 함박눈 바다 한 가운데 태왁 하나 떠있었네
>
> 이런 날 이 아침에 어쩌자고 물에 드셨나
> 아들놈 등록금을 못 채우신 가슴인가
> 풀어도 풀리지 않는 물에도 풀리지 않는
>
> 새해맞이 며칠간은 푹 쉬려 했었는데
> 그 생각 그 마저도 참으로 죄스러운
> 먼 세월 역류로 이는 저 난바다…우리 어멍
>
> — 「함박눈 태왁」 전문

첫 수에는 함박눈 내린 새해 아침의 서귀포 바다가 등장한다. 눈이 내려 온 세상을 덮어버린 고적한 아침, 남녘의 바다 또한 그 눈을 맞아 고요히 늦잠에 들었을 법한 시간이다. 그 바다에 태왁 하나가 둥실 떠 있다. 그 태왁은 곧 어머니의 상징이며 그의 존재 증명이다. 뒤따라오는 둘째 수는 어머니가 신년 아침부터 물에 드는 사연을 그리고 있다. 자신의 노동으로 아들의 학비를 마련하려는 어머니의 희생과 사랑이 거기 나타난다. 모성애는 인류 보편의 정서라 할진대 어머니의 몸은 바로 조건 없는 지극한 사랑의 등가물이다. 바다가 이미 생명체의 삶을 위한 먹을 거리를 제공하는 거대한 모성적 상징체라면 그 바다에 든 어머니의 몸은 이중의 모성애를 현현하게 된다. 또한 바다와 어머니의 몸이 더불어 모성의 확고한 표상이 될 때 바다 표면에 뜬 태왁은 모성애를 집약하여 보여주는 기표로 기능한다. 태왁은 그리하여 강한 상징성을 지니게 된다. 모성의 바다에 든 모성, 그것이 태왁으로 떠올라 있음을 알 수 있다. 태왁의 이미지로 완결된 모성애는 3연 종장의 마지막에서 다시 한 번 확정된다. 선행하는 말 줄임표를 뒤따라오는, 시적 화자의 마지막 발화, "우리 어멍"은 시인의 절규로 들린다. 남으로 훤하게 열려있는 서귀포 바다 한 자락에서 울음 섞어 불러 바치는 시인의 사모곡이 완성되는 장면이다. 또한 3연 종장의 첫머리에서는 적절한 음악성을 동반한 시어의 배치가 두드러져 보인다. 그 시어들은 조화를 이루며 "우리 어멍"으로 매듭지어지는 시적 종결을 적절히 예비한다. "먼 세월 역류로 이는 저 난바다"라고 시인은 노래한다. 바다는 그리하여 어머니의 한 생애를 대변하는 공간으로 변모하며 텍스트의 중심에 다시 놓인다. 고달프고 섧고 외로운 삶이 "역류"와 "난바다"의 이미지 속에 고스란히 담긴다. 그 고달픔은 어느 한 순간의 사연에서 말미암는 것이 아니다. 설움이나 외로움 또한 일회성의 사건이 아니다. "먼 세월"이라는 시어가 동원되었기에 어머니의 온 생애가 그 세월만큼 고단하였음을 알 수 있다. 바다 위의 한 점 태왁이 추인하는 서사가 예사롭지 않다. 「함박눈 태왁」에서 시인이 그려낸 어머니의 모습은 누님의 이미지로 연장되어 나타난다. 바다가 어머니의 영토라면 마라도는 누님의 공간이다. 「마라도」는 강문신 시인의 서정적 시세계가 가장 집약적으로 드러난 텍스트라 할 수 있다.

차오른 생각에는 내 누이가 있습니다
산기슭 갯마을 이거나 수평선 끝닿은 데거나
누이는 빛바랜 바다로 그 어디나 있습니다

우리 한 식구가 불빛으로 모여 살 땐
빈소라 껍질에도 만선 꿈은 실렸습니다
수평선 그 한 굽이에 마음뿐인 산과 바다

마라도 선착장은 받아든 저녁상입니다
허술한 초가지붕 덧니물린 호박꽃도
그 여름 놓친 반딧불 별빛 따라 내립니다

남녘 섬 하늘의 인연도 끝 간 자리
바다는 어디에도 가는 길만 열려있고
서낭당 소망은 하나 둥근 사발 달뜹니다

물마루만 바라봐도 청보리밭 키 큰 누이
한 점 바닷새가 저녁놀을 물고 와서
윤회의 섬 바위 끝에 하얀 집을 짓습니다
                                                    - 「마라도」 전문

"누이"는 텍스트의 초점이 되어 시인이 그려내는 정경 속에서 기억을 불러들이는 촉매의 기능을 담당한다. 그 "누이"는 "우리 한 식구"로 모습을 바꾸어 나타나기도 한다. 시간상의 과거와 현재를 누이는 매개한다. 공간이라면 한계가 없는 너른 공간에서 누이의 모습이 떠오른다. 산과 마을, 그리고 바다, 그 어느 곳에서든지 시적 화자는 누이를 떠 올린다. 산기슭에도 수평선에도 누이의 이미지는 만연해있다. 과거의 기억이 현재를 추동하는 것은 바다가 한결 같이 시인 앞에 놓여있는 것과 같은 이치에서이다. "빛바랜 바다"라고 노래하며 시인은 바다와 누이의 이미지를 연결시킨다. 텍스트에서 과거는 가난 속의 풍요로운 꿈과 소중한 기억들로 충만해 있다. "빈소라 껍질"과 "허술한 초가지붕"이 과거의 가난을 드러내고 그 가난도 개의치 않는 마음의 풍요로움은 "만선 꿈"과 "둥근 사발 달"로 드러나 있다. 그리고 그 소중한 추억의 중심에는 "누이"가 놓여있다. 시인이 그려내는 추억의 풍경화는 푸른색과 흰색을 중심으로 채색되어 있어 싱그러움을 느끼게 한다. 반딧불, 별빛도 푸른빛을 뿜어내고 "둥근 사발 달"과 "하얀 집"은 바다와 하늘의 푸른빛을 배경으로 거느린 까닭에 더욱 산뜻하게 느껴진다. 거기에 호박꽃이 보여주는 황색의 감각이 적절한 변화의 느낌을 부여하며 풍경화가 완성되게 만드는 구실을 한다.

물새가 노을을 몰고 오는 시간, 선착장에 배가 들어오면 그리움은 날개를 펴기 시작한다. 배에서 내리는 사람들 속에서 그리운 이의 얼굴을 찾을 수 있을까 하고 살펴보는 시심이 텍스트에서 문득 새롭게 피어난다. 그 마음의 풍경에는 이미 그리운 이와 함께 나눌 저녁 밥상이 떠올라 있다. "마라도 선착장은 받아든 저녁상"이라고 노래하는 것은 그런 이유에서일 것이다. 저녁이면 추억 속의 반딧불이 되살아나듯 별빛이 돋아나고 누이의 기억은 오래도록 시인의 마음을 따뜻이 감싸 줄 것이다. 그런 날 밤, 시인은 따뜻한 잠자리에 들며 갖가지 영롱한 추억의 빛깔로 가득 찬 꿈을 꾸게 되리라. 미국 시인 로버트 프로스트(Robert Frost)의 시 「사과 따기가 끝나고(After Apple Picking)」가 생각난다. 온 종일 사과를 따고 난 다음, 꿈에서도 사과가 우루루 굴러 나올 것을 그려보는 시적 화자의 천진난만한 목소리가 생각난다. 딱따구리와 꿈의 크기를 놓고 겨루는 소담한 시심이 이어질 것 같다. 시인 프로스트의 사과도 강문신 시인의 반딧불과 별빛도 모두 풍요의 이미지로 보인다. "빛바랜 바다" 같은 누님의 기억을 잃지 않는 한 시인 또한 풍요로울 것이다. 오래도록 넉넉하고 따뜻한 꿈을 꾸게 될 것이다.

2. 권투와 인생

강문신 시인의 특징 중의 하나는 그가 권투라는 스포츠의 세계를 시조 형식 속에 담아내는, 현대 시조단의 유일무이한 존재라는 점이다. 권투와 현대 시조란 일견 참으로 부적절한 결합으로 보인다. 둘 사이의 원심력이 대단히 클 것으로 생각된다. 시조는 단정하고 전아한 시세계를 그리기에 적합한 양식으로 알려져 있다. 시어의 음악성을 위하여 단어의 선택을 너그러이 허용하지 않는 장르가 시조이다. 자유시보다 강한 제약을 전제로 하는 것이 시조 양식이다. 시조는 가장 섬세하게 언어를 다루는 양식이라 할 수 있는데 그런 시조 양식 속에 권투의 세계가 보여주는 몸의 거친 동작들을 부린다는 것은 여간 어려운 작업이 아닐 것이다. 강문신 시인이 권투를 시적 소재와 주제로 삼은 시조를 빚는다는 것은 그러므로 참으로 어려운 작업이며 값진 것이다. 몸의 말들은 곧 삶의 구체적인 언어들이라 할 수 있다. 시인은 몸을 통해 현현하는 삶의 다양한 도전과 응전, 애환과 좌절을 그린다. 몸으로만 드러나는 삶의 지혜와 교훈의 언어들도 여과 없이 텍스트에 실린다. 그런데 시어로 정제되어 나타나기 어려운 그 경험들이 시조의 형식에 일탈 없이 담긴다. 형식의 제약 속에 고스란히 나포된, 살아 펄떡이는 언어들은 치열한 삶의 현장성을 그대로 지니고 있다. 시인은 언어의 연금술사이기도 하지만 동시에 삶의 예언자이기도 하다. 강문신 시인은 벗은 웃통과 장갑 낀 손을 그려내면서 그 몸의 열기와 땀을 함께 재현한다. 주먹을 통해, 그리고 땀으로 드러나는 삶의 열정과 좌절, 그리고 인생의 숨은 지혜들을 보여준다. 권투의 세계가 시적 공간에 나포되어 이루어내는 것을 강문신 시인은 그린다. 권투선수처럼 달려들어 링을 제압한다면 삶의 크고 작은 도전들이야 제어될 수 밖에 없다고 예언하고 있다. 권투의 세계 또한 인생의 축소판이라는 점을 그는 텍스트로 증명한다.

1
안면에 레프트를 툭 툭 툭! 던지라구
가드가 오르는 순간, 갈비를 찍으란 말야
악물어, 이길 생각 마라, 죽일 작정 하라니까
2
야 임마, 그걸 놓쳐, 코너에 다 몰아놓고
눈이 잘 안 보여요 한쪽도 안 보이냐
벼르고 벼르던 경기잖아, 포기 할래, 여기서,
3

암만해도 모자란다 KO외엔 방법 없어
"관장님, 그게 어디 아가씨 이름입니까?"
너 아직, 제 정신이구나 라스트야, 나가라!

-「세컨」 전문

"이길 생각"이 아니라 "죽일 작정"이 치열한 삶의 구호가 되어야
된다고 시인은 선언한다. "눈이 잘 안 보여요"하는 응석 같은 투정을
"한쪽도 안 보이냐"는 단호한 질책이 가로막는다. 그런가하면 "KO"를
주문하는 스승 앞에 "그게 어디 아가씨 이름입니까?"하는 발랄하고 즐
거운 저항을 시도하는 도제의 모습도 보인다. "너 아직, 제 정신이구
나"라는 외침은 그 모든 대화를 압도하는 종결이다. 권투 링에서 일어
나는 승부와는 무관하게 시인은 이미 텍스트에서 완승을 거두고 있다.
권투장에서 전개되는 명령과 대항의 언어들이 시어가 될 수 있다니 놀
랍지 않은가? 그것도 시조의 가장 전형적인 음절 배치 구조인 "3, 5,
4, 3"의 구절을 가능하게 만드는 시어들이라니… 정병욱 교수는 우리
말의 특징을 살펴 우리 시의 특질을 설명한 바 있다. 한국어 어휘 의
70퍼센트 이상이 2음절, 3음절로 구성되어 있다고 그는 지적했다. 그
러므로 3,4 음절로 구성된 문장을 만드는 것은 한국어 사용자에게는
매우 자연스러운 것이라고도 했다. "라스트"같은 외래어를 무수히 거
느린 채로도 권투 선수는 시조 가락을 견지한 채 권투 시합을 치르고
있는 것이다. 강문신 시인은 그 일상의 언어들이 바로 시어임을 보여
준다. "너 아직, 제 정신이구나 라스트야, 나가라!"는 시조의 종장이
보여주는 변주도 삶의 현장에서 그리 멀지 않은 곳에서 발견되는 말임
을 확인할 수 있다. 스포츠의 언어로 하여금 시어가 되게 만드는 강문

신 시인은 현대시조단의 변경을 개척하는 선구자라 할 수 있다. 권투의 언어들조차 시어로 다시 태어나는 혁명적 창작의 자세는 「수건」에서도 다시 드러난다.

1
"가드 올려, 어깨 힘 빼, 악물고 눈 치켜뗘,
잽, 잽, 원투 원투 원투! 혹 어퍽, 빨리, 빨리 임마,
딱 딱 딱 끊어치라구 그래, 다시, 치고 빠져!"

해도 해도 들녘이여 겹겹의 물안개여
샌드백 장갑을 낀다 한바탕 세도복싱 한다
무시로 사범님 그 목소리, 채근하는 전의(戰意)를

벼르고 벼르던 경기 속절없이 무너지듯
시정(市井)의 링바닥에 처절히 나뒹굴 때
몇 번을 던지고 싶었는가, 피 땀 절인 그 수건

2
끝내 항서(降書) 없이 예까지 예까질 왔어
선수랴 관장이랴 어설픈 내 노래랴
그리움 아직도 먼 데, 어디인가 여기는

- 「수건」 전문

"가드 올려, 어깨 힘 빼, 악물고 눈 치켜뗘,""잽, 잽, 원투 원투 원투! 혹 어퍽, 빨리, 빨리 임마," 초장과 중장에서 권투 감독의 명령어는 다시 한 번 3음절 혹은 4음절 언어의 균등 반복으로 4 율마디를 형

성한다. 우리 고유의 시가인 가사와 시조가 오래도록 생명력을 유지해 온 이유가 바로 이와 같이 우리가 사용하는 모든 말들이 쉽게 음악성을 이룰 수 있다는 데에 있음을 다시 한 번 확인할 수 있다. 가장 절묘한 것은 종장의 구성이다. "어즈버" "아희야" 하던 고시조 종장의 전환 신호들이 현대에 이르러 발랄하게 갱신되는 모습을 보는 것은 늘 새로이 감탄스러운 일이다. 강문신 시인은 "딱 딱 딱"하는 의태어로 그 종장의 전환구를 갈무리한다. 그 3음절은 이어오는 "끊어치라구"와 썩 잘 어울려 시 읽기의 재미를 더한다. "딱 딱 딱 끊어치라구 그래, 다시, 치고 빠져!"

넋을 잃은 채 모든 것을 잊고 몰두하는 것! 그것은 권투 경기에서만 요구되는 것은 아닐 것이다. 인생의 모든 것이 그런 무아경의 몰입을 통하여 이루어질 것이다. 권투는 곧 인생이고 인생은 모두 시가 될 수 있음을 강문신 시인은 분명하게 보여준다. 매우 독특한 삶을 살아온 존재가 강문신 시인이다. 그렇다면 그의 시세계가 그토록 활력 넘치고 다양한 면모를 지닌 것은 어쩌면 지극히 당연한 일인지도 모른다.

3. 묘목 기르기와 시어 배양하기

강문신 시인은 권투 선수이면서 귤 농장을 경영하는 농사꾼이면서 동시에 시인이다.강문신 시인의 시는 그가 자신의 삶의 토양에서 유기 농법으로 배양한 식물이라고도 할 수 있다. 평생 언어를 벼리며 살아오는 전업 시인의 고독과 집요함도 우리 시단에서는 귀한 것이다. 삶의 현장에서 뿌리째 바로 뽑아온 채소 같고 앞마당에서 손으로 딴 감귤같은 텍스트도 마찬가지로 소중하다. 현대시조단의 변경을 개척하여 일군 강문신 시세계 농장의 영토는 이미 매우 넓다. 그 수확물 또한 매우 새롭고 신선하며 독특하게 향기롭다. 미국 소설가 셔우드 앤더슨(Sherwood Anderson)의 단편 「종이 말이(paper pills)」의 주인공인 의사, 닥터 리피(Dr. Lippi) 같은 존재가 강문신 시인이다. 사과 농원에서 곱고 흠 없이 잘 익은 사과들은 곧바로 수확의 대상이 된다. 상품화되어 도시로 팔려간다. 껍질에 거친 옹이가 생겨 거칠고 이지러진 사과는 수확하는 손길이 외면하여 농장에 오래 남아있게 된다. 이미 팔려간 사과와는 비교할 수 없이 신선하고 달콤한 맛을 지닌 채 농장에 버려지듯 남겨진다. 옹이를 지닌 사과같은 인물이 주인공 닥터 리피이다. 그러나 그는 동네의 아름다운 상속녀를 아내로 맞는다. 그리하여 동네 사람들을 모두 놀라게 만든다. 그가 지닌 남 모르는 매력 때문이다. 감추어진 강렬한 인간의 향기를 그 여인이 알아차린 것이다. 강문신 시인이 보여주는 권투 시조와 감귤 묘목 시조들은 독자에게 쉽게 다가갈 수 있는 작품들은 아닐 것이다. 소비하고 싶은 유혹을 쉽게 불러일으킬 만한 텍스트가 아닐지도 모른다. 이를테면 흠 없이 매끈한 사과가 아니라 약간 이지러진 듯 옹이진 사과, 그러나 진한 단맛을 지닌 사과일 것이다. 사랑과 그리움과 회한과 같은 정서는 독자에게 쉽게 수용되고 소비될 수 있는 정서이다. 강문신 시세계의 중심을 이루는 것은 매우 이질적인 소재들이다. 권투가 삶의 현장이 되고 감귤 묘목이 생명의 상징이 된다. 권투장의 격렬한 언어를 통하여 삶의 지혜의 싹이 트고 감귤 밭의 묘목에서 삶의 경이로움이 피어난다. 옹이진 사과, 바로 그것처럼 독특하고 그래서 소중한 시적 질료들이다.

O형, 시어(詩語) 다듬듯 귤묘목 가꾸다보면
정작 그 시마저 잊을 때가 있습니다
연초록 지고지순이 시어보다 곱습니다

사방이 바다입니다 넘실넘실 물결입니다
기도처럼 늘 고요한 민낯의 싱그러운 여인
그들에 푹 빠져 사는 날마다가 경이입니다

가뭄 병충해 물난리…무시로 헤쳐 온 이력
한사코 "나대지마라, 쉬지마라" 어르면서
기어이 상뿌릴 내립니다 돌밭에서도 그들은

－「그들」전문

　시인은 묘목도 가꾸고 시도 얻고자 한다. "시어(詩語) 다듬듯 귤묘목
가꾸"는 것이 일상이라 노래한다. 그런데 묘목이 시보다 고운 시가 되
어 시의 자리를 대신 차지해버린다. 묘목의 생태가 시의 주제로 승화
된다. "연초록 지고지순이 시어보다 곱습니다" 이르며 약동하는 생명
이 곧 한 편의 시에 다름 아니라는 깨침을 보여준다. 그리하여 "기어
이 상뿌릴 내립니다 돌밭에서도 그들은" 구절에서 볼 수 있듯, 그 묘목
은 삶의 지혜를 나누어주는 대상이 된다. 귤나무 가꾸는 것과 민족의
언어를 기르는 것은 등가의 작업이라 볼 수 있다. 귤나무의 생육과 인
생의 성숙 또한 비례식을 이룬다. 마침내 시인은 '시를 잃고 쓰는 시'에
도달하게 된 것이라 할 수 있다. 귤 묘목이 싹 틔우는 것을 시어의 발
견으로 해석하는 시인이다. 마찬가지로 강문신 시인은 자신이 가꾸는
나무에서 삶의 다양한 모습을 찾아낸다.

생장점 밑돌던 날들의 나이테나 감아놓고

저 혼자 가뭇한 길섶 퇴적된 인고(忍苦)의 발효는 어떤 의미로 뜨느냐 가을 나무가 스스로 제 잎을 떨구듯 나무를 키워본 사람은 안다 가슴을 비우는 법 한 여름이 다 휩쓸려 내릴 때 우리가 나무였듯이 그 가뭄 석 달 열흘도 한사코 나무였듯이 나무를 키워본 사람은 안다 아득한 황량에 상뿌리 내리는 법 반생을 에돌아 사랑도 미움도 고만고만한 이 둘레

생각 하나 그 먼 별빛 오롯이 너를 부르면 들리는가 들리는가 정녕, 해동(解冬)의 물소리

나무를 키워본 사람은 안다 그리움의 색깔을

　　　　　　　　　　　　　　　　　－「나무를 키워본 사람은」 전문

나무의 생애에는 가뭄의 시기도 있고 한여름 소나기와 태풍의 날도 있기 마련이다. 그렇듯 삶에 있어서는 "사랑도 미움도 고만고만"하다. 그 모든 것을 견디어 큰 나무로 자랄 수 있음을 믿으며 시인은 오늘도 한 그루 나무를 가꾸듯 삶의 하루 하루를 돌본다. 나무를 통해 드러나는 삶의 모습들이 다양한 시적 텍스트로 다시 탄생하고 있다. 어린 귤나무 잎사귀가 시어처럼 고울진대 계절 따라 달라지는 나무를 돌본다는 것은 그리움을 가꾸는 일에 다름 아니다. 사람 살이의 고귀한 그리움의 색깔을 시인은 나무에서 찾고 있는 것이다.

4. 경계를 넘어 시 쓰기

강문신 시인의 시세계에서는 견고하게 굳어진 것이 없다. 모든 것은 유동적이고 가변적이며 그래서 역동적이다. 경계 없는 공간에서 존재들은 부유하기도 하고 자유자재 변형을 이루기도 한다. 그래서 평화롭고 조화롭다. 서로가 서로를 넉넉히 용납하는 까닭에 근원을 찾는 고고학적 작업이 무의미해진다. 서로 얼키고 설키며 어울려 사는 것이 가장 바람직한 삶이라고 시인은 이르는 듯하다. 미국 소설가 어슐라 르귄(Ursula LeGuin)이 기리곤 하는 '캘리포니아 참나무'의 모습을 생각나게 한다. '캘리포니아 참나무'가 상징하는 바를 강문신 시인의 시적 텍스트가 압축하여 보여주는 까닭에서이다. 르귄은 뿌리와 줄기와 잎으로 뚜렷이 구분되며 하늘을 향해 뻗고 치솟아 오르는 곧은 나무 대신 캘리포니아 참나무처럼 살기를 권한다. 줄기가 서로 닿기만 하면 거기에서 새롭게 뿌리내리기 시작하는 것이 캘리포니아 참나무이기에 그 나무들은 쉽게 번식하고 생장하며 영역을 확대해 나간다. 그런 유연한 포용의 삶이 강문신 시집 『어떤 사랑』에 나오는 「귤 접목」에 드러나 있다.

"대체 뭔 짓이여, 언놈 걸 어따 꽂냐구!"
탱자, 그 날벼락을 온 몸으로 버둥칠 때
앵간혀, 합궁의렝(合宮儀禮)께, 킥킥대는 아줌마들

팔도 사연들이 모여사는 한라산자락
섬이랴 조각배랴 산노루 울음이랴

그 반생 육묘장 언저리, 그도 정작 접목일 터

　　글쎄 거 뭐랄까, 내 본색은 탱자 탱자
　　아픔사 더러 아픔끼리 합일(合一)되는 이 들녘에
　　싹이여, 이미 든 길이여, 노루 뿔처럼 돋거라

ー「귤 접목」전문.

　우리의 시대, 현대 사회에서 '혼종성(hybridity)'은 조화로운 삶을 위한 필수적 요소로 간주된다. 이질적인 존재들이 어울려 이루어가는 삶, 그리고 지역적 경계를 자주 넘나들게 된 삶을 유지하기 위해서는 '차이'에 대한 수용이 매우 중요한 덕목으로 간주된다. 다른 나무의 몸에 가지를 꽂아 가지로 하여금 나무의 일부가 되게 만드는 것이 접목이다. 그러므로 접목은 혼종성의 적절한 상징이라 할 수 있다. 「귤 접목」은 그 접목에 대한 저항의 선언으로 시작한다. 현실 속의 민중 언어를 그대로 이식하며 시인은 순혈주의 혹은 순수 지향의 현 상태(status quo)를 형상화한다. "대체 뭔 짓이여, 언놈 걸 어따 꽂냐구!"는 그 저항의 힘이 생생하게 느껴지게 만드는 강한 목소리를 재현한 구절이다. 순수를 고집하며 이질적인 요소에 대한 강력한 반발에서 시작한 텍스트는 2연에 이르러 그 의미를 심화하게 된다. 접목이라는 주제가 단지 '귤'나무 만의 문제가 아니라 바로 시인 자신의 존재를 상징하는 것임을 보여주는 것으로 확장된다. "그 반생, 육묘장 언저리 그도 정작 접목일 터"라고 노래하는 것이다. 귤 나무 접목하듯 이질적인 존재에게 다가가 그 몸에 깃들 때에 비로소 모든 생명은 더욱 융성해진다. 마침내 3연의 종장에 이르면 시인은 접목이 상징하는 혼종성의 장점을 긍정하고 그 혼종적 존재의 번성을 축원하기에 이른다. "싹이여, 이미 든 길이여, 노루 뿔처럼 돋거라"하고 노래하는 것이다. 싹이 자라나 이룰 형상을 "노루뿔"의 이미지로 그려냄으로써 그 자라난 싹이 융성함과 아름다움을 동시에 지니게 될 것임을 보여준다. "아픔사 더러 아픔끼리 합일(合一)되는 이 들녘에"라는 선행구도 적절하게 종장의 결말을 예비시킨다. 접목도 합일도 모두 수용의 다른 이름들이다. 타자의 몸에 깃들어 한 몸을 이루는 이치는 삶의 아픔이 다른 아픔을 만나며 서로를 어루만지는 과정을 닮아 있다. 주체와 객체, 자아와 타자, 내부와 외부를 가르고 구획하기보다 서로 넘나들고 용납하며 이루는 삶에의 지향이 적절한 은유로 드러난 텍스트라 할 수 있다.

삶의 현장에서 거두어들인 생생한 언어들이 들려주는 다양한 삶의 이야기들은 「어떤 사랑」에 등장하는 목로주점의 술타령에서도 확인할 수 있다.

싸락눈 흩뿌리던 날, 자정 넘긴 목로주점

"긍께 말이여, 암 선고를 받곤 파랗게 질려 땅을 치더랑께 중환자실에 누워 눈 껌뻑껌뻑 뻔히 쳐다보면서도 살려달란 말을 않더랑께 사랑한단 말도 않더랑께 그냥 암말도 않더란 말이여 고로코롬 죽었는디 저승 옷도 중질로 맞춰 줬재 장례비도 이백만원은 넘게 들었어 글고는 춤 배우고 바람도 쪼께 폈재 폈는디 요새 밴밴한 놈치고 제대론 것 없더랑께 한나같이 문악만 베려놓는 것이여 병신같은 것들!

그럴 적마다 그놈 생각이 징허더란 말이여 영~환장하겠더라 이거여 술 따라야, 그래도 딸 아는 조케 키웠재 약속 하나는 지킨 것이여 아야, 언능 마시랑께, 인자는 다 부질없어 가게도 딸애미한테 줘 버릴 거여 취한

듯 만 듯 살 것이여 노인네 오일장 가듯 갈 것이여 가다가 가다가 그놈 곁
에 묻힐 것이여⋯용서를 빌 것이여 요샌 통 꿈에도 안 나타난당께, 씨펄놈
이!"

　　그 뱃길 어르던 안개 물때 맞춰 포구에 들다
ㅡ「어떤 사랑」 전문

　이 텍스트에서는 역시 틈입된 민중 언어가 꽃잎처럼 만개한 아름다
움을 과시한다. 사랑의 대상은 "그놈"이라는 비속어로 등장한다. "씨
펄놈이"로 호명되기도 한다. 가장 간절하고 솔직한 사랑의 호명법이
자못 흥미롭다. 너무나 생생하여 눈물겹기도 하다. 고운 말을 더욱 곱
게 만드는 것이 시인의 역할이지만 거친 말이 역설적으로 진정성 넘치
는 사랑의 발화가 되는 묘한 장면을 포착해내는 것 또한 시인의 업이
라 아니 할 수 없다. 사랑의 대상이 "그놈"이라는 이름으로 등장한 만
큼 그리움 또한 시적 승화 장치를 걷어차 버린 채 형상화된다. "그놈
곁에 묻힐 것이여⋯용서를 빌 것이여 요샌 통 꿈에도 안 나타난당께,
씨펄놈이!" 곁에 묻힌다는 것, 용서 빈다는 것, 그리고 꿈에라도 만나
고 싶다는 것으로 그리움은 표현된다. 손질되지 않은, 가공되지 않은,
날 것 그대로의 삶의 언어가 텍스트의 중앙에 놓인 채 펄떡이고 있다.
　그런 식으로 사설시조의 특징을 십분 활용하면서 이웃 사람의 넋두
리를 불러 적듯 시인은 시를 쓴다. 그러나 그 마무리에서 서정적 언어
로 귀환하는 것을 시인은 잊지 않는다. 종장에 등장하는 자연의 풍경
이 중장의 시적 화자의 긴 사설을 감싸 안는 마무리 장치로 기능한다.
"그 뱃길 어르던 안개 물때 맞춰 포구에 들다" 중장에서 전개되던 사

설, 그 사설의 이면에 감춘 시적 화자의 내면의 울음소리조차 듣고 감응하는 듯하다. 안개가 뱃길을 어르다 이제는 포구에 드는 시간이라고 한다. 안개가 이불처럼 둘러싼 포구에서 밤이 깊도록 사랑과 그리움의 노래가 울려나온다. 아주 거친 언어로 부르는 사랑 노래가 증류된 언어로 빚은 노래보다 맑고도 절실하게 들린다.

　강문신 시인은 제주 바다와 귤 농장의 묘목들과 권투장을 오가며 치열한 삶을 살아간다. 그 열정과 성실과 패기가 그대로 흘러나와 한 편의 시 텍스트를 이룬다. 그런 텍스트에서는 시어와 일상어의 경계가 지워지고 서로 넘나들며 서로에게 힘을 북돋아 준다. 그런가 하면 바다와 물안개와 포구와 산등성의 노을이 가장 아름답고 서정적인 시어의 옷을 입고 등장하기도 한다. 선이 굵은 삶과 섬세한 서정시의 언어가 어울려 묘한 부조화의 조화를 이루어낸다. 광활한 시적 소재의 영토를 지닌 강문신 시인의 시세계에서 백년 걸려 한 번 피고 만다는 꽃 한 송이를 보고 싶다. 현대시단에 등장한 독특한 삶의 주인공이 강문신 시인이다. 그 삶의 특수성을 자본으로 삼아 세련되게 연마해 낸 시어를 잉여 생산할 날을 기대해 본다.

시간과 시

— 손영희, 정용국, 임성구 시인의 시를 읽다

　문학이론가 노스롭 프라이(Northrop Frye)는 봄, 여름, 가을, 겨울이라는 계절의 순환으로 우리 삶의 많은 부분을 설명하고자 했다. 네 가지 계절은 각각 삶의 생성, 확장, 수축, 소멸에 대응한다. 우리의 삶도 주변의 물상들도 모두 그 단계들을 거쳐 간다. 달도 차면 이운다. 바람도 세력을 얻으면 태풍이 되어 해일을 일으키지만 때가 되면 약화 되고 결국은 소멸한다. 인생의 과정들도 그러한 방식으로 시적 언어를 통해 재현되어왔다. 시는 삶의 실제 시간이 허락하지 않는 세계를 창조하는 것이라고 프라이는 또한 주장한다. 삶의 시간대에서는 불가능한 것들을 시가 드러내는 것은 그 때문이다. 우리의 실제적인 삶이 고통으로 우리를 멈추게 만들 때 시는 만들어진다고 한다. 실제의 삶에서 벗어난 세계를 통해, 실제의 시간을 뛰어넘기 위해 사람들은 시를 쓴다고 한다. 세상의 그 많은 사랑 시들이 실패한 사랑을 그리는 이유도 바로 그 점에서 찾을 수 있을 것이다. 시는 현실을 벗어나 있어야 하고 또한 그러하다. 그러므로 시는 필수적으로 짧아야 한다. 그렇지 않다면 시인은 현실의 삶으로 돌아오지 못한 채 자살할 수밖에 없을 것이다. 무수한 시인들이 우울증 속에 살거나 자살을 택하는 것도 어쩌면 그와 같은 시의 속성, 즉 시는 현실의 시간대에서 벗어난 곳에 놓인다는 점에서 말미암는 것인지도 모른다. 미국 소설가 에드가 알렌 포우(Edgar Allan Poe)는 시는 100줄을 넘어설 수 없다고 언급한 바 있다. 같은 맥락에서 한 말일 것이다.

우리 시조는 시 중에서도 유난히 짧은 시이다. 삶에서 일순 벗어나 삶을 들여다보고는 냉큼 되돌아오는 것이 시조 시인의 모습이겠다, 그러나 그 순간적인 벗어남을 통해 그들이 형성하여 보여주는 시세계는 예사롭지 않다. 봄의 설렘과 여름의 정열과 가을의 성숙과 겨울의 초월이 그 세계 안에 모두 들어있다.

1
늙은 매화나무가

꽃 두어낱을 피워놓고

화무십일홍 화무십일홍

미혹(迷惑)에 갇혀있다

그대의 울렁거림은

다 어디로 갔을까

2

진무른 구순(九旬)의 눈가에도 어리고

게으르고 철학적인 개의 눈에도 어리는

저 뒷산 뫼등같은 봄 손으로 받쳐들다

– 손영희, 「봄을 타이르다」 전문

봄이 왔는데 설레지 않는 가슴이 있을까? 설렘의 근원은 무엇일까? 왜 설레는 것일까? 춘래불사춘(春來不似春)이란 말을 생각해본다. 매화나무에 꽃 피는 봄이 돌아왔다. 해마다 어김없이 봄은 돌아오건만 그 봄을 맞는 매화나무는 이제 늙었다. 그래도 "두어날" 매화 꽃을 피운다. 매화나무이므로 매화꽃을 피운다. 늙은 매화나무 이므로 두어 날만 피운다. 그 두어날 꽃도 질 것이다. 때 되면 어김없이 피어나는 꽃송이이기에 다시 때 되면 또 어김없이 그렇게 질 것이다. 늙은 매화나무는 안다. "화무십일홍"인 것을 그는 안다. 그는 겪어 보았으므로 안다. 해마다 꽃을 피워보았고 그 꽃이 십일 붉다 지고 마는 것을 경험하느라 이제 늙은 매화나무가 되어버렸다. 설렘 혹은 "울렁거림"없는 고요한 마음으로 산천에 가득한 봄을 지켜본다. 늙은 매화나무의 이미지와 정합성을 이루면서 "뒷산 뫼등"도 함께 그려진다. 언젠가는 돌아가 묻힐 뫼등을 배경으로 늙은 매화나무가 맞는 봄이 새삼 정겹고도 슬프다. "짓무른 구순의 눈가"는 육체의 쇠락을 정확하게 묘사한다. "게으르고 철학적인 개"는 그 봄날의 나른함을 몸으로 드러내며 구순의 인생을 동반하는 또 하나의 생명체에게 투사하는 시인의 측은지심으로 읽힌다. "늙은 매화나무"와 더불어 게으른 개도 철학자로 보이는 나른한 봄날이다. 세월은 삶을 지혜롭게 만든다. "화무십일홍"임을 이미 알면서도 여전히 제 몸에 피어나는 꽃을 어쩌지 못하듯 다시 찾아온 봄은 두 손으로 받들 뿐이다.

시간을 포함한 자연의 법칙은 굳건하기만 하니 그 자연의 일부인 우리가 할 수 있는 것은 아무 것도 없을 것이다. 인지하고 자각 상태를 유지하며 순간의 강렬한 경험과 기억으로 그 무심한 시간의 흐름을 달리 느낄 밖에는. 시인은 자연의 시간 속에 온 몸으로 틈입하여 경험과 기억을 위한 작은 균열을 이루어 보려는 존재일 것이다. 손영희 시인의 「탁구를 치러갔네」는 시간의 풍화작용에 쇠잔해가는 몸과 그 풍화작용을 거스르며 현재에 머무르려는 마음을 그렸다. 양자가 어울려 빚어내는 엇박자의 음악성을 포착한 텍스트이다.

탁구를 치러갔네 풋풋한 청년으로

룰루랄라 새 우는 골짜기도 따라왔네

예감은 매번 빗나가 변칙서브만 난무하고

혁명가처럼 생을 빛나게 하고 싶었지만

의욕만 불타올라 늘 매치포인트에서 무너지네

홋생을 꾸어다 쓴들 무엇을 더 보탤까

— 손영희, 「탁구를 치러갔네」 전문

정용국 시인은 자연의 품에 깃들어 사는 히말라야 사람들의 삶의 모습을 섬세하고 정교한 서정의 시어로 그려낸다.

울음도 힘이 되어 켜켜이 쌓여 있는
맹랑한 계단에는 말똥이 피어난다
우주를 돌고 돌아온 별꽃 향을 풍기며

눈물과 기다림이 한 솥에 뜸이 드는
새까만 냄비에는 할머니 속이 타도
설산이 환하게 웃는 또 하루가 저문다

돌밭엔 목숨들이 바람에 안겨 자고
살뜰한 빨랫줄엔 아기 옷이 춤을 추는
가난한 골짜기마다 사리꽃이 피겠네

— 정용국, 「히말라야 돌계단」 전문

묻지도 않고 회의하지도 않고 저항의 시도는 더욱 하지 않는다. 자연의 웅장함을 일상으로 보고 느끼기에 그 자연의 위대함 앞에서 숙연하고 겸손해지는 삶이 있다. 정용국 시인은 그런 삶을 그린다. 소유와 자유는 서로 맞서는 것이리라. 새까만 냄비와 살뜰한 빨랫줄과 그 빨랫줄에 춤을 추는 아기옷은 모두 소유에서 멀어져 진정 자유로운 삶을 위한 이미지들이다. 히말라야 산 아래에 서면 눈물도 기다림도 삶의 양식이 된다. 울음도 힘이 될 수 있는 것은 "설산이 환하게 웃는" 하루를 맞고 보내기 때문일 것이다. 바람이 이불처럼 안아주는 곳, 별꽃 향은 "우주를 돌고 돌아온"듯 신비롭기만 하다. 그래서 시인은 예언처럼 이른다. "가난한 골짜기마다 사리꽃이 피겠네."

정용국 시인의 「리허설도 없이—실습생 K군에게」는 고단한 삶을 일찍 마감한 청년에게 바치는 시이다. 위의 히말라야의 정경을 그린 텍스트와는 분명한 대조를 이룬다.

> 설레는 무대에는 오르지도 못했는데
> 물오른 코러스의 열기가 식기도 전에
> 후렴은 누가 하라고 허튼 길을 갔는지
>
> 박수가 춤을 추고 커튼콜이 들어올 때
> 화사한 웃음으로 나와야 할 네 얼굴은
> 엇박자 못갖춘마디에 주저앉아 있느냐
>
> 남겨둔 컵라면에 울음보를 숨겨둔 채
> 타다 만 시간 속에 만정을 다 털어놓고
> 다급히 쫓겨 다녔을 발은 길이 흐리다
>   — 정용국, 「리허설도 없이—실습생 K군에게」 전문

차라리 히말라야 자연 속에서라면 돌밭에 자유롭게 잠들었을 영혼이었을 것이다. 오늘의 우리 사회가 지닌 모순의 톱니바퀴에 치인 존재로 K군은 등장한다. 후기 자본주의 사회의 현실 속에서 한없이 무력해진 개인의 모습이 정용국 시인의 시어 속에서 또렷해진다. 무대에 오르지도 못한 채 리허설로 끝난 인생으로 시인은 주인공의 삶을 형상

화한다. 코러스, 후렴 등의 이미지와 정교하게 맞물리다가 "엇박자 못 갖춘 마디"에 이르러 시상의 단단한 매듭이 이루어진다. 히말라야의 자연과 한국의 현실, 그 거리가 사뭇 새로와 보인다.

임성구 시인의 「첼로」는 손영희 시인의 텍스트들과 함께 읽으면 더욱 의미가 깊어질 텍스트이다. 오십대에 이른 삶의 모습을 첼로라는 악기의 속성에 빗대어 그려내고 있다.

> 쉰 번째 봄과 가을 저 선 굵은 목소리여
> 질풍노도 빙폭 지나 콘드라베이스로 넘어가는
> 중년은 장엄하여 차마,
> 끼어들 수 없구나
>
> 헛짚었던 날들도 파랑파랑 물결치는
> 오선지 물고기들은 박자를 안 놓친다
> 저 깊은 심장 속의 심장
> 노을 금을 긋는다
>
> 연주가 끝나고서야 뜨거운 땀이 식는다
> 식으며 몰려오는 고즈넉함은 웅장하다
> 깊은 밤 별빛 관중들의
> 환호가 뜨겁다
>
> — 임성구, 「첼로」 전문

손영희 시인은 늙은 매화나무의 이미지를 도입하여 전통적인 봄의 이미지를 파괴하였다. 성숙하고 초연한 방식으로 봄을 노래했다, 또한 그 봄이 선사하는 감정을 설렘을 넘어선 설렘의 형식으로 재현하였다.

임성구 시인은 이제 여름을 지나 가을로 접어드는 "중년"을 그리면서 봄과 여름, 그 어리석은 설렘과 과도한 열정을 모두 수용하고 긍정하는 성숙함을 그려낸다. 첼로의 음색에 상응하는 "굵은 목소리"와 "콘트라베이스"의 이미지가 적절히 그 성숙의 정서를 수행한다. "헛짚었던 날들도 파랑파랑 물결치는"이라고 그리며 젊은 날의 미숙을 긍정하는 모습을 보인다. "저 깊은 심장 속의 심장"은 그런 긍정의 힘이 궁극적으로 드러난 표현일 것이다. 반면, 임성구 시인의 「포도나무 이발사의 꿈」은 두겹의 상징을 제시하며 시인의 길을 모색하는 자화상을 그려내고 있다.

시를 일처럼 쓰는 시인이 있었네
포도나무 가지 치듯 모순된 말을 쳐내
따뜻한 운율 되려고 푸르게 일을 하네

허공으로 올라갈 사다리를 세워놓고
한 발짝씩 오르면서 혈맥을 압축하네
바닥에 뚝뚝 떨어진 시
바람장막 치고 있네

낱말처럼 번져가는 가지들의 푸른 맥박
진 꽃들의 화사한 기억, 찾아갈 수 있을까
한 송이 염원의 문장
노을로 익기까지

— 임성구, 「포도나무 이발사의 꿈」 전문

포도나무 가꾸는 이가 포도나무를 전정하며 풍성한 포도송이를 얻고자하듯 시인은 말을 버리면서 말을 얻는 존재이다. 임성구 시인은 한 편의 시를 찾아가는 자신의 모습을 그려내었다. 포도나무 가지를 자르는 일이 머리를 자르는 이발사의 모습으로 연결되고 다시 그 모습은 모순된 말을 잘라내는 시인의 형상으로 변환된다. "한 송이 염원의 문장"은 그런 가지치기 끝에 수확하게 된 포도 송이이며 한 편의 완결된 시이기도 하다.

손영희, 정용국, 임성구 시인은 매화나무와 히말라야 산과 포도나무 등 우리 주변의 물상을 깊이 들여다보고 사유의 싹을 피우며 그것으로 시를 쓴다. 우리가 순간이나마 나른한 시간의 흐름을 벗어나 갑자기 고양된 정서를 느끼는 것은 그렇게 공들여 쓴 시를 읽을 때이다. 시간은 항상성을 지닌채 흘러가고 그 시간의 흐름에 실려 우리의 삶도 나아간다. 문득 한 줄의 시가 우리 삶의 순간 순간들을 자세히 들여다보게 만든다.

시대를 밝히는 초롱불 같은 시

— 문무학, 정현숙, 유설아 시인의 시세계

시를 읽기 어려운 시대가 다시 온 듯하다. 책에서는 찾아보기 어려운 극적인 사건들이 우리 주변에서 연달아 일어나고 있다. 국민 모두가 언론 보도에 주목하면서 마음의 평화를 찾기가 어렵다고 한다. 한국 사회가 보여주는 진보와 보수 세력의 대결 양상은 해방 직후를 방불케 한다고도 한다. 세월호 침몰 사건과 박근혜 대통령 탄핵이 일어나던 시기, 한국 출판계는 심한 불황을 겪었다고 들은 바 있다. 상상 속의 사실들보다 더욱 엄청난 사건들이 현실 속에서 일어날 때 사람들은 재현된 현실에 관심을 갖기 어렵다. 소설보다 더욱 호기심을 자극하고 반전이 연속되는 현실을 직접 목격하기 때문이다.

지난 60년간의 압축 경제개발이 우리 사회로 하여금 물신 숭배 주의에 빠져들게 만들었다면 2019년, 우리는 압축 민주화가 불러온 진통을 겪고 있는 듯하다. 이런 어두운 시대, 그래도 우리는 재현된 현실에 유의할 필요가 있다. 때로 텍스트에 재현된 현실은 실제로 경험하는 현실보다 구체적이고 생생하다. 문학의 존재 이유를 스스로 증명하듯 우리 시대를 증언하는 문학 작품은 더욱 정교하게 다듬어지고 있다. 소설의 주기능이 현실의 재현이라면 시의 주기능은 시대의 예언이라 할 것이다. 시는 어제의 사실을 그리기도 하지만 오늘을 읽고 내일을 예언하는 언어들로 구성되어 있다. 러시아의 한 시인은 "미학은 미래의 윤리학"이라고 언급한 바 있다. 앞으로 다가올 날들의 바람직한 삶을 예언하는 기능이 예술의 본질에 속해 있다는 뜻이다. 어두운 시대, 초롱불처럼 스스로 빛을 내는 언어들을 시에서 찾아볼 수 있다. 시는 개인적 정서가 언어로 발화된 문학 장르이다. 그러나 시는 삶을 살아가는데 필요한 철학적 사유를 제공하기도 하고 시대를 반영하면서 전망을 제시하기도 한다.

문문학 시인은 언어의 본질과 기능을 분석하며 언어의 능력을 예언하는 언어철학자이다. 우리말의 자음과 모음이 지닌 소리의 맛을 하나하나 찾아내고 이름을 붙인다. 모든 '음(音)'들이 각자 하나의 세계와 그 나름대로의 우주를 지니고 있음을 보여준다. 함께 상상의 비행선을 타고 그 우주 속을 유영하며 새로운 생명의 기운을 얻어 나누어 갖자고 독자들에게 속삭이는 듯하다. 그동안 한결같이 진행해 오던, 낱낱의 자모 읽기를 끝내고 이제 겹소리를 탐색의 대상으로 삼고 있다.

> '긔' 는 겹닿소리 가로 한 줄 세로 한 줄
> 뚝딱 만든 의자 같다 앉으면 편하겠다
> 사람을 편케 하는 건 복잡한 게 아니다.
>
> 뚝딱 만든 그 의자에 'ㅎ' 이 와 앉으면
> 버리곤 살 수 없는 희망 피어나겠다
> 사람의 꿈이 되는 건 먼 곳에 있지 않다.
>   － 문무학, 「한글 자모 시로 읽기 · 40—겹홀소리 긔」

여럿에서 나누어 내 것 되는 것이지만
'몫'자엔 표해야 할 뜻 은근하게 깔려있다
겹받침 ㄳ이 들고 있다 '감사'를

차를 타면 찻삯 내고 배를 타면 뱃삯 냈다
'삯'자는 돈 버는 길 밑자리로 딛고 있다.
겹받침 ㄳ이 얹혀있다 '고생'에

　　　　　　　－ 문무학, 「겹받침 글자의 풍경 · 1—ㄳ(몫/삯)」

　시인은 겹홀소리 ㅢ 와 겹받침 글자 ㄳ(몫/삯)의 존재 의미를 묻고
답한다. 먼저 겹홀소리는 공생과 공존의 미덕을 그리는 시로 읽을 수
있다. 서로 의지하고 기대어서만 존재 의미가 더욱 부각되는 사람 살
이를 그리고 있다. 하나가 눕고 다른 하나가 곁에 서면 만들어지는 겹
홀소리 'ㅢ' 에서 의자의 이미지를 읽는다. 의자는 사람이 몸을 올려놓
고 등을 댈 수 있게 해주는 도구이다. 하나의 존재가 바닥의 구실을 하
고 다른 또 하나의 존재가 등이 되어 그와 맞물릴 때 이루어진다. 혼자
드러눕기만 해서도 홀로 서 있기만 해서도 만들어질 수 없는 것이다.
서로 다른 능력과 재주를 타고 났다면 각자의 잠재태를 실현시키고 아
울러 타자의 그것까지 수용하라고 이르는 듯하다. 나이지리아 작가 치
아만다 아디치(Chiamanda Ngozi Adichie)의 말이 생각난다. 동물은 등
이 가려우면 나무 껍데기에 제 등을 문지른다, 그러나 인간은 상대방
에게 긁어달라고 한다. 의자를 이루는 받침과 등처럼 두 모음이 적절
히 어울려 이루는 겹모음의 철학이 또한 그와 같지 않겠는가? 혼자서
는 이룰 수 없으나 둘이 어울려 빚어내는 새로운 것들로 세상은 풍요

롭지 않겠는가?

겹받침 'ㄱㅅ'을 바라보는 시인의 시선은 타자에 대한 배려와 나눔의 정신을 발견하는 것으로 확대된다. 공동체를 유지해 나가는 데 필요한 공생의 요건을 '삯'으로 표현한다. 몫의 연유를 찾으면서 삯의 의미를 함께 고려하는 겹받침 'ㄱㅅ'의 철학이 「겹받침 글자의 풍경·1— ㄳ(몫/삯)」에 드러나 있다. 그러므로 겹받침의 가르침은 노블레스 오블리주(Nobless Oblige) 정신을 시로 형상화했다고 할 수 있다. 우리 사회가 결핍하고 있는 나눔의 미덕을 찾고 있는 것으로 보인다. 몫에만 관심을 두고 삯을 망각한 채 살아가는 우리 시대 삶에 대한 비판으로 읽힌다.

현존하는 자음과 모음만이 아니라 흔적만 남기고 사라져간 소리 또한 시인은 채록한다. '사라진 모음 시로 읽기' 연작이 그 소리를 향한 추모의 노래로 읽힌다.

> 아랫입술 윗입술 닿을 듯 말 듯 열어
> 날숨 쉴 때 나는 소리 그 이름 순경음 비읍
> 순이랑 관계없는데 왜 순이가 생각나지.
> — 문무학, 「사라진 자모 시로 읽기·2—순경음비읍(ㅸ)」

이제는 사라져 버리고 곁에 없지만 그 부재의 대상을 소환해내는 것이 있다. 냄새. 색깔, 소리… 우리의 오감에 남아, 설명할 수 없으나 분명히 존재했던 것들이 문득 되살아나곤 한다. 사라진 자모, '순경음 비읍'에서 시인이 '순이'라는 이름을 떠올리는 것도 그런 이유에서일 것이다. 순이라는 모호한 존재가 그 사라진 자모의 자취와 긴밀히 얽혀있다. 초장과 중장에서는 순경음비읍의 존재 양상을 언어로 그려낸다. 그런 다음, 돌연히 '순이'라는 이름을 지닌 기억 속의 존재를 호명한다. 대상 혹은 정경의 묘사에 초중장을 바친 다음, 돌연 방향을 바꾸어 주체의 서정을 읊어오던 시조의 전통이 위의 텍스트에서 부활하고 있음을 볼 수 있다. 매우 현대적인 방법으로 재해석된 전통의 등장일 것이다. 같은 듯 다른 형식, '온고지신(溫故知新)'은 이런 미덕을 위해 준비된 말은 아닐는지 모르겠다.

　텍스트를 통하여 우리말 자모의 고고학을 구현하는 시인이 문무학 시인이라면 정현숙 시인은 우리 일상에서 새롭고 작은 움직임을 관찰하고 그 의미를 궁구하는 시인이다. 여성과 남성이 동반자적 존재가 아니라 대결적 존재인 듯 맞서게 된 것이 최근의 커다란 사회변화 중의 하나이다. 성별이라는 잣대로 분리된 존재들이 서로의 다른 감수성을 상대에게 주장하며 맞서고 있는 형국이다. 그리하여 '미투(Me Too)'라는 이름으로 전개된 사회변화의 흐름 속에서 여성과 남성의 상호 존중과 공존의 문제가 새삼스레 사회적 문제로 떠오르게 되었다. 윤이형의 단편 소설, 「나의 첫 번째와 두 번째 고양이」가 우리 시대의 중요한 문학 텍스트로 읽히게 것도 그런 이유에서였다고 볼 수 있다. 상호 이해와 공존, 공생의 아름다움을 잃지 말고 유지하자고 정현숙 시인은 노래한다.

　　산 밑에 집 한 채 양철 지붕 낮은 대문

　　문패엔 부부 이름 나란히 적혀 있다

서로를 위하는 마음 밖에서도 보인다

― 정현숙, 「문패」

　뉘는 앞서가고 뉘는 뒤따르는 모습도 아름다울 터이다. 나란히 길 가는 것도 그만큼 아름다운 일이리라. 나란히 가기도 하고 가다가 길이 좁으면 둘 중 하나가 앞서가기도 하고 혹은 뒤처져 오는 이를 위해 기다려주기도 하고… 문패에 나란히 이름을 새기는 것이 크게 낯설지 않은 시대가 왔다. 그것이 "서로를 위하는 마음"이라고 시인은 읽는다. 대문에 그 마음을 내 건 것이 '문패'의 의미라고 이른다. 많이 달라진 한국 사회의 모습이 선명히 그려진 시편이다. 그 모습을 포착하는 렌즈의 색채도 신선하다.

　꽃과 나무를 기리는 시편들을 빚어내며 우리 삶의 무늬와 결을 거기 새겨넣는 작업을 오래도록 해 온 시인이 또한 정현숙 시인이다. 그 일련의 작업을 「태산목」이 잇고 있다.

이름에 걸맞도록 위엄 있고 장중하다
두터운 푸른 손의 안온한 그늘 아래
내 마음 거처할 집을 오래도록 지었다

저 하늘 터 다져서 궁궐 된 구름처럼
화중지왕 왕이라는 유백색 피운 꽃이
담장 안 군왕 같지만 어깨 낮춰 읽는 향리

― 정현숙, 「태산목」

꽃 피우는 나무의 생태를 들여다보며 겸손히 몸을 낮추고 부르는 사랑의 노래가 「태산목」 텍스트에 드러나 있다. 5-6월에 고운 꽃을 피우는 태산목의 자태를 그리며 삶의 자세를 다시금 가다듬은 시편으로 「태산목」을 읽는다.

문무학 시인과 정현숙 시인이 보여준 탐색과 고찰의 연장선상에서 유설아 시인은 우리 시대 시조의 길을 묻고 있다.

　　부화 난 바람 타고 또 하루가 닻을 내린
　　게으른 수면 위로 길을 내는 물오리떼,
　　등 굽은 산 그림자도 함께 발을 담근다

　　다운재 거슬러 깍지 끼는 천사구름
　　철새들 쉬어가라 자리 편 대숲 아래
　　죽로차 달여 담은 듯 그리움이 고인 물빛

　　수양이 어깨 처진 이승의 저녁 한 때
　　껑충대는 갈대 곁에 나 또한 갈대로 서면
　　비릿한 그리움들이 물안개로 일어난다

　　　　　　　　　　　　　　　　　　　　　　　- 유설아, 「태화강 소묘」

유설아 시인은 생명의 힘으로 약동하는 자연을 그리면서 넉넉하고 조화로운 삶을 느끼게 한다. 울산 태화강을 생태주의의 관점에서 언어로 그려낸다. 자연과 더불어서 더욱 승화되는 우리 삶의 한 장면을 재현해 보인다. 시대는 혼란스러워도 살아갈 힘을 자연 속에서 다시 얻을 수 있음을 보여준다. 물오리떼와 철새들이 대숲과 수양버들과 물안개 속에 스며 여유롭고 풍요로운 강의 모습이 탄생한다. 갈대 곁에서

"나 또한 갈대"가 되어가는 변화, 철학자 들뢰즈(Gille Deleuze)가 우리 삶의 필요 덕목으로 제시한 '되기(becoming)'의 의미를 묻는다. 그리움을 잃지 않는 한 우리는 쓰러져도 다시 회복될 수 있는 탄성을 지닌 존재들임을 강조하는 듯하다.

시대의 혼란이 암흑이라면 우리의 시인이 부리는 언어들은 초롱불이 되어 길을 밝힌다. 어둠이 짙을수록 작은 초롱불 빛의 힘은 더욱 강할 것이다. 먼 길 가는 나그네가 절망하지 않고 계속 걸을 수 있는 것은 저 멀리 어슴프레 보이는 불빛이 있기 때문이다.

서사의 서정화와 서정적 리얼리즘

― 한분옥, 김덕남, 김환규 시인의 텍스트 읽기

1. 시조 형식으로 복기하는 여성의 삶

"여성이 충분하게 글을 쓴 적은 역사상 한 번도 없었다." 미국 흑인 여성 학자인 벨 훅스(Bell Hooks)의 말이다. 우리 시대에 이르러 여성 시인과 작가의 수는 폭발적으로 증가하였다. 인류 역사상 달리 예를 찾아보기 어려울 정도이다. 그럼에도 불구하고 아직도 여성의 글쓰기 는 부족하고 더 많은 여성들이 더 다양한 목소리로 자신들의 삶을 글 로써 재현해야 한다고 훅스는 주장한다. 우리 시조단에서는 여성시인 들의 기여가 괄목할만하다. 여성 시인들은 각자의 고유한 목소리로 언 제나 새로운 방식으로 노래하기를 계속한다. 그러나 여전히 문학적 재 현을 기다리고 있는 삶의 다양한 면목들과 숨겨진 숱한 사연들을 여성 들은 가득 지니고 있다.

한분옥 시인은 여성 삶의 고유성을 예민한 감수성으로 받아들이고, 자신만의 독특한 은유와 결합된 시어를 골라 재현해 온 시인이다. 그 가 그려내는 이미지는 신선하고도 놀랍고 그 전개방식은 강한 정합성을 지닌다. 무엇보다도 눈여겨볼 것은 한분옥 시인이 관습에 따라 상투화되어버린 여성의 삶에 저항하는 글쓰기를 보여주었다는 점이다. 그 너머에 존재하는 것들에 그는 주목해 왔다는 점이다. 역사적, 사회적 규범이나 정형화의 압력을 버텨가는 삶을 시인은 집요하게 재현해 왔다. 차마 발화되지 못한 여성의 욕망, 그 존재 방식을 탐구하는 시편들과 여성 육체성을 재현하는 텍스트들에 특히 주목할 만하다. 한분옥 시인은 스스로 '몸말'이라는 이름을 붙여 그와 같은 재현의 시도를 정의하기도 했다. 몸이 들려주는 말을 받아 쓰기 하려는 시인의 자세를 그 말에서 발견할 수 있다. 이제 여성의 주체성과 존재 방식에 대한 탐구의 폭을 넓히고 깊이를 더하면서 시인은 인생 후반기에 이른 여성들의 내면을 파고 든다. 그리고 그 가장 순결한 속살을 재현해내고 있다. 「슬픔 한 벌」은 한편으로는 목이 메도록 서러운 노래이다. 음악성을 동반한 채 그 설움을 그려내고 있는 텍스트이다.

> 불현듯 나를 더러 스무 살 돌려준다면
> 덥석 받아 안을까 푸른 봄 다 준다면
> 그 봄 다 어쩔 것인가 누가 다시 돌려준다면
>
> — 한분옥, 「슬픔 한 벌」 첫째 수

돌려준다면, 푸른 봄 다 준다면, 누가 다시 돌려준다면… 시인은 가정법의 구절을 반복적으로, 그러나 살짝 살짝 적절한 변주를 더한 채 구사한다. 돌아갈 수 없는 것이 스무살 시절이다. 돌려줄 이도 돌려줄 수도 없는 것이 또한 그 시절이다. 그 불가역성의 시간만큼 인간의 존재가 지니는 구속성을 보여주는 요소도 달리 찾기 어려울 것이다. 그런 까닭에 동서고금의 시인들은 거슬러 가는 시간 여행에 대한 환상과 동경을 멈추어 본 적이 없다. 기억 속으로 사라져간 존재와 함께 햇빛의 금사과와 달빛의 은사과를 따며 초원을 다시 걷기를 꿈꾸었다. 그 꿈에 취한 이가 단지 아일랜드 시인 예이츠(Yeats) 뿐이겠는가? 그러나 우리의 한분옥 시인은 진부한 낭만성의 환각적 전통 속에 가수면 상태로 빠져들기를 거부한다. "그 봄 다 어쩔 것인가…"는 그러므로 결코 예사로이 넘길 수 없는 구절이다. 푸른 봄의 은유로 드러난 과거의 스무살 적은 그 구절로 인하여 가장 찬란한 시절임을 드러내게 된다. 그립다, 아쉽다, 돌아가고파, 어즈버 꿈이런가… 그런 상투성과의 대척점에 선 언어를 선택함으로써 시인은 가장 강렬한 방식으로 자신의 동경을 그려낸다. 다 어쩔 것인가, 그 넘치도록 충만한 생명의 시간을… 아, 다 어쩔 것인가… 그래서 더욱 애틋하고 그래서 더욱 안타깝다.

이어지는 두 번째 수에서는 첫 수의 공간으로부터 천리 만리 떨어진 세계가 등장한다. 푸른 봄과 스무 살의 이미지는 문득 사라지고 그 자리에 기억 속의 청춘과 대조를 이루는 시적 화자의 현재 모습이 들어선다. 시적 화자가 발붙인 현실의 남루함과 감당해야 하는 삶의 무게가 절절하게 그려진다.

> 밤하늘 북두칠성 북극성에 소처럼 매여
> 오금을 못 펴고선 풀잎이나 뜯을 때
> 명줄에 꿰인 가난이 죄지은 듯 죄인 듯
>
> — 한분옥, 「슬픔 한 벌」 둘째 수

풀잎을 뜯고 있는, 매여 있는 소의 이미지는 현실 속에서 터벅터벅 주어진 삶의 길을 걸어가는 인생을 그려내는 데 동원된다. 북두칠성과 북극성은 소의 이미지로 드러난 삶의 운명적 조건을 돋보이게 만드는 구실을 한다. 또한 "오금을 못 펴고선" 구절은 가난과 명줄의 이미지를 예비하게 한다. 그리고 뒤이어 등장하는 죄에 다시 연결된다. 그 죄를 노래함에 있어서도 언어의 음악성을 위한 긴장은 이완되지 않는다. "죄지은 듯 죄인 듯." 같은 말을 반복하는 듯하면서도 미묘한 차이를 두어 부연의 효과를 거두고 있다.

첫째 수와 둘째 수는 사뭇 대조적인 모습으로 드러나기에 텍스트는 자칫 유기성을 잃은 것으로 보일 수도 있다. 그러나 그 수는 슬픔이라는 정조를 공유항으로 삼아 단단히 서로가 서로에게 연결되어 있다. 돌려줄 이 없는 스무살을 노래한다는 것은 당연히 슬픔의 감정을 동반할 수밖에 없다. 회심의 시간이 어찌 슬프지 않겠는가? 다 어쩔 것인가 하고 탄식할 수 밖에 없다. 감당할 수 없으리만치 벅찬 시간을 돌아본다는 것은 그토록 슬픈 것이다. 그 눈부신 시절에 이어 등장한, 매인 채 풀을 뜯는 소의 모습에서 슬픔은 증폭될 수밖에 없다. 자신에게 주어진 삶의 무게를 담당하며 멍에를 지고 걷고 있는 소의 모습은 곧 온 몸으로 가난을 막아내며 자식을 지키려는 어머니의 모습에 다름아니다. 꽃잎 같았고 나비 날개 같았던 것이 스무살 영혼일진대 그 여린 존재가 몇십년 세월 뒤 소의 몸으로 다시 현신한 장면을 보라. 가난 앞에서 죄를 자인하듯 스스로 매인채 풀을 뜯는 소의 형상을 보라. 그 간극을 메우기라도 하듯 텍스트는 슬픔의 정조 속에서 정합성을 완성해내고 있다. 아름다운 시절은 감당할 수 없도록 아름다워서 슬프고 그 아름다움이 현실의 남루함을 더욱 강조해서 또한 슬프다. 필부필부의 삶이 한결같이 그러하니 그것이 또한 슬프다.

   슬픔의 중핵을 도려내어 선명한 단색으로 재현하는 그 자세를 견지하며 「전등사 목각여인」에서 한분옥 시인은 다시 한번 여성의 삶과 그 슬픔을 재현한다. 그가 그려내는 여성 주체들은 모두 주변화된 존재들이다. 시인은 먼저 중년 이후 여성의 삶을 그렸다. 세월의 풍화작용을 통하여 삶의 꿈과 희망의 빛이 바래고 혹은 사라져 버렸다. 현실의 무게와 책임이 그 자리를 메우고 있다, 안타까운 그 현실을 시인은 절절히 그려내고 있다. 시인은 추방되거나 버려진, 이른바 비체(abject)에 각별히 주목한다. 「전등사 목각여인」에 이르러 사회적 금기를 위반한 여성의 삶을 두 겹의 노래로 그려낸다.

    분홍빛 그 풍문에 마음 끈이 풀렸어라
    굳이 찾아 나선 전등사 목각 여인
    선 채로 몸 빗장 질렀네
    실오리도 못 걸치고

    주점가를 벗고 뛰던 한 여인을 본 적 있다
    부끄럼도 내팽개친 대낮의 탈출인가
    사련에 타 붙는 속을
    꺼트리질 못하고

    봄이면 잊지 않고
    동네 찾던 그 막달래
    치마를 걷어붙인 치렁한 머리채로
    목각이 못되었기에 웃음마저 헤프던 봄
                        ─ 한분옥, 「전등사 목각여인」 전문

시조의 전통에서는 가장 전형적인 모티프가 서경의 서정화였다. 이화를 노래하고 나서 다정을 말하고 풍경을 묘사하면서 인걸의 부재를 탓하곤 했다. 이제 현대 시조 시인들은 서경의 서정화를 넘어 서사를 서정화 하는 대담하고도 정밀한 작업을 이루어내고 있다. 시조 양식은 정형성을 요구하고 따라서 시조 텍스트에서는 압축과 생략의 미학을 구현하는 것이 필수적이다. 그러므로 그런 제약을 동반한 채 서사를 서정화 한다는 것은 고난도의 기술과 치열한 작가 정신을 요구하는 작업이라 할 수 있다.

서사의 한 겹을 이루는 것은 전등사에 남아있는 벌거벗은 여인의 목각에 얽힌 전설이다. 시인은 어린 시절의 기억 속에 존재하는 또 하나의 서사를 도입하여 두 겹의 서사를 완성한다. 동네 화간녀의 서사를 기존 전등사 서사에 병치한 것이다. 그리하여 전등사의 전설은 전설이기를 멈추고 현재성을 지닌 보편성의 서사로 변모한다. 시적 화자의 기억 속에 남아있는 동네 여인 또한 전등사 전설을 후경에 거느린 채 다시 등장하게 된다. 두 겹의 노래 속에서 시인은 인간의 욕망과 그 통제 불가능성을 더욱 호소력 있는 목소리로 증언하게 된다. 사회적 금기 속에서 통제되지 못한 욕망의 흔적들이 역사의 흐름 속에서도 지워지지 않은 채 남아있다. 전등사 건축의 시절로부터 시적 화자의 어린 시절에 이르기까지 끊이지 않고 이어지는 은밀한 욕망의 역사를 시인은 그려낸다. 그의 몸말을 통하여 다시 태어나는 역사 속 슬픈 여인들의 모습이 보인다. 울어 마땅할 운명을 두고 웃음마저 헤프던 여인의 모습이 어찌 슬프지 않겠는가? 한분옥 시인이 구사하는, 정확하고도 선연한 몸말에 귀 기울여보자. 사련에 타 붙는 속을, 선채로 몸 빗장 질렀네, 실오리도 못걸치고…

2. 서정적 리얼리즘

서정성으로 충만한 한분옥 시인의 시세계에서는 거친 현실의 면모
들도 결을 달리하여 등장한다. 폐업이 속출하는 요즈음, 우리 시대
의 보편적이고도 남루한 풍경 또한 은은한 라일락 향을 지닌 채 등장
한다. 「폐업」을 보자.

> …
>
> 봄꽃이 종일토록 물 따라 흐르는데
> 시냇가 자리 보아 봄 그리려 앉았다가
> 화가는 그만 붓 씻어 화판 들고 돌아가고
>
>
> 2.
> 독무(獨舞)든 군무(群舞)든 춤 잘 춘다 부추기지마라
> 굳이 나를 그리려거든 잠시만 기다려라
> 이것이 나의 본 모습 한가롭게 섰는 학(鶴)
>
> — 한분옥, 「폐업」 부분

창업이나 영업의 시간이 독무이거나 군무같은 춤의 형태에 해당
한다면 폐업은 그 춤의 무대에 막이 내리는 시간이다. 참으로 서글프
고 쓸쓸한 풍경이 아닐 수 없다. 그러나 한분옥 시인은 그 퇴장의 장면
에 학의 이미지를 투사한다. 날아오르는 학만 학이랴? 한가롭게 섰는

것도 학의 자태리니. 오히려 그것이 학의 본 모습이기도 할 것이니. 학이란 한가롭게 섰을 때 학 고유의 이미지를 온전히 드러내는 존재일지도 모른다. 시인은 처음 두 연에서는 사생과 화판의 이미지 속에서 봄날의 풍경을 구현해 낸다. 그 그림의 공간 속에서는 봄꽃도 등장하고 물, 혹은 시냇가도 등장하여 봄이라는 시간성을 한껏 누리게 된다. 그러나 돌연 붓을 씻고 화판을 들어 돌아가는 화가를 그려냄으로써 봄으로 하여금 봄이기를 중단하게 만든다. 그리하여 폐업의 이미지를 적확하게 살려낸다. 그런 다음 2번째 장면에서는 관점과 목소리가 달라져서 폐업하는 이의 내면을 드러내게 만든다. 풍경을 그려내던 객관적 관찰자의 눈길과 목소리가 사라지고 폐업의 주체, 그 내면의 독백이 대신 등장한다. 아찔할 정도의 급회전이다. 그의 내면 세계를 학의 이미지에 실어냄으로써 시인은 가장 큰 위로의 말을 준비하는 것이며 폐업할 수 밖에 없는 이의 자존감 또한 지켜주고 있다. 폐업과 함께 고독하게 돌아서는 이의 뒷모습에서 한가롭게 섰는 학의 형체를 읽는 시인! 현대시조의 리얼리즘을 구현하면서도 서정성을 조금도 양보하지 않은 채 그러할 수 있다는 것을 보여준다. 현실 재현과 서정성의 균형 잡힌 결합은 현대 시조의 새로운 가능성에 해당할 것이다.

김덕남 시인의 텍스트 또한 한분옥 시인의 텍스트와 짝을 이루며 우리 시대의 아픔을 그려내는 서정시이다. 상실의 경험 앞에서 좌절하고 실망하는 사람들의 모습이 부쩍 눈에 자주 드는 것이 오늘 우리 삶의 모습이다.

병목을 거머쥐고 그네가 들썩인다
날 수도 내릴 수도 외줄은 길이 없어

명치 끝 시린 절망을 바닥에다 쏟는다

말끔한 출근길에 인사도 깔끔하던
간간이 휘파람도 승강기를 타고 내려
거울 속 마주친 눈길 목련처럼 환했다

실직일까 실연일까 등이라도 쓸어줄 걸
맥없이 주저앉은 무릎 저린 시간 앞에
연초록 바람 한 잎이 어깨 위를 감싼다

— 김덕남, 「거울 속 남자」 전문

한분옥 시인에게는 홀로 침묵을 지키며 고적하게 서 있는 학의 모습으로, 그리고 김덕남 시인에게는 흔들리는 그네에 몸을 실은 외로운 모습으로 그들은 등장한다. 김덕남 시인은 "날 수도 내릴 수도 없는 외줄"이라는 구절을 통해 그의 고독과 그가 경험하는 전망 부재의 암울한 현실을 그려낸다. 실직일까 실연일까… 실직도 실연도 모두 관계에서의 단절을 의미하며 그러므로 외줄의 상징을 통해 그 속내를 드러내게 된다. 날 수도 내릴 수도 없다. 그네줄에 몸을 기댄 사람의 모습은 그리하여 흔들리는 그네가 상징하는 불안정성과 중간지대의 애매성을 그대로 현현하게 된다. 어찌할 바를 알지 못하는 것, 그것은 그네에 몸을 싣고 흔들리고 있는 한 남자만의 것이 아니다. 술병일 것이 확실한 병의 목을 쥔 채 우울해 하는 그만의 것이 아니다. 그 장면은 이 불안정한 시대를 통과하고 있는 한국인의 초상화, 그 축소판으로 보아야 할 것이다. 마지막에 등장하는 연초록 바람 한 잎이 희망의 파랑새라고 믿으며 우리는 오늘도 다시 흔들리며 나아간다. 현실을 정확하게 재현하는 리얼리즘의 방식에 서정성을 접목하는 텍스트들이 현대 시조단을 주도하고 있다. 참으로 바람직한 모습이다.

김덕남 시인의 「슬로우 슬로우 퀵퀵」에서는 더욱 치밀하고 정교해진 은유의 힘을 느낄 수 있다. 예측불허의 남북 관계라는 정치적 현실을 재현하면서 춤의 스텝을 병치하는 대담한 상상력을 구현하고 있다.

보름달 떠오르면 스텝을 밟고 싶다
들끓다 얼었다를 반복하는 너와 나
잡을 듯 잡지 못하는
손과 손이 아프다

짙푸른 녹음 앞에 금단의 선을 넘던
몹시도 몸이 달아 꽃 속에 얼굴 묻던
어쩌다 돌아 섰는가
말의 비수 품고서

흰 눈썹 성성한 거짓 같은 일흔 해를
봄날의 스텝으로 물 찬 제비 리듬으로
슬로우 슬로우 퀵 퀵!
남과 북을 돈다면

— 김덕남 「슬로우 슬로우 퀵퀵」 전문

유머(humour)는 말이나 글에 구현되어 독자로 하여금 즐거움을 느끼게 하거나 그들을 웃기는 것이라고 한다. 위트(wit)는 그런 유머를 만들어낼 수 있는 민첩하고도 참신한 지적 능력이라고 한다. 김덕남 시인의 텍스트는 위트를 성공적으로 드러내는 텍스트라 할 수 있다.

17세기 벤 존슨(Ben Johnson)이 이른대로 위트는 "명백히 같지 않은 것 사이에서 불가사의한 유사성을 발견하는 것, 상이한 이미지들의 조합"에 해당한다. 김덕남 시인은 전혀 이질적인 주제라 할 수 있는 한반도의 정치학과 춤의 스텝 사이의 상동성을 찾아낸다. 매우 창의적인 텍스트를 빚어낸다. 셰익스피어(William Shakespeare)의 「한여름밤의 꿈」에 등장하는 구절, "부조화의 조화(the concord of this discord)"를 보여주는 것이다. 시인은 들끓다 얼었다 하면서 보낸 일흔 해를 호명한다. 얼었을 때는 슬로우 슬로우 스텝을, 들끓을 때는 퀵퀵 스텝을 밟으며 그렇게 바뀌는 스텝 속에서 칠십년 세월이 흘렀다고 시인은 노래한다. 너와 나, 손과 손… 사람 사이의 관계를 노래한 것으로 보이도록 준비된 장치이다. 멀었다 가까워지길 반복하는 부질없고 변덕스러운 인간관계의 메타포로 읽게 한다. 그리고 마침내 남과 북을 돈다면… 하고 매듭짓는다. 그런 종결을 동원함으로써 그동안의 텍스트 전개가 유도해오던 상상의 지평을 충격적으로 뒤집어버린다. 그 춤의 스텝이 격변하는 한반도의 정세를 제시한다는 것을 드러낸다. 시조 전통에서 종장은 주로 반전 혹은 역설을 통하여 독자에게 작은 놀라움을 선사하는 데 바쳐져 왔다. 김덕남 시인은 시조의 전통을 오늘날의 참신한 감각으로 재해석하는 힘을 보여준다. 오래 기억할 텍스트이다.

김환규 시인의 텍스트들에는 동심의 세계로 회귀하려는 마음이 반복적으로 등장한다. 치통을 직접 앓게 된 순간을 재현한 텍스트 「치통」은 신인 박환규 시인의 시세계가 앞으로 개진해 나갈 영역을 잘 보여준다. 텍스트에서는 주체로서의 의사가 객체인 환자에게 건네던 말들이 순식간에 그 내포된 의미의 역설을 여실히 드러내는 장면이 등장한다. 다분히 동화적인 장면이다. 그러나 고통의 문제에 있어서는 아이들과 다를 바 없는 것이 어른들이라는 것을 보여주는 시편이기도 하다. 육체적 고통의 경험은 인간이 그의 나약함을 여지없이 고백하게 만드는 것이다. 그러나 그 경험을 통하여 타인의 아픔을 공감하는 것 또한 가능해진다. 주체와 객체 사이의 간극이 한 순간에 줄어들게 만드는 묘한 이치가 거기에 있다. 역병이 창궐하는 2020년의 봄에 고통을 주제로 삼은 텍스트를 읽는다. 그 텍스트의 의미가 예사롭지 않아 보인다.

어쩌면 「괜찮다」는 「치통」과 함께 읽을 때 그 의미가 배가될 수도 있겠다. 어린 날 할머니 앞에서 사랑하는 손주의 실수란 무엇이든지 괜찮을 수 밖에 없었으리라. 그렇게 괜찮다는 말은 일상어이면서도 단순한 일상어이기를 멈추는 말이다. 서로 포용하고 이해하며 어려운 시절을 함께 건너가자는 교훈이 그 말에 담겨있다. 그러므로 그 말은 우리 시대가 요구하는 격려의 따스함을 지니고 있고 희망의 노래가 되기도 하는 말이다. 괜찮다 괜찮다 하고 한 목소리로 함께 노래할 일이다. 콩나물이 푸른 빛이어도 괜찮고 교복을 입은 채 해운대 백사장을 뒹굴어도 괜찮고 꽃을 들고 오래된 님을 새신랑 맞듯 맞아도 괜찮겠다. 김환규 시인의 등단이 현대 시조단에 새로운 소재와 주제를 무한히 불러들여 시조단의 영토를 확장하게 된다면 더욱 괜찮겠다. 참으로 근사하겠다.

어린 시절, 콩나물시루에 물을 주곤 했었네
행여나 웃자랄까 검은 천 덮던 할머니
어느 날 그 천 잊어버려 콩나물이 새파래졌네

멋쩍게 자라 오른, 맛도 비린 콩나물을
"괜찮다, 그만하면" 다독이던 할머니
괜찮다, 오늘을 밀어주는 그 한 마디, 힘도 세네

- 김환규, 「괜찮다」 전문

* 참고한 글: 김진희, 「영어시조에 나타난 위트에 대하여」 한국시조학회 『시조학논총』 42. 123~6
면.

III.
오늘 그리고 여기

삶과 텍스트와 서정의 새로운 형식

1. 넘나드는 텍스트

사설시조는 단시조와 함께 시조라는 장르의 하위 장르로서 대표적인 것이다. 사설시조와 단시조는 여러 가지 면에서 매우 대조적이다. 둘의 공통점이라면 우리 민족 문학으로서 오랫동안 존재해 왔다는 것, 또 그리하여 우리말의 결을 다듬고 말을 통해 민족 정서를 순화하는 데에 함께 기여해 왔다는 점일 것이다. 단시조가 간결한 이미지와 선명한 전언을 담고 있어 일본의 하이쿠에 비근한 바가 많다면 사설시조는 정반대이다. 응축과 승화, 그리고 제시가 단시조의 미학적 속성이라면 사설시조는 이완과 잉여를 기본으로 삼는다고 볼 수 있다. 단시조가 선비정신을 드러내기에 유리하고 사설시조가 민중언어를 재현하기에 적합하다고 해도 좋다. 사설시조는 아마도 고전의 가사와 단시조가 융합하여 빚어진 혼융적, 혼종적 장르일 것이다. 문서화되지 못한 채 구전되어오다 변형되고 소멸해버린 문화 유산들이 많이 있을 것이다. 우리 옛이야기가 그 대표적인 것이 될 터이고 일하는 민중들의 민요와 우스개 소리 또한 그렇게 무수히 잃어버렸을 것이다.

우리 삶의 일상에서 오가는 말과 노래는 이미 한 편 사설시조 텍스트의 잠재태로 보인다. 정병욱 교수의 지적대로 우리 말에서 가장 흔한 어휘들은 2음절 혹은 3음절로 이루어져 있으므로 그 어휘들에 조사를 붙여 이루어진 3음절과 4음절 말의 단위가 일상 언어를 구성하고 있으니 말이다. 일상 언어가 꿰어지지 않은 구슬이라면 그 말을 채록한 사설시조는 구슬 꿰기 작업으로 이루어진 장신구일 터이다. 윤금초 시인의 「뜬금없는 소리」 연작은 유실될 운명에 놓인, 스쳐가는 삶의 노래들을 기술하여 역사에 기입하는 작업으로 보인다.

1.
고무옷 험한 잠질(물질) 엔간히 힘든 게 아녀.

근께 요 일이 무자게 어룹제. 둥무가 간께 가제 나 혼차는 엄두도 못내. 해녀는 태왁 줄이 목숨 줄이여. 이거 없으문 물속에 깔앙거불어. 파도 치문 이거 타고 전뎌야제, 전뎌야제. 물 밖 사람들 모르는 물속 세상 온몸 던지는 물질… 하루에도 몇 번씩이나 살고 죽는 고비 넘나들제. 몸뚱이는 순식간에 물속으로 사라지고 검은 오리발만 건 듯 떴다 이내 가라앉고 태왁 홀로 둥둥 뜨제. 바다는 고요하다 못해 죽은 듯 교교하고. 이따금 이름 모를 새소리 들려오는 거기 또 하나 새소리 같은 숨비소리 섞여들지라. 호오잇, 호오잇… 애마른 숨비소리

힘든께 절로 터진 소리, 턱턱 맥힌 숨을 흘제.

　　　　　　　－ 윤금초, 「뜬금없는 소리 55」 부분(『열린시학』 2017년 겨울호)

역사 서술에 있어서의 주체와 대상이 대부분 남성 통치자들이었고 그들이 기록으로 남긴 것들만이 다시 역사적 권위를 갖게되는 내부자들끼리의 순환 구조에 갇혀 있다면 문학은 그 폐쇄적 역사 서술에의

대항 담론을 제공한다. 소외된 여성들의 목소리를 기록하는 일은 역사 서술에 틈입하여 이질적 목소리를 기입하여 복수적 진실을 지향하는 일이다. 저항이 문학의 몫이 되는 이유가 거기에 있을 것이다.

텍스트는 부단히 넘나들며 여행한다. 윤금초 시인의 위 시편에는 각주가 포함되어 있다. '남인희, 남신희 대둔도의 여름 참고'라는 내용의 각주이다. 해녀가 들려주는 삶의 노래를 가공 없이 받아 적는 일차적 채록자가 있고 그 기록의 말들을 시어로 바꾸어 승화시키는 시인이 있다. 다시 그의 시는 다른 문학 혹은 문화적 장르로 변용될지도 모른다. 텍스트들을 통과하며 해녀의 노래는 각 텍스트마다 다른 느낌과 감동을 선사할 것이다. 이창래 소설가의 『항복자들(The surrendered)』에는 필자를 울게 만든 한 페이지가 들어 있다. 전쟁 중에 부상 당한 어린 아이를 등에 업고 가면서 아이를 달래느라 주인공이 노래를 불러주는 대목이다. 그 노래는 구전되어 오는 아일랜드 민요의 일부분이다.

저 언덕 넘어서면
거기 작은 새가 노래하는 푸른 언덕에…

잠자리에서 자장가로 어머니가 들려주던 먼 나라의 슬픈 노래 한 자락, 그 노래 대목은 빼어난 은유를 보여주는 서정시도 아니련만 그 소설 속에서는 산문의 우울의 정서를 클라이맥스(climax)로 끌어올리는 구실을 했다. 텍스트 속의 텍스트, 한 텍스트와 적절히 결합하면서 예기치 못한 전혀 새로운 정서적 고양을 경험하게 만드는 기능을 갖는 텍스트가 있게 마련이다. 삶이 노래가 될 때, 거친 삶의 넋두리가 노래로 변할 때, 그 노래가 채록될 때, 채록된 이야기가 시가 될 때, 다시 시가 소설을 추인하게 될 때… 더러는 간결한 한 두 줄의 시가 삶의 힘이 되기도 한다. 또 더러는 다른 삶의 애환의 말들이 위로가 되기도 한다. 삶의 강인함과 투박함, 그 미학을 노래하기 위하여 윤금초 시인은 해녀의 말을 사투리 그대로 노래한다. 물질하는 해녀의 노래는 민병도 시인의 '막사발'의 이미지로 연결된다.

> 이가 빠져 몸 더 낮춘 막사발이고 싶었다
> 태생이야 본시 천해 궐문 감히 넘지 못해도
> 숨겨온 상처가 고운 내 어머니 닮은 그릇
>
> 민초의 시린 속을 막걸리로 달래던 밤
> 쇠실줄, 질긴 목숨 행여 내려놓을까
> 엎어진 한 사발 안에 울먹울먹 뜨던 반달
>
> 따뜻한 밥 한 그릇 대접받지 못했으나
> 죽어도 죽지 않고 썩어도 썩지 않고
> 발아래 사금파리로 남아 반짝이고 싶었다.
> — 민병도, 「막사발」 전문 (『다층』 2017년 겨울호)

민병도 시인이 그리는 막사발은 "질긴 목숨"에 적절히 부응하는 투박하고 또 그만큼 담백한 민중의 그릇이다. "숨겨온 상처가 고운 내 어머니 닮은 그릇"은 어머니와 막사발의 이미지를 겹쳐 놓음으로써 막사발의 가치를 적절히 드러낸다. "이가 빠져 몸 더 낮춘 막사발"에서 막사발이 대표하는 민중의 삶이 더욱 강조된다. "민초의 시린 속"이라는 직접적인 발화가 시를 자칫 교술성에 압도 되게 만들 듯 기우뚱하는 모습을 보여준다고 생각된다. "쇠실줄, 질긴 목숨"구절도 마찬가지이다. 그러나 시인은 종장에서 이를 재빨리 복원시킨다. "엎어진 한 사발 안에 울먹울먹 뜨던 반달" 구절이 이 시편의 가장 아름다운 이미지를 제공하고 있다.

"사발 안"과 "반달"이라는 두 이미지의 병치도 쾌미를 느끼게 하지만 "울먹울먹 뜨던 반달"이라니 더욱 그러하다. 앞의 "숨겨온 상처"와 손을 맞잡으며 "울먹울먹"의 내포는 매우 효과적으로 드러난다. 드러난 상처가 아닌, "숨겨온 상처"에 부합하는 울음의 방식은 목 놓아 우는 통곡의 방식이어서는 안 될 것이다. "울먹울먹", 즉 울 듯 아니 울 듯 우는 그런 방식으로 울어야 할 것이다. 휘영청 보름달로 떠도 곤란할 것이다. "어머니"의 사연을 간직한 막사발은 기어코 반달로 그치어야 할 것이다.

이남순 시인은 보다 직접적인 묘사와 언어로 국경을 넘나드는 초국적 자본주의 시대에 들어선 한반도 서울의 한 공간을 그려낸다. 관수동이라는 시인의 삶의 터전을 그려내면서 시인은 고백문학(memoir) 혹은 보고문학(reportage)의 형식을 차용하고 있다. 제목이 '관수동 백서'인 것은 그래서 매우 적절하다. "아세톤 신나 냄새 밥내라 믿어가며" 구절은 건강하고 강인한 삶의 철학을 웅변조로 드러낸다. "저 지천명 내몰린다"는 종결 또한 매우 함축적인 구절이다. 1960년대, 70년대 산업화 시대가 시작되었고 이어 80년대부터 우리는 본격적인 산업화 시대를 살게 되었다. 그처럼 급변하는 한국 사회 속에서 경제 부흥의 기초를 마련해온 세대가 이남순 시인이 속한 세대이다. 그리고 30년 뒤에 한국 사회가 이른 곳이 관수동의 풍경으로 드러나 있다.

흥정에 정도 붙던 관수동 뒷골목에
굴삭기 덤프트럭 복병처럼 밀고 와서
반반한 인쇄공장을 느닷없이 걷어낸다

외화 뿌릴 고객님 납셨으니 물렀거라니
뉘신가, 우리 땅에 낯선 발을 방목하는 이
옹글게 건사해온 터에 호텔 말뚝 박을 줄이야

아세톤 신나 냄새 밥내라 믿어가며
요양원비, 학자금에 한눈판 적 없었는데
맞서볼 겨를도 없이 저 지천명 내몰린다.
　　　－ 이남순, 「관수동 백서」, 『그곳에 다녀왔다』(고요아침, 2017)

　이남순 시인이 2017년 서울 관수동에서 발견할 수 있는 50대 한국
인의 고단한 삶을 노래하고 있다면 임채성 시인은 동시대 한국 사회,
20대의 삶을 그린다. 말의 유희라는 장치를 빌어와 가벼운 듯 무심하
고 재미있게 스쳐가듯 부르는 노래로 보인다. 그러나 어쩌면 그 가벼
운 재미 때문에 우리 사회 20대 젊은이가 지닌 불안이 더욱 절실히 재
현될지도 모르겠다. 그들에게 진지한 삶은 너무 낯설고 억압적일 것은
아닐런지… 사지선다를 요구받으며 양육된 세대가 배운 바를 활용하
여 그것을 주입시킨 세대에게 반격을 가하는 양상을 본다.

㉯㉮㉣ ㉤ ㉯㉮㉣
㉯㉮㉤㉮ ㉠㉣㉯㉣

나라라 다 나라라
나라 나라 나라가라

가다가
다라나다가
나라가라 나라가

어디로 가야할까
시험에 드는 날들

짓부릅뜬 두 눈에도 답은 당최 뵈지 않고

네거리 신호등 위로
붉은 해가 걸리네
　　　　　　－ 임채성, 「스무살의 사지선다」 전문 (『시조시학』 2017년 겨울)

2. 서정의 새로운 형식

　슬프지 않기 어려운 시대를 우리는 살고 있다. 슬프지 않으려고 몸부림치면서 하루하루 긍정의 힘이라는 당의정의 마약을 비타민처럼 복용한다. 1960년대 새마을 운동의 시대에 어린 시절을 보낸 사람들은 조금씩의 강박증을 보인다고 한다. 흑백 텔레비전이 대한민국에 등장하면서 새마을 운동의 시대는 전개되었다. 처음엔 한 동네 한 집꼴로 텔레비전이나 전화기를 보유했다. 그래서 아침이면 "새벽종이 울렸네 새 아침이 밝았네. 너도 나도 일어나 새마을을 가꾸세"라는 노래 소리 들으면서 눈을 떠야 했다. 늦잠을 잘 수 없도록 신체가 프로그램화된 세대가 지난 삼십여 년 간의 우리 나라 생산의 주역들이었다. 이제 "잘 살아보세" 구호 아래 달려온 우리에게 채권자가 나타났나 보다. 영혼 없는 자본주의가 자신의 부산물들을 한꺼번에 쏟아내며 잘 살게 된 비용을 치르라고 채권 추심을 시작했나 보다. 이를테면 세월호 사건과 같은 재앙이 발생하고 있는 것을 보면 그런 생각이 든다. 세월호 사건을 그 밖의 방식으로는 설명할 길을 찾을 수가 없다.

세월호 사건 이후 상실을 애도하는 다양한 방식들을 수년간 우리는 보아왔다. 김영란 시인의 「목포 신항」을 읽어보자. 김영란 시인은 새로운 이미지나 시어를 부리고 있지 않다. 매우 친숙한 말들이라 일상어라 부를 수 밖에 없는 말들로 시편을 빚었다. 그런데 독자는 가슴이 뭉클하고 눈에 눈물이 어리는 것을 발견하게 된다. 익숙한 말들이 의도를 통해 고안된 언어보다 더욱 우리를 슬프게 하는 이유는 무엇일까? 결별과 분리라는 멜로드라마의 필수 요소가 시적 소재로 배치되어 있기 때문만은 결코 아니다. "마지막" "이젠 널 잊겠다"라는 클리세적 어휘를 짐짓 전면 배치하여 오히려 그 낯익은 언어가 새롭게 낯설게 느껴지도록 만들고 있다. 숱하게 반복해온 말이지만 그 말 밖에는 달리 할 말이 있을 수 없다는 참담함이 거기에서 느껴지기 때문이다. 새로이 위로할 길도 애도할 길도 없는 너무 큰 상실에 독자를 직접 노출시키고 있다. 그 효과는 둘째 수에서 더욱 강해진다. "기타를 좋아했지. 운동을 잘했지"에서 보듯, 극히 평범한 이가 망자이기에 거룩할 것도 위대할 것도 없는 자의 죽음이 시적 소재임을 재확인한다. 그런데 바로 그 점은 누구든 세월호 사건의 희생자가 될 수 있다는 점을 환기시키는 것이기도 하다. 다시 "사랑한다 미안하다"로 시편은 종결된다.

"사랑한다 미안하다"는 그 평범한 말의 바로 그 일상성과 만연성이 우리를 더욱 슬프게 한다.

1
마지막
이란 말,
이젠 널 잊겠단 말,

새벽부터 몸부림치며
영혼마저 흔들던 바람

흰 국화 빈 관에 놓는
노모의 마른 눈물

2
기타를 좋아 했지, 운동을 잘 했지,
제주로 이주 중이었지, 천생 선생이었지,

이 세상 마지막 인사

사 랑 한 다

미 안 하 다

— 김영란, 「목포신항—세월호 마지막 장례식」

강현덕 시인은 망자의 세계를 도시의 이미지에 연결시키는 참신함을 보여준다. 서구 사회에서 기독교 문화는 죽은 자들의 공간을 이분법적으로 구성하였다. 꽃과 새가 어우러진 낙원에서 날개 달린 천사들과 쉬는 목가적 평화의 세계와 유황불이 이글거리는 곳에서 영원히 고통 받는 지옥으로 말이다. 동양 문화에서도 서역이라거나 염라대왕이라거나 저승사자 등의 이미지로 사후 세계를 상상해 왔다. 건조하거나 어두운 공간이다. 강현덕 시인은 "별 뒤의 도시" " 서럽게 아름"다운 도시, "내 귀인들의 도시"로 그 공간을 다시 상상한다. 우리 사는 도시와는 전혀 다른 낙원이나 지옥이나 서역이 아니라 우리의 도시를 닮았으면서도 아름다운 도시로 망자들의 공간을 그린다. "귀인들의 도시"이니 당연히 그러해야 할 것이다. 최근 영화 〈코코〉에서처럼 망자들의 공간에 무지개 빛 영롱한 조명이 화려하게 비추는 밝은 도시 한 채를 시인의 맑은 상상력의 세계는 건설하고 있다.

별 뒤의 저 도시는 서럽게 아름답다지
애통한 망명정부가 탄식 속에 건설했으니
내 눈은 무엇인가로 자꾸만 어룽지네

북두의 중력에 모두가 굴복 당해
지금껏 돌아온 사람 아무도 없다지만
캄캄한 두 손을 뻗어 별빛을 만져보네

삶을 부축하던 시간들이 쇠잔해져
망자라는 이름으로 봉분 속에 누울 때
덩달아 저 공중의 주민이 된 내 귀인(貴人)들의 도시

　　　　　　　　　　　　　　　－ 강현덕, 「공중도시」

이송희 시인의 「유리벽」은 총체성을 복원하기 어려운 우리 시대의 분열적인 삶을 선명한 이미지로그 그려내고 있다. 자아를 비추는 거울은 여러 가지 심리적 정서적 분석의 틀을 제공하는 기제로 시에서 흔히 사용되어왔다. 이송희 시인의 '유리벽'은 '보이지 않는 벽'을 타자와의 관계에서는 물론 자신의 내면에도 두고 사는 현대인의 근원적인 단절의식을 잘 보여준다. 유리와 유리벽의 이미지가 이처럼 활용된 경우가 없지는 않을 것이다. 그러나 미국 여성 시인이며 작가인 실비아 플라스(Sylvia Plth)의 『유리 그릇(Bell Jar)』을 연상시킨다. 그런 의미에서 이 시편의 유리 이미지는 강한 함축성을 지닌 채 다양한 해석을 가능하게 한다. 여성과 현대, 그리고 주체의 문제를 재조명하게 만드는 텍스트가 될 것이다.

너에게 가는 길은 굳게 잠겨 있었어

나를 보는 표정은 투명하고 맑았지만

따스한 얼굴에 가린
수천 개의 칼날들

그 날선 문장에 찔려 휘청거린 어느 날

나라고 믿었던 넌 또 다른 벽이었고

차갑게 심장 속으로
칼바람이 일었어

아무 일 없었다는 듯 네 얼굴엔 빛이 났고

그 흔한 위로도 없이 내 앞을 가로막았어

투명한 세상 속에는
눈송이만 흩날렸어

– 이송희, 「유리벽」

이승은 시인과 박옥위 시인은 꽃과 돌과 호수라는 익숙한 시적 소재
들을 재해석하여 고운 언어의 빛으로 채워진 그림같은 시편들을 선사
한다. 이승은 시인은 "꽃무더기" "기웃대다" "번지도록" "눈을 주고"라
는 반복 어귀를 후렴처럼 배치한 채 자연과 시적 주체가 상호 교섭하
는 장면들을 섬세하게 펼쳐 보인다. 꽃 피는 날 들뜨고 설레는 마음의
움직임을 그윽히 살펴보는 눈길이 크게 낯설지 않으면서도 결코 진부
하지도 않다. 시적 연륜은 이미지를 선명하고 간결하게 하거나 언어의
음악성에 더욱 귀 기울이게 한다는 것을 두 시인은 증언하는 듯하다.

저 돌 속에 피어 있는 진달래 꽃무더기 돌 속으로 길을 내며 오신 봄도
꽃무더기 그 봄을 따라나서니 그만 나도 꽃무더기

햇살 잠깐 조는 사이 낮달이 기웃대다 가던 길 해찰하는 구름 등에 기웃
대다 주파수 잡히지 않는 마음결에 기웃대다

서른 나이 그 봄부터 스무 해 더 번지도록 짓찧은 가슴 언저리 초록 물
만 번지도록 울다가 그루잠 들 듯 눈물이 번지도록

발꿈치 들고 오는 샛바람에 눈을 주고 물너울 반짝이는 윤슬에 눈을 주고 이대로 숨어 살자는 저 분홍에 눈을 주고

　　　　　　　　　　　　　　　　　　　　　　　　– 이승은, 「공중도시」

　박옥위 시인이 시편에 동원한 언어들 또한 쉽고도 친숙하고 다정한 말들이다. 어쩌면 동시로도 읽힐 수 있을 듯한 그런 정갈하고 평이한 언어들 속에서 꽃과 피라미와 별빛이 손에 손 잡고 조화롭게 등장한다. 그들은 일순 한 가족이 되어 정다운 대화를 나누기도 한다. 세레나데 음악이라도 울릴 듯한 조화로운 밤의 호수에서는 달과 수련이 연애를 하려나 보다. 아, 그런데 슬프게도 그 사랑은 이루어질 수 없는 사랑인가보다. "한낮이 나는 좋은데 그때 오실 수 있어요?"라니. 아니면 수련은 로버트 그린(Robert Greene)의 책 『유혹의 기술(The Art of Seduction)』에 등장하는 '유혹의 기술'이 뛰어난 여성일까? 사랑은 게임임을 본능적으로 알고 있는 그런 존재일까?

　시인이 이른대로 텍스트의 밤은 친숙하고 그러므로 자연스럽다. 그러므로 매우 자연스런 호수의 밤이다. 어린 아이는 오줌이 마렵다고 하고 누군가는 "까르르" 웃고 누군가는 아내에게 등을 긁어달라고 하고 누군가는 쉼 없이 소란을 일으키고, 그리고 누군가는 수작을 걸고 누군가는 유혹하는… 이 또한 아주 새로운 서정의 형식은 아닐까?

피라미가 별빛을 한 입씩 당기더니
나무들이 누웠다 호수에 밤이 왔다
모두들 함께 모인 밤 폭죽꽃이

파앙 팡팡

막내가 칭얼댄다 엄마 쉬 마려워
이곳이 어디야?
　그 쉬운 걸 넌 모르니?
까르르 누가 웃는다 별빛이 샐죽핼죽

여보, 등이 가려워 여기쯤 여기, 여기
시원해?
아빠 새가 물갈퀴를 찰방찰방
갈숲이 자지러진다 지가 더 가려웠나

지각한 달님이 하얀 발을 들이민다
날 보러 오셨나요
수련이 부끄럽다
한낮이 나는 좋은데 그때 오실 수 있어요?
　　　　　　　　　 – 박옥위, 「자연스런 호수의 밤」

위태로운 관계와 견고한 권태

1. 흔들리는 관계와 견고한 권태

우리 삶은 관계 속에서 영위된다. 가족과 친구와 공동체, 주체와 객체가 맺고 있는 다양한 관계가 미묘하게 흔들리는 모습들을 포착한 시편들이 넘쳐난다. 견고해 보이던 관계가 흔들릴 때, 관계 속에 묻혀있던 정체성이 스스로를 드러내며 주장할 때, 오래된 관계의 권태가 습격해 올 때… 흔들리며 제 길을 찾기를 모색하는 다양한 주체들이 시적 화자로 또는 관찰과 사유의 대상으로 등장한다. 이우걸 시인의 「아침 식탁」은 대화가 사라진 아침 식탁의 풍경을 스케치한다. 전통적으로 기대되던 깊은 친밀성과 유대감을 상실한 가족 구성원은 콘베이어 벨트 위를 통과하는 조립품 같다. 바쁘게 달려와서 잠시 식탁에 둘러앉았다가 서둘러 자리를 뜬다. 이 시대 가족의 정체에 대해 시인은 질문하고 있다. 관계의 응집력이 약해진 자리에 틈입한 '불안'을 아침 식탁의 표제어로 제시한다.

오늘도 불안은 우리들의 주식(主食)이다
눈치껏 숨기고 편안한 척 앉아보지만
잘 차린 식탁 앞에서 수저들은 말이 없다

싱긋 웃으며 아내가 농을 걸어도
때 놓친 유머란 식상한 조미료일 뿐
바빠요 눈으로 외치며 식구들은 종종거린다

다 가고 남은 식탁이 섬처럼 외롭다
냉장고에 밀어 넣은 먹다 남은 반찬들마저
후일담 한 마디 못한 채 따로 따로 갇혀있다
　　　　　– 이우걸, 「아침 식탁」 전문 (『정형시학』 2018년 봄호)

아침 식탁은 새로운 하루를 시작하는 일상의 제의를 상징한다. 가장은 제사장이고 가족 구성원은 차려진 음식을 나눔으로써 가장의 권위를 존중하고 지탱해 왔다고 할 수 있다. 삶의 속도가 빨라지고 공동체가 와해되고 있는 시대, 가정이라는 사회의 견고한 구성 단위도 예외가 아니다. 불안을 감추고 편안함을 가장하며 가장은 여전히 전통적인 제의를 실행하려 해 본다. 그러나 마지막 수에 이르면 "다 가고 난 식탁이 섬처럼 외롭다"고 토로할 뿐이다. 냉장고에 "따로 따로 갇혀있는" 반찬그릇 또한 가족 간의 분리와 단절을 상징하는 적절한 은유가 된다.

부부 중심의 핵가족 모델은 산업화 시대 사회를 위해 고안된 것이었다고 할 수 있다. 사회의 모든 결속망이 붕괴되고 개인의 개별성이 강조되는 시대를 맞았지만 결혼이란 제도는 여전히 견고하게 남아

있다. 이 시대 한국 사회는 이성애에 바탕을 둔 결혼 제도에 편입되는 개인에게만 정상적이고 원만한 인격체라는 공증서를 발행한다. 결혼이라는 제도에 굳건히 기반을 내린 사회 체제는 흔들리지 않고 있는 듯하다. 그러나 그 내부의 균열은 여러 군데에서 드러난다.

> 결혼이니 이혼이니 유행처럼 떠돌지만
> 한번 맺은 부부 인연 놓기는 더 어려워
> 먼 듯이 가까운 듯이 서 있어도 보는 거다
>
> 이렇게 우리 비록 각방 쓰고 살지마는
> 부부란 이름 서로 내치지는 않았음을
> 눈빛만 딱 봐도 안다, 늘 반쯤은 젖어 있어
>
> 안녕, 내뱉으면 마음 한 귀 못 나든다
> 낮달의 하품 같은 휴일을 핑계 삼아
> 커튼을 열어젖힌다, 간극을 메우는 빛
> ― 황외순, 「땅콩」 전문 (『나래시조』 2018년 봄호)

황외순 시인은 땅콩 껍질 속에 나란히 들어앉은 땅콩 알의 이미지로 부부의 모습을 그려낸다. 세월의 풍화작용 속에서 사랑의 유대는 느슨해지고 눈빛은 "늘 반쯤은 젖어 있"다. 굳이 "각방"이라는 시어가 없더라도 "부부란 이름"을 서로 놓치지 않으려고 몸부림치며 껍질 속의 땅콩 알 같은 시적 화자는 권태를 견디고 있다. "낮달의 하품"이 권태의 적절한 은유라 할 수 있다. 일상의 다람쥐 체 바퀴가 잠시 돌아가기를 멈추는 "휴일"엔 그 권태가 더욱 부각될 것이다. 권태가 일상이 되었어도 "인연"과 "이름"을 지켜가기 위해 견디어 가는 갸륵한 삶, 그것은 우리 시대 사람들의 삶을 그려내는 사실적인 풍속화에 해당할 것이다. "커튼을 열어젖히"며 "빛"을 맞는 것은 젖은 눈빛으로 살아가는 사람들의 크나큰 위안일 것이다.

이웃간의 관계 또한 옛날 같지 않다. 아프거나 병들거나 슬프거나 기쁠 때 함께 손 잡아주곤 하던, 사촌보다 정다운 이웃들은 사라지고 없다. 각자에게 주어진 동일한 평수의 공간 속에서 부대끼며 살아가는 오늘날의 이웃들, 그 불편한 관계의 핵심을 백이운 시인은 "층간 소음"을 통해 보여준다.

> 내리꽂는 낙뢰만 있는 줄 알았더니
> 치받혀 때리는 믿지 못할 벼락도 있다
> 속사정 알 길 없어도 지구만큼 위태로운
> — 백이운, 「층간 소음」 전문 (『좋은 시조』 2018년 봄호)

위층에서 들려오는 소음은 낙뢰이며 벼락이다. "위태로운"것이 부부 관계와 가족 관계와 이웃 관계같은 관계에만 그치겠는가? 이제 지구 전체가 위태롭다. 지구 온난화와 미세먼지로 이미 위태로운 지구의 한 귀퉁이에서 "위태로운" 관계를 지속하는 우리 삶이 위태롭다.

2. 생명의 유한성, 측은지심, 그리고 사랑

프랑스 문학 이론가 르네 지라르(René Girard)는 욕망의 삼각형 이론을 주창한 바 있다. 지라르는 욕망이란 타자의 욕망이라고 했다. 나의 욕망은 타자가 욕망할 때 그 타자의 욕망의 대상을 향하여 생겨난다고 했다. 아마도 지라르에게 있어서는 주체와 타자는 모두 남성이었을 것이다. 그리고 그들의 욕망의 대상은 여성이었을 것이다. 동일선상에 놓인 유사한 두 주체가 욕망의 대상을 두고 경쟁한다. 자본주의 경제 체제하의 근대사회에서 욕망이 작동하는 방식을 설명하기에 꽤 적절한 모델이다. 아니 그 이전부터 서구 사회에서는 삼각형으로 설명할 수 있는 이야기가 숱하게 널려 있었다. 메넬라우스와 파리스는 동시에 헬레나를 욕망의 대상으로 삼는다. 그래서 트로이 전쟁이 일어난다. 궁정풍 사랑에서 공작부인은 공작과 기사, 두 남성 주체의 욕망의 대상이다. 여성이 스스로 욕망과 발화의 대상이 되지 못하는 시대에 생산된 문화 텍스트에서 이 삼각형은 매우 잘 들어맞는다. 박해성 시인의 텍스트는 지라르의 이론에 구멍이 숭숭 뚫려있음을 증명해주는 적절한 텍스트이다. 여성이 욕망과 발화의 주체로 일어서기 시작하면서 욕망의 삼각형은 와해되고 말았음을 보여준다. 합하여 180도를 이루던 내각이 무너지고 대신 직선으로 변모된 욕망의 구조를 보게 된다. k는 나타샤를 그리워한다. 나타샤를 그리워하는 k를 시적 화자가 그만 그리워하게 되는 사건이 다음의 텍스트에서 발생하고 있다. 다시 말해 나타샤 뒤를 k가 따르고 그 k의 뒤를 시적 화자가 따르고 있는 것이다.

"나 요즘 연애시 써. 도통 잠을 못 잔다니까"

계절로 치자면 늦가을쯤이고 하루라면 저물녘인 K가 롤리팝 같은 나타샤를 사랑하노라 고백합니다. 듣고 보니 비밀 같아 먼 수평선으로 눈길을 돌리는 나, 거짓이거나 농담이거나… 슬쩍 엿본 그의 두 눈이 우련 붉어집디다. 아, 병이 깊었구나! 나는 그냥 알 것만 같아 묵묵히 그의 뒤를 따라 걷습니다. k는 화난 듯 무안한 듯 저만치 앞서갑니다. 구부정한 뒷모습이 마치 나를 보는 듯해 눈물이 핑 돌았는데요. 나 또한 사랑에 빠져, 벼락같은 사랑에 빠져 발해를 놓지 못합니다그려. 그리하여 우리는 서로 함께인 듯 홀로인 듯 지치도록 명사십리를 걸었습니다.

  나 또한 사랑에 빠져, 벼락같은 사랑에 빠져
                  ― 박해성, 「비금도」 전문 (『문학청춘』 2018년 봄호)

그런데 k에게로 향하는 시적 화자의 마음은 k의 마음과는 사뭇 대조적이다. 텍스트에 드러난 정보를 종합하자면 k는 초로의 인물이다. "계절로 치자면 늦가을쯤이고 하루라면 저물녘"인 인물로 언급된다. "구부정한 뒷모습"도 그 점을 뒷받침한다. 그런데 k가 마음에 품은 대상은 "롤리팝" 같다고 한다. k의 세대에 속하는 인물이라면 그 대상이 "롤리팝"이기는 어려울 것이다. 롤리팝이라는 호칭만으로는 정체를 알기 어려우나 필경 k의 손녀뻘 쯤 되는 소녀일 것이다. 성숙한 처녀에도 이르지 못한, 그야말로 요즘 유행어인, 이른바 '걸그룹'의 일원을 연상시킬만한 어린 소녀의 이미지가 롤리팝에 실려 있다. 달콤하기로나 빛깔이 현란하기로나 사탕류 중에서 롤리팝 만한 것이 없을 것이다. 더 나아가 롤리팝이라는 이름은 유명한 미국 소설가 나보코프(Navokov)의 『롤리타(Lolita)』를 연상시키기조차 한다. 외설 시비를 불러일으키며 금서로 지정되기도 했던 그 소설에는 어린 소녀를 향한 나이 든 남성 주인공의 욕망이 잘 재현되어있다. 그런 "철없는" K의 대

책 없는 사랑을 대하는 시적화자의 마음은 "눈물이 핑 돌았는데요"에 집약된다. "아, 병이 깊었구나"하고 느끼며 "묵묵히" 뒤를 따른다는 데에서도 간접적으로 그 마음을 읽을 수 있다. 시적 화자가 K를 대하는 마음은 '측은지심'이 바탕에 놓여 있는 것이다.

여성학자 우에노 치즈꼬를 위시한 많은 학자들이 여성과 남성, 그리고 권력과 사유재산의 문제와 함께 욕망의 문제를 연구한 바 있다. 그리하여 역사 속에서 여성은 성모와 창녀라는 두 상반된 역할을 동시에 수행하도록 요구받아왔음을 주장했다. 근대 이후의 결혼이란 재산권의 수호를 위한 계약으로서의 결혼 제도이며 낭만적 사랑이라는 요소를 억지로 거기에 결합한 제도라고 그들은 본다. 사랑이란 근본적으로 생명체가 타고난 유한성을 극복하고자 하는 몸부림이라 할 수 있다. 성공한 사랑은 생명의 복제와 연장을 가능하게 한다. 결합에 이르지 못한 사랑도 유한한 생명체가 잠시 동안 자신의 유한성을 넘어선다는 착각이나 환상을 갖도록 해준다. 그리하여 위장된 영원성을 느끼게끔 한다. 시적 화자는 성모 혹은 모성의 이미지를 텍스트에서 구현하고 있다. 함께 쇠약해져 가는 육신을 지니고 K의 고백을 받아줄 수 있고 함께 명사십리를 걸을 수 있다. 경험으로나 영혼으로나 대화의 수월성으로나 K의 관심이 시적 화자에게로 돌려져 있었다면 이 절묘한 한 편의 시편은 탄생하지 못했을 것이다. 생명의 유한성과 그에 대한 자각 때문에 나이 들수록 더욱 간절해지는 사랑의 목마름을 "철없이" "우련" 눈시울 붉히는 K가 드러내고 있다. 그 K를 뒤따라 "발해만"을 떠나지 못하고 "명사십리"를 한없이 걷는 시적 화자가 있다. 둘은 사랑이라는 같은 병을 앓으며 걷고 있다. 그러니 "함께인 듯" 지치도록 걸을 수밖에 없다. 그러나 동시에 둘의 사랑의 대상은 겹치지 못한다. 꼬리에 꼬리를 물고 있다. "홀로인 듯" "지치도록" 걸을 수밖에 없는 것은 그런 이유 때문이다. "나 요즘 연애시 써. 도통 잠을 못 잔다니까"라는, 일상어로 이루어진 첫 행의 시작이 텍스트를 매우 탄력있게 만든다. 아! 사랑은 벼락같이 오는 것이다. 사랑의 병을, 그것도 타자의 시선에서는 부적절하다고 이를 수밖에 없을 것 같은 사랑의 병을 앓는 존재를 시적 화자가 바라본다. 그를 향해 문득 강한 슬픔을 느낀다. 측은히 여기는 마음, 그것도 사랑이다.

3. 들리지 않는 목소리, 독백과 대화

여성 주체들이 자신들의 고유한 목소리와 이름을 찾아 나서고 있다. 최근의 '미투' 운동에서 보듯 자신들의 고유한 인권을 주장하며 스스로의 영역을 회복하고자 하는 목소리가 커지고 있다. '주부'라는 이름, '누구 엄마'라는 이름으로 불리며 월급으로 환산되지 못하는 가사 노동을 천직으로 삼아오던 여성들이 문득 '나는 누구인가?'하는 질문들을 스스로에게 던지기 시작했다. 백점례 시인은 명함도 없고 영광은 물론 없는 무수한 여성 주체들을 시편의 주인공으로 초대한다.

상패가 쌓여있네
트로피도 있다네

1월 1일 봉고 버스 기다리는 출근길에
간판이 반짝거리며 핫팩처럼 유혹하네

상 받은 적 한 번 없고 명함도 물론 없는
이름조차 녹이 슨 무녀리 여자 몇이

햇덩이 들어 올리는 교회 탑을 돌아보네

제가 저를 광고하며 살아가는 시절에
살얼음 잘 건너온 나는 영광일까요

내게도 상을 주나요?
상패 하나 주나요?
　　　　　　　　 ― 백점례, 「영광사 광고」 전문 (『나래시조』 2018년 봄호)

"상 받은 적 한 번 없고 명함도 물론 없는" "무녀리 여자 몇"! 이름
없는 그녀들을 호명하면서 백점례 시인은 '영광'이라는 어휘가 지녀오
던 배타성과 억압성과 내재적 폭력성을 고발하고 있다. "제가 저를 광
고하며 살아가는 시절"인 이 시대에 아무도 인지해주려 들지 않는 존
재들이 스스로 소리 높여 묻고 있다. "나는 영광일까요" "내게도 상을
주나요?" 이름 없는 존재들에게 진정한 영광이 돌아가야 한다고 주장
하는 조용한 웅변의 시편이다.

　백점례 시인이 무명의 어머니들과 누이들에게 애정 어린 시선을 보
내는 반면 손영희 시인은 노인들의 삶을 따뜻하게 감싸는 자세를 보여
준다. 사위어 가는 생명이 깃들어 소진해 가는 육체의 감각들 앞에서
대화를 잃어버린 모습이 기막히게 서글프다. 어린 아이들이 각자의 소
꿉놀이를 하면서도 함께 모여 노는 것처럼 노인들은 대화의 형식을 취

하며 독백들을 이어가고 있다. 누군가는 곧 세상을 떠나게 될 것 같고 비는 부슬부슬 하염없이 내린다. "귀 먼 할매들"이 딱히 무슨 말을 하는지 무슨 행동을 취하는지는 중요하지도 않을 것이다. 주어진 인생의 길에 늘 해오던 것처럼 한결 같이 나아갈 뿐이다. 그 삶 또한 보슬비처럼 "부슬부슬"할 것이다. 그 걸음걸이도 "휘적휘적"할 것이다. 의미화 과정이 필요하지 않은 양태를 묘사하는 부사를 통해 더 여실하게 그려질 삶이 아닌가.

안성디야, 영감이 아무래도 힘들것다

그러게 말이여, 비야 오거나 말거나지

정자리 귀 먼 할매들이

부슬부슬

휘적휘적
　　　　　　　　　　　　　　　　　- 손영희, 「오해」 전문 (『좋은 시조』 2018년 봄호)

4. 오래된 설화와 다시 꿈꾸기

삶이 진부하여 눈물겹고 낡아지고 닳아지는 육체가 애처롭고, 또 어쩌지 못할 관계의 흔들림에 불안해하면서도 삶은 계속된다. 오래된 꽃나무에도 봄이면 다시 꽃이 피고 꽃이 진 다음에야 열매 맺을 수 있고 열매조차 떨어진 곳에 겨울눈은 쌓여서 햇솜으로 장만한 이불 한 채 덮어준다. 한 해의 노역을 그친 자에게 주어지는 합당한 평온은 그렇다면 축복이다. 이향자 시인의 「겨울밤」은 다시 시작될 생명을 준비하는 겨울 나무를 여성의 생산성이라는 은유를 통하여 형상화하고 있다.

함박눈 소리 없이 나붓나붓 내리는 밤

산골 처녀 등불 앞에 한 땀 한 땀 수놓고요

나무는 태몽을 꿈니다

신록 잉태합니다.
　　　　　　　　　　　 － 이향자, 「겨울밤」 전문 (『솔이 사는 절벽』(책 만드는 집))

　겨울이라는 하강의 계절에 "태몽"과 "신록" "잉태"의 은유를 도입함으로써 사위어 가는 생명체를 향한 부활의 염원을 노래하고 있다. 꿈 꿀 때에만 생명이 느껴질 것이니 꿈꾸기를 멈추지 않는 겨울나무를 보며 다시 꽃 필 날을 기다리자고 속삭이고 있다. "산골"도 "등불"도 사라진지 오래된 소재들일 터이다. "한 땀 한 땀 수 놓는" 처녀 또한 오래되어 삭아버린 설화일 터이다. 그러나 새 생명을 잉태하는 자의 경건한 자세를 위해 우리는 그 낡은 전설을 반복하는 것인지도 모른다. "함박눈"이 환기하는 풍요로운 내일에의 기원은 최영효 시인의 「첫눈 맞이」에서 순결의 찬양으로 연결된다.

소나무 가지마다 첫눈이 내려앉네 앉아도 쌓이지 않고 바람에도 흩날지
않고 선학산 목덜미 위에 고요가 덧쌓이네

새벽 달 길 멈추고 뒤꿈치 젖어섰네 그 위에 시간이 앉아 시간을 쌓고
있네 틈새를 다투지 않고 서로를 붙들고 있네

그 무슨 눈물같이 설움은 아닌 것 같은 산과 산 하늘과 땅의 살피를 지
우고 있네

땅 위에 발 딛지 마라 티 앉을라 말 묻을라
　　　　　　　　－ 최영효, 「첫눈 맞이」 전문 (『문학청춘』 2018년 봄호)

첫눈의 순결은 신성성의 등가물이라 할 수 있다. "새벽 달 길 멈추"
게 하고 시간도 흐름을 잠시 멈춘 듯한데 그 절대의 순수 앞에서 시적
화자는 종교적 체험을 하고 있다. "서로를 붙들고 있"는 행위의 주체
가 누구인지는 분명하지 않다. 문맥을 살피자면 달빛과 시간, 혹은 시
간과 또 다른 시간이 "서로를 붙들고" 놓아주지 않아 모든 것이 정지해
버린 상태라고 짐작해볼 수 있겠다. 그러나 "서로를 붙들고 있"는 것
이 누구인들 무슨 차이를 만들어내랴? 중요한 것은 문득 흘러가던 것
들이 멈추고 서로 기대고 부축한 채 이 축복 속에 함께 든다는 것일
뿐이다. "산과 산"의 경계가 지워지고 "하늘과 땅의" 구분 또한 무화
된 공간, 그 특이한 시간대에서 시적 화자는 지상을 떠나 천상계에 드
는 초월적 경험을 하고 있다. 천년의 시간대가 일순간에 느껴지는 그
런 경험이다. 시인은 그리하여 당부한다. "티"묻지 말도록 땅에 "발 딛
지" 말라고 이른다. 다음 주문은 더욱 응축적이다. "티"만 묻히지 말

것이 아니라 "말"도 묻히지 말라고 부탁한다. "눈"의 순결과 신성성을 기리며 "티"를 그 대척점에 두는 것이야 새로울 것이 없다. 시인은 그 "티"의 "티"를 이루는 중요한 구성요소가 바로 오염된 "말"이라고 설파한다. 문득 숙연해진다. 첫눈 앞에서 말을 삼가야 하는 이유이다.

첫눈과 겨울밤의 심상을 이어받으며 박영식 시인은 그 준비된 순결의 시간 위에 펼쳐지는 아름다운 생명의 태동을 '홍매'의 붉은 빛으로 정갈하게 드러낸다.

> 싸한 빈 하늘을
> 화선지로 펼쳐든 날
>
> 여백이 너무 좋아
> 한참 바라보다가
>
> 겨우내
> 전각한 두인만
> 귀퉁이에 찍었다
>   – 박영식, 「홍매 피다」 전문 (『다층』 2018년 봄호)

아무것도 그려 넣지 않은 화선지가 상징하는 순백의 공간, 거기 "전각한 두인"처럼 박힌 홍매의 이미지가 신선하고 선명하다. 김달진 시인의 시가 생각난다. "흰 눈 위에 피 한 방울 떨어뜨려," "속속들이 스미는 마음이 보고 싶다"고 그는 노래한 바 있다. "스미는 마음"의 유혹조차 군더더기인 양 제거하고 박영식 시인은 시조가 보여줄 수 있는 극한의 이미지즘을 완성한다. 최영효 시인이 첫눈을 두고 펼쳐가는 사유의 공간, 그리고 박영식 시인이 구현한 선명한 이미지즘의 영토는 이달균 시인에게 이르러 '강서대묘'로 상징되는 시공간의 영역으로 확장된다.

> 무엇이 두려워 청룡은 눈을 뜨나
> 무엇을 열망하여 선인은 노를 젓나
> 네 이미 그런 까닭에 오늘이지 않은가
>
> 누천년 화두를 땅속에 묻어둔 채 흙인 듯, 돌인 듯, 죽은 듯 살아 있는 그 향기, 몰아의 고요가 새벽을 적셔 온다 산을 보려거든 산을 넘어가라 하늘을 보려거든 하늘을 건너가라 영원에 닿으려거든 찰나에 입 맞춰라
>
> 꽃은 바람에 지고
> 오늘은 내일에 진다
> 물살이
> 하염없으니
> 돌은 더 단단해진다
> ― 이달균, 「강서대묘(江西大墓)」 전문 (『문학청춘』 2018년 봄호)

강서대묘는 오래된 옛날, 그 역사성의 흔적으로 존재하며 오늘 우리 삶의 자세를 되돌아보게 한다. "영원"과 "찰나"라는 이항 대립적 인식의 틀에 균열을 일으키며 시인은 제3의 영역을 틈입시킨다. "산은 산이요 물은 물이다"라는 동어반복이 불가에서는 화두가 된다. "산을 보려거든 산을 넘어가라" "하늘을 보려거든 하늘을 넘어가라"는 시인의 주문 또한 화두가 되면서 동시에 시귀가 된다. 강서대묘의 역사성

과 공간성을 후경으로 거느리고 있는 까닭이다. "물살"로 인해 "돌은 더 단단해진다"고 시인은 일갈한다. 산이 산이고 물이 물이듯 하늘을 건너면서 하늘을 보고 산을 넘어가며 산을 보듯이 위태로운 현실 속에 살면서도 꿈꾸기를 멈추지 않아야 한다. 위태로운 물살에 시달리며 단단해져 가야 할 것이다.

삶과 죽음, 그리고…

1. 삶과 죽음과 화사한 종말

프랑스 소설가 미셸 투르니에(Michel Tournier)의 묘비에는 다음과
같은 글이 새겨져 있다고 한다.

> 너를 열렬히 사랑했다,
> 너는 나에게 그 100배의 것을 돌려주었구나,
> 고맙다 삶이여.
> Je t'ai adorée, tu me l'as rendu au centuple,
> Merci la vie.

삶에서 우리가 마주치는 매일 아침, 그 새로운 햇살, 선선하거나 부
드럽거나 뜨거운 바람, 저녁 놀들… 그런 자연과 더불어 우리 삶의 강
도를 높여주었던 수많은 사람들과의 만남… 삶의 모든 순간은 감사해
야 할 대상일 것이다. 삶을 사랑하기에 죽음을 선택한다는 역설에 대

해 생각해본 계절이다. 중국 하얼빈의 안중근 기념관에서 안중근 의사의 죽음을 생각해볼 기회가 있었기 때문이다. 안중근은 자신의 동포는 물론 다른 동아시아인들의 평화와 인간다운 삶을 위하여 죽음을 선택한 인물이다. 제국주의 종주국의 심장을 도려내어 그를 멸망에 이르게 함과 동시에 자신의 삶을 버리는 순교의 길을 선택한 사람이다. 그의 삶과 이토오 히로부미를 저격한 역사적 사실을 다시 생각했다

신화 연구자 죠셉 켐벨(Joseph Campbell)은 "신화는 완성의 가능성을 실현시키도록 충동하고 내적인 힘을 최대한 발휘하도록 만든다"고 언급한 바 있다. 세계 평화를 위한 안중근의 죽음은 하나의 신화로 남게 되었다. 그의 삶과 죽음을 되새기면서 삶을 아름답게 완성하려는 자세를 되새기고 내면의 힘을 발휘할 용기를 갖게 되기 때문이다. 이 계절의 시를 통하여 삶과 죽음, 그리고 그 경계를 생각한다. 죽음을 껴안고 아름답게 춤추는 자세가 삶의 광채를 더욱 강조하게 만들게 된다는 사실을 시를 통해 재인식한다. 삶을 열렬히 사랑하고 삶의 순간을 그만큼 숭고하게 살아냄으로써 죽음조차 그런 열정적 삶의 연장으로 만들어가는 다양한 장면들을 찾는다. 삶과 죽음을 함께 아우르는 다성성의 합창을 발견한다.

허구헌 날
베이고 밟혀
피 흘리며
쓰러져놓고

어쩌자고

저를 벤 낫을

향기로

감싸는지…

알겠네

왜 그토록 오래

이 땅의

주인인지

– 민병도, 「들풀」 전문 (『시조정신』 2018년 2호)

　들풀에겐 죽음이 일상이다. "허구헌 날 베이고 밟혀" "피 흘리며 쓰러져놓고"에서 보듯 베면 베이고 밟으면 밟힌다. 베이고 밟혀 그 육체가 훼손당할 때 들풀은 자신이 지닌 고유한 풀 향기를 가장 강하게 내뿜는다. 풀이 마지막 절명가를 부르기라도 하듯 베인 풀의 향기는 쌈싸름하고 산뜻하고 강하다. 향기를 터뜨리며 쓰러져가는 들풀의 죽음에서 시인은 생의 가장 숭고하고 거룩한 승화 장면을 찾는다. 한 번 죽지만 거듭 나서 다시 사는 부활의 이미지를 본다. 그렇듯 삶에서 스스로 놓여나 자유로워지고 죽음을 일상에 가까이 할 때 거기서 삶의 향기를 보겠다. 금속성의 칼날이 연약한 살을 벨 때 오히려 연한 물질이 그 칼날을 감싸 안는 이미지는 박성민 시인이 「두부」에서 그려낸 바 있다. 민병도 시인은 그 이미지에 "향기"를 더하여 죽음으로 완성되는 삶의 의미를 선명하게 드러낸다.

　정해송 시인은 물의 이미지를 따라가며 죽음을 무릅쓴 투하의 장면에서 예술혼의 본질을 찾는다.

자작나무 숲길 따라 가을 물이 흘러간다
조약돌 무늬 진 삶 재잘재잘 풀어내며
단애를 뛰어내릴 때 저 득음에 이르는 물

한 가슴 구곡간장 열두 구비 넘길 적에
수석은 추임새 되어 단풍 든 강변길이
멀어진 소실점 너머 네 소리로 트인 하늘

그분의 손길 닿아 영원이 숨 쉬는 곳
목청 시린 완창 끝에 심해로 든 여정이여
이제는 침묵이 소리하는 내 영혼의 맑은 성률
　　　　　- 정해송, 「물소리가 있는 풍경」 전문 (『시조정신』 2018년 2호)

　"득음"이 예술의 완성을 제시한다면 "단애를 뛰어내릴 때"의 물은
죽음을 각오한 채 예술적 완성을 향한 처절한 시도를 보이는 예술가
의 모습이라고 볼 수 있다. "소리"는 "소실점 너머"에서 "트인"다고 이
른다. 그 소리의 "트임"은 더 나아가 "하늘"이 체현하는 자유와 무한의
이미지로 이어진다. 그리고 그 예술적 완성의 경지는 "침묵이 소리하
는"의 역설에 이른다. 하나의 죽음이 없이는 삶이라는 상투성의 껍질
을 깨고 나오는 것은 불가능함을 보여준다. 그렇지 않겠는가?
　한번 뿐인 삶이기에 그토록 절실한 것이라면 주어진 삶 앞에서 촌
음도 아껴야 할 것이다. 피는 꽃 지는 꽃, 섬세한 눈길로 고루 살필 일
이며 빛의 작은 움직임도 한 치 한 치 아껴야 할 일이다. 낙화를 모티
프로 삼아 펼쳐지는 오종문 시인의 시편은 가열 찬 삶과 그 삶의 마무
리를 다시금 반추하게 만든다. 오종문 시인은 "놓아버린데" 필요한 몇

찰나를 위하여 필요한 "오랜 연습"으로 삶을 읽는다. "헛것들만 움켜쥐고" "착지점"을 찾아 전전긍긍하는, 그래서 "쪽잠" 드는 불안한 삶과 "고요하게 떨어지는 법"이며 그래서 "우주율"을 수용한 꽃의 죽음을 대비시킨다. 적절히 들어선 "아뿔사"와 "치워라"가 그 극명한 차이의 경계를 넘나들며 스스로 해탈하는 시적 화자가 체험하는 초월과 자유의 느낌을 제시한다.

> 이윽고 바람 불고 꽃잎들이 져내린다
> 세상에 고요하게 떨어지는 법 아는 듯
> 아뿔사
> 우주율이었다
> 무게를 달 수 없는
>
> 목숨줄 놓아버린데 몇 찰나나 걸렸을까
> 거기엔 필생 동안 오랜 연습 있었을 터
> 뒤늦게 배달된 봄이 근심을 툭 치고 간다
>
> 여태껏 헛것들만 움켜쥐고 있었던가
> 안전한 착지점을 찾지 못해 쪽잠 든다
> 치워라
> 꽃멀미였다
> 허리 굽혀 경배하는
>   - 오종문, 「꽃잎의 낙법」 전문 (『문학청춘』 2018년 여름호)

어느 봄날의 한 순간, 목숨의 길고 질김과 그 목숨 지는 찰나의 가볍고 우아함을 시인은 매우 짧고 극적인 순간을 포착함으로써 간명하게 그려낸다. "이윽고 바람 불고" 시상의 도입도 느닷없다. 그러나 그 "이윽고" 부사의 갑작스런 등장은 중요한 역할을 담당한다. 유구할 듯했던 생명의 부질없음, 그리고 착지조차 안전하기를 바라는 유한자의 집착, 양자를 모두 동시에 제시하게 된다. "치워라 꽃멀미였다"하는 호탕한 발화가 등장하면서 다시 한번 덧없는 것의 덧없음을 지적하는 시적 화자의 예리한 시선을 느끼게 한다. 낙화처럼 가벼울 뿐인 삶과 죽음의 한 순간을 유희하는 시인의 모습이 시편에 겹쳐 보인다.

　동일한 꽃의 낙화, 혹은 꽃의 죽음을 앞에 두고 김정연 시인은 그 낙화에서 계약직 노동자가 느끼는 상실과 배반의 감정을 읽어낸다. 낭만성의 자리에 현실의 한 장면을 대입해 본 물질적 상상력이 굳건하다.

　　봄이 온 줄 알았구나
　　그 눈바람 치기 전엔

　　망가져 달린 목련
　　텅 빈 속 드러낸 채

　　잡느라 꽉 잡은 것이
　　허공이라니,

　　바람 분다

　　　　　　　　　－ 김정연, 「봄 계약직」 전문 (『나래시조』 2018년 여름)

　오종문 시인은 낙화에서 인생의 한 순간을 사유하고 김정연 시인은 동일한 장면에서 노동자의 아픔을 읽는다. 오종문, 김정연 시인의 텍스트와 함께 오승철 시인의 시를 읽어보자. 오승철 시인은 거룩한 역사적 인물에게 헌화하듯 시를 쓴다. 자신의 죽음을 통하여 의(義)를 완성한 이의 삶을 기억한다. 제주 4.3을 다시 쓰는 오승철 시인의 텍스트는 소설가 김훈 소설가의 소설과 함께 읽을 때 더욱 그 의미가 깊어진다. 김훈이 삶과 죽음을 그리는 방식은 너무 비서정적이어서 오히려 묘하게 섧다. 김훈 문체 특유의 비정한 단순 묘사가 우리 유한자의 삶을 섧게 만든다. 김훈 소설가는 주관적 감정을 배제한 묘사라는 장치를 이용하여 삶의 그 지독한 동물성을 여지없이 파헤친다. 그래서 죽음이 문득 삶의 일부일 수밖에 없음을 다시 강조한다. "포탄이 떨어지는 쪽에 있으면 죽고 포탄을 쏘는 쪽으로 가면 산다. 쏘는 쪽으로 가라… 밀릴 때는 밀려가야 산다. 벋대지 마라"(94면). 『공터에서』에서 그는 그렇게 쓴다. 먼저 "여름은 덥고 겨울은 춥다. 그것은 원래 그런 것이다"라고 그가 썼기에 그 다음에 오는 위의 구절도 그리 자연스럽다.

김훈이 그려내는, 한국 전쟁의 흥남 철수 장면을 읽으면서 오승철 시인이 다시 쓰는 제주 4.3의 역사를 그려본다. 김훈 소설의 한 인물 이도순에게 그 아버지가 이르듯, 제주 중산간 마을의 어느 노인네 또한 아들 며느리를 소개시키고 빈 집에 홀로 남으면서 그렇게 말하지 않았을까? "밀릴 때는 밀려가야 산다"고 말하지 않았을까? 여름은 덥고 겨울은 춥듯이 죽으면 죽고 살면 산다. 가차 없이 쏟아지는 총탄 아래에서 살 목숨과 죽을 목숨을 가늠하는 것은 불가능한 일이다. 그렇게 힘없는 많은 민중이 죽었고 또 힘 없는 민중의 일부는 살아서 이렇듯 한반도의 역사를 이어간다. 그리고 그 역사를 시로 쓴다. 올해 또

여름은 전무후무하게 덥고 오는 겨울은 또 새로이 혹독하게 추울 것이다. 김훈 소설가의 표현처럼 그것은 원래 그런 것이니까.

다만 원래 그렇지 않았던 4월의 어느 봄날을 기억하는 방식은 늘 달라져야 할 것이다. 꽃잎은 역사를 잊고 그런 것이 없었다는 듯이 피고지고 햇살은 그 종말을 화사하게 비추는 것이 예사로운 봄이라면 그 원래 그런 봄 너머, 기억할 사연 하나는 시로 태어난다. 아우슈비츠 이후 그래도 우리는 서정시를 쓰고 있다. 팔레스타인 해방기구(PLO)의 장, 야세르 아라파트(Yasir Arafat)가 팔레스타인 해방을 위해 죽음을 기꺼이 꽃잎처럼 받겠다 했듯이 안중근이 또한 그렇게 죽음을 맞겠다 했듯이 4.3의 학살을 피하고자 자신들의 목숨을 꽃잎처럼 헌납한 제주의 청년들을 다시 기억하는 계절이다. 오승철 시인의 시를 통해 눌러 두었던 기억을 파내는 계절이다.

1
죽어도 장부의 말은 죽지 않는 법이지
한낱 봄꿈 같은 약속도 약속이라서
연둣빛 4 · 28 만남, 그 약속도 약속이라서

2
깃발 따라 짚차 한 대 쏙 들어간 구억국민학교*
뒷산 조무래기들 꼼짝꼼짝 고사리 꼼짝
첫날밤 신방 엿보듯 훔쳐보고 있었다

3
조국이란 이름으로 공쟁이 걸지 말자

저 하늘을 담보한 김익렬 9연대장과 김달삼 인민유격대 사령관
산촌의 운동회같이 박수갈채 터졌다지

4
불을 끈 지 사흘 만에 다시 번진 산불처럼

다시 번진 산불처럼, 그렇게 꿩은 울어, 전투중지 무장해제 숨바꼭질 꿩
꿩, 오라리 연미마을 보리밭에 꿩꿩, 너븐숭이 섯알오름 〈4 · 3 평화공원〉
양지꽃 흔들며 꿩꿩, 그 소리 무명천 할머니 턱 밑에 와 꿔— 엉 꿩

칠십 년 입술에 묻은 이름 털듯 꿩이 운다

* 4 · 28 평화 회담 장소

— 오승철, 「3일 평화—4 · 3, 두 청년에게」
(웹진 『공정한 시인의 사회』 2018. 06. vol.33)

공산주의에 저항하는 미국의 강경 정책은 제2차 세계대전 이후 미
국 정치의 근간이었다. 트루먼 대통령의 트루먼 독트린은 세계 어느
곳에서든지 공산 세력의 위협이 있으면 그에 맞서겠다는 것이었다. 미
국은 1946년 이란에서 러시아를 밀어내었고 1947년에는 그리스 정부
에 군사적으로 협력하였고 동시에 베를린에서 공산주의의 도전에 맞
섰다. 1948년에는 마셜 플랜을 수립하였고 1949년에는 NATO(North
Atlantic Treaty Organization)에 합류했다. 그 일련의 과정에 포함되는
1947년의 제주 4.3 항쟁은 지난 세월 우리 공적 역사에서 자주 간과되
어 온 사건이다. 오승철 시인은 그 역사를 문학으로 환기시키며 학살
을 후경으로 거느린 채 피어난 갸륵한 희생을 기억한다.

시인은 정형과 절제의 형식 속에 부리기 쉽지 않은 한의 역사를 노래한다. 구비구비 돌아가는 여러 겹 역사의 고개를 다 짚어가며 단순하지 않은 다층성의 서사를 오승철 시인은 기어코 시조의 형식 속에 담아내고자 한다. 학살의 기억도 잉여의 감정을 쉽게 잉태하고 그 학살을 막으려는 갸륵한 정신도 다시 끓어 넘치는 울음을 낳게 한다. 과잉된 한과 탄식을 배제하고 4.3을 노래하기는 어려울 것이다. "김익렬 9연대장과 김달삼 인민유격대 사령관"이라는 이름은 너무 길어서 시조 텍스트에 삽입하기에 어렵다. 그럼에도 불구하고 시인은 텍스트 속에 그 이름을 기입한다. 그리하여 그 이름은 시조의 균등한 리듬감을 이탈하면서 기어이 시조 형식 속에 살아남게 된다. 시조의 형식적 균형미가 파열을 일으키는 틈새에 그 두 역사적 인물의 이름이 끼어 있는 것이다. 콘크리트 보도 블록 사이에 가까스로 뿌리 내리고 생명을 움 틔우는 복수초나 민들레 앞에 문득 우리는 발길을 멈추게 된다. 그렇듯 그 두 이름은 기억될 것이다. 무정해 보이는 균질성에 반역하는 생명체의 힘으로… 그 다음 수에 이르면 시인은 못다 이른 사연을 사설의 형식으로 해방시키고자 한다. 사설도 지나치면 넋두리가 될 수 있으니, 시인은 적절히 후렴처럼 의성어들을 반복 배치시킨다. "꿩꿩 꿩꿩 꿔엉 꿩…" 마치도 꿩 울음소리 속에서 그 소리에 묻힌 채 단속(斷續)하는 흐느낌처럼 4.3의 죽음들은 기억되다가 잠시 잊히고 다시 기억된다. 미국 소설가 토니 모리슨(Toni Morrison)은 "이 이야기는 전해져서는 안된다"라고 언급하면서 소설을 마무리한다. 흑인들의 고통을 그려낸 이야기를 서술한 다음 그 문장을 마지막에 배치한다. 전해지면 안되는 이야기라는 이름으로 그 이야기를 전한다. "이 이야기는 봄 꿩의 노래입니다"라고 오승철 시인은 노래한다. 그런 방식으로 죽음을 노래한다. 삶 이후에 오는 죽음을 노래한다. 죽음 이후에 오는 삶을 노래한다. 그리하여 삶과 죽음을 함께 다시 노래한다.

인은주 시인은 가련한 죽음을 통해 삶의 의미를 되묻는 다양한 시편들을 『미안한 연애』에서 선보인 바 있다. 삶의 비루함과 누추함을 짚어 내기 위해 북경 서커스단의 소년과 도둑고양이 어미와 새끼의 삶을 그리기도 한다. 훼손된 육체로 드러난 죽음 앞에서는 죽음이 애도의 대상이기 이전에 공포와도 깊이 연결되어 있음을 알 수 있다. 동양 문화권에서 객사가 지니는 부정적 함의는 실로 엄청나다. 그런 맥락에서 시신을 수습한다는 것은 죽음을 향하는 경건한 자세의 표현이 되곤 했다. 수습할 수 없는 시신 앞에서 드러나는 것은 죽음의 잔혹한 모습이다. 그런데 그것은 바로 삶의 잔혹함이기도 하다. 죽음은 삶의 모든 말랑말랑한 것들을 거두어버리는 대상으로 등장한다.

> 가나자와*로 향하는 기차 안은 어둡다
> 어쩌다 그 구렁에 몸을 깊이 담갔는지
>
> 구차한 그녀의 저당
> 터널보다 길고 길다
>
> 성 출장 험한 길을 모두가 말렸지만
> 고국 땅에 하루빨리 돌아가고 싶어서
>
> 딱 한번, 한번이라고
> 되뇌며 오가던 길
>
> 들 수 없는 얼굴을 잃어버린 그날 이후

몸만 건져 돌아온 가족과 친구 앞에

마주칠 눈이 없어서
눈을 감지 못했다

* 성매매업자 한국여인 히로코의 얼굴 없는 시신이 발견된 일본 이시카와현의 한 도
시.

– 인은주, 「잃어버린 얼굴」 전문

"들 수 없는 얼굴"과 "마주칠 눈"은 분명 삶의 표현에 해당한다. 그러나 동시에 그것은 죽음과도 직결되어 있어 공포에 찬 기시감을 준다. 삶에서의 들 수 없는 얼굴은 부끄러움, 자괴감, 체면, 염치 등으로 번역될 것이다. 시적 소재로서의 들 수 없는 얼굴이란 잃어버린 얼굴의 다른 이름이라 할 수 있다. 사라지고 없기에 들 수 없는 얼굴이 있다. 혹은 없다. 얼굴이 없어서 "눈"이 없다. 마주칠 눈도 없고 감을 눈도 없다. 눈도 없고 얼굴도 없는 주검이 있고 그런 죽음이 있다. 결국은 무(無)로, 또 공(空)으로 돌아가는 삶과 죽음의 경계에 얼굴이 없는 죽음이 놓여 있다. 들 수 없는 얼굴, 마주칠 눈이 없어 눈 감을 수조차 없는 존재. 우리는 별나게 그 죽음을 주목할 수밖에 없다. 그것이 우리 삶이다. 무심하고자 하면서도 유심할 수 밖에 없는….

2, 기억과 관계와 거리

삶과 죽음이라는 무거운 주제의 끝에 삶 속의 욕망과 삶에서의 관계

를 다시 생각해본다. 살아있기 때문이다. 매 순간 격렬하게 치열하게 살아있기 때문이다. 그렇다면 기꺼이 온 몸을 던져 열심히 사랑하고 고백하고 돌아서서 울면 그만일 것이다. 그러지 못하고 스스로 아득한 거리를 만들고 그 거리를 재고 그 간격에 대해 묵상한다. 죽는 날까지 그러할 것이다. 그렇게 사는 것이 삶이니까 말이다. 다시 김훈 스타일로 말하자면 그것은 삶이 원래 그런 것이니까 그렇다. 굳이 우회도로를 택하여 가면서 대상과의 거리를 한껏 벌여둔 채 신필영 시인은 노래한다. "멀수록 그립다기에"라고 말한다. 그러면서도 삶을 사랑하여 낭비 없이 "아껴가며" 삶의 길을 가고 있다고 이른다.

> 말할 걸 그랬나 보다 광고처럼 확, 뜨도록
> 신호등도 더러 나와 한숨씩 돌려가며
> 나 지금 봄꽃이 겨운 산 밑 길을 지나간다
> 사통팔달 열려 있는 지름길 놓아두고
> 키다리 가로수들 보폭으로 뚜벅뚜벅
> 멀수록 그립다기에, 아껴가며 가고 있다.
>
> — 신필영, 「우회도로입니다」 전문

오종문 시인처럼 신필영 시인 또한 군더더기 없이 습격하듯 시편을 여는 방식을 선택한다. "말할 걸 그랬나보다" 하고 묘사 없이 배경 설명 없이 시간의 경과도 사건의 전개 과정에도 무심하게 하고자 하는 말을 내뱉듯 하는 자세를 대뜸 보인다. 그리움은 시편의 끝에 수줍은 듯 겨우 고개를 내민다. 신필영 시인은 전통으로 유지되어오던 시조의 정격을 정확하게 유지하면서 매우 동시대적인 서정을 그 형식 속에 부린다. "광고처럼, 확 뜨도록"이라는 구절은 이 시편의 전반적인 정조와는 묘하게 대조를 보이는 구절이다. 시편의 정조가 전아하고 성숙한 시적 자아를 반영함에 반하여 웅숭깊은 그 정조를 드러낼 비유로는 속어의 "뜨다"와 상업성의 "광고"를 선택한다. 지름길에 대비되는 우회도로를 선택하는 시적화자를 그리면서 우회도로라는 시적 제재는 시편에는 숨겨둔다. 3,4 조의 자수율은 근거가 없으니 무시하고 3장 6구의 형식만큼은 시조의 요체로 간직하기로 한 것이 현대 시조단의 묵계일 것이다. 그럼에도 불구하고 3장 6구의 균질한 리듬감을 훼손하는 시편들이 양산되는 것이 현실이다. 신필영 시인의 이 시편은 시조의 내용과 형식상의 균형과 가능성을 함께 보여주는 현대시조의 한 전범으로 기능하리라 본다.

김윤숙 시인은 기억의 조각들을 모아 삶을 재구성한다. 삶 속의 과거와 현재라는 거리를 가늠질하고 상실의 기억을 이어붙이며 잃어버린 시간으로의 여행을 떠난다. 마르셀 프루스트(Marcel Proust)의 기억 여행에 필요한 것은 홍차와 마드레느 과자이다. 미식의 문화(gastronomy)가 중심에 놓인 프랑스 문화에서와는 달리 제주의 김윤숙 시인에게 있어서 기억의 매개체는 바다, 방파제, 불가사리, 부두, 모래알, 파도라 할 수 있다.

애초의 내 태생은 곳물질 해녀였을까
손사래 치는 어머니, 참아도 다시 품어
서부두 모래알 파도 궁굴리며 한나절

돌멩이 꼭 눌러둔 새 블라우스 간데없이
파르르 떠는 입술, 물빛 더욱 새파랗던

흰 속옷 터벅터벅 여, 뒤처지던 방파제 길

그리움 들어설 자리 먼바다로 밀려나
파도소리 숨비소리 자맥질 손에 들린
그 여름 포식해버린 불가사리 빨갛다
                 - 김윤숙, 「여름의 기억」(『문학청춘』 2018년 여름호)

시적 화자는 상실에 익숙한 작은 주체로 그려진다. 상실의 모티프
는 시편에 만재해있다. 바람에 날아가 버린, 잃어버린 블라우스, 밀려
난 그리움, 포식당한 여름에 이어 무료할 것이 분명한 여름 한나절 등
이 그것이다. 그리고 "곳물질 해녀"가 그 중심에 놓인다. 깊은 바다에
힘차게 들어 풍성하게 해산물을 따오기에는 힘이 부치는 까닭에 얕은
바다에서만 물질을 하는 해녀가 곳물질 해녀이다. 시인은 자신의 삶이
그처럼 주변부를 맴돌았던 삶이며 현재를 살아가면서 상실의 기억에
강하게 이끌리고 있음을 그려낸다. 시편 전편을 지배하는 강한 서정성
이 그 기억의 모티프들을 살아나게 만든다. 날아가 버린 것이 "하얀 블
라우스"이며 여름을 먹어 치운 것은 빨간 "불가사리"이다. 바다의 푸
른 빛깔은 "물빛 더욱 새파랐던"에서 힘껏 강조된다. 새파란 것은 입
술이면서 동시에 바다 물빛이다. 물빛과 입술빛의 푸른 빛을 배경으로
하여 하얀 블라우스의 상실이 강조된다. 그리고 그 마지막을 불가사리
의 빨간 빛이 마무리한다. 선명한 색상의 대비 속에 동그라니 남은 기
억 속의 여름이 강렬한 물감으로 채색된 한 폭 그림이다.
　백이운 시인은 우리 삶의 중심에는 고독이 있을 뿐이라고 간명하게
이른다. 고도(Godot)를 기다리듯 택배를 기다리는 현대인의 삶을 비정

하리만치 서늘하게 그려낸다. 사무엘 베케트의 희곡에 나타난 인물, 고도는 고독을 벗어날 길 없지만 기다림은 포기하지 못할 운명의 현대인을 대표한다고 볼 수 있다. 백이운 시인의 시편은 이제 변형된 모습의, 21세기의 고도를 그리고 있다.

> 고도를 기다리듯 택배를 기다린다
> 기적의 실크로드는 동네 골목길로 통하고
> 빛처럼 지나가는 이 신성함의 극치다
>   – 백이운, 「고도를 기다리듯」(『나래시조』 2018년 여름)

소통의 본질은 무엇이라도 상관 없으리라. 소통과 만남, 그 자체가 신성함이나 종교적 의례에 비견될 만큼 현대인의 단절된 삶이 초래한 고독이 선명하다. 시편의 짧은 3행은 그 고독을 부각시키는 적절한 양식이다. 만남의 신성함이 "빛처럼 지나가는 이"라는 3.5자 어휘 속에서 번쩍하고 빛을 발한다. 그렇게도 정확히 3자와 5자 글자 속에 그 순간적 조우를 그릴 수 있다는 것이 시조의 매력이다. 시조 시인들의 예리한 언어 감각이 그 선명함을 가능하게 한다.

삶과 죽음, 그 사이에 사랑이라는 이름을 가진, 타자와의 만남이 있다. 그것이 삶을 찬란하게 만든다. 그렇다고 시인들과 작가들이 이 천년 넘도록 말해왔다. 그러니 그럴 것이다. 삶과 죽음… 그리고 그 밖에 사랑이 있다고 해 두겠다. 신필영 시인은 거리를 노래한다. "아껴가는" 삶을 노래한다. 백이운 시인은 고독을 노래하면서 타자라는 존재의 중요성을 강조한다. 김윤숙 시인은 상실의 기억을 노래한다. 어린 삶에서부터 우리와 함께 해 온 상실을 곱게 보듬는 법을 보여준다. 삶과 죽음 사이에 사랑도 있고 고독도 있고 상실도 있고 기억도 있다. 박경리 소설가의 어떤 시에는 "기쁨도 슬픔도 어찌 이리 찬란한가"하는 구절이 있다고 한다. 슬픔도 기쁨도 삶을 더욱 찬란하게 한다. 삶도 죽음도 그리고 그 둘 사이의 모든 것도 아끼고 사랑할 때이다. 여름은 덥고 겨울은 춥더라도… 다음 계절이 올 때까지….

설화, 여성, 그리고 시

1. 오래된 설화와 설화가 될 현재

삶의 근원은 어디에 있는 것일까? 계절이 순환하면서 물상은 변화한다. 꽃은 피고 지고 나무는 잎을 낸다. 그 잎들은 여름 한 철, 무성히 푸른 시절을 보낸다. 그런 다음 나무는 문득 물든 단풍을 보여준다. 어느 저녁 비온 뒤 찬 바람에 잎을 모두 떨어내 버린다. 그렇게 한 해가 간다. 뿌리에서 끌어올린 물이 더 이상 잎에 이르기를 단호히 거부할 때 단풍이 든다고 한다. 잎은 어쩔 수 없이 물기 없이 건조하게 햇빛을 받아내어야 하고 그 햇빛은 잎사귀로 하여금 여름내 숨어 있던 색깔들을 다 드러내게 만든다고 한다. 지금 오늘의 인류 문명이 찬란한 것이 갑자기 불안하다. 조락을 목전에 둔 단풍의 시간을 우리가 누리고 있기 때문은 아닐까 생각해보는 계절이다. 오래된 인류의 역사가 궁금해지고 지금 우리는 어디로 가고 있는 것인지 생각해본다. 불안과 기대가 섞인 감정으로 주변을 돌아다본다. 강현덕 시인이 그려낸 암사동 풍경이 소중하게 보인다.

땅 위로 오르기까지 오천년 걸린 마을

움집의 화덕이 움켜쥔 온기를 놓고
박혔던 빗살무늬 토기가 제 몸을 다 뽑기까지

수수가 익어갔고 물고기가 구워졌고
둔덕 위 염소들이 물 많은 풀을 뜯던
그물추 손질을 마친 남정네가 일몰을 보던

굽이치던 강물이 울컥 눈 붉히는
빈 배처럼 일렁이며 뒤를 돌아보는

온전히 강에 의지했던 육천 년 전 그 마을
         – 강현덕, 「암사동」(『서정과 현실』 2018 하반기)

   수수가 익고 물고기가 넘쳐나는 강변은 풍요로운 삶의 기반이었을
터이다. 강 둔덕에 염소들이 몰려들어 있다. 즙이 풍부한 건강한 풀
을 뜯어 그 풍요롭고 평화로운 풍경화를 더욱 돋보이게 만든다. 하루
의 노동을 마친 사람의 모습이 마침내 들어섬으로써 그림은 완성된다.
"일몰"의 시간은 다음 연에서 구체적인 은유를 동반한 채 구체화
된다. 시인은 "울컥 눈 붉히는 강물"로 강변의 황혼과 일몰을 그린다.
"빈 배"의 이미지와 "뒤를 돌아보는" 구절이 상기하는 상실 혹은 적요
의 심상 또한 요긴하다. 시인의 언어를 통해 독자는 "육천 년 전"으로
이동하게 될 터이다. 암사동은 강현덕 시인의 언어 속에서 다시 살아
나 움직이기 시작한다. 오래전의 단순하고 소박하며 또한 풍요로웠던

시간에 대한 기억을 복원시키는 공간으로 새로이 등장한다.

　마찬가지로 박홍재 시인은 암막새의 사연에 귀 기울이고 그 속내를 상상하면서 역사 속으로의 상상 여행을 시도한다.

　　　처마 밑 헤어지고 소식 없는 암막새여
　　　천 년 동안 수소문도 끝끝내 감감하다
　　　어느 날 깜짝 놀라게 오시려고 숨으셨나

　　　신라인 환한 미소 상현달 머금은 채
　　　한 조각 깨어진 삶 망부석 된 수막새
　　　그리워 새긴 그 얼굴 꿈에서도 찾고 있다

　　　이제는 드러날 때 됨직도 하다마는
　　　앞뜰에 꽃무늬로 봉긋이 오시려고
　　　낯설게 세상이 변해 망설이고 계시나
　　　　　　　　－ 박홍재, 「암막새를 기다리며」(『다층』 2018 가을호)

　암사동 유적지가 목가적인 평화로움의 공간인 것처럼 암막새에서 박홍재 시인이 찾아내는 것도 잃어버린 통합성의 세계이다. '이전'의 삶이 지녔던 소박함과 평온함이다. "신라인 환한 미소"라는 구절에 압축되어 나타난 것, 그것은 조화로움과 원만함이다. 유실된 꿈의 조각을 아직도 놓지 않고 그 그림자에 기대 혼란한 이 시대를 견디고 있는 것이 현대인의 모습이 아닌지 모르겠다.

　암사동의 빗살무늬 토기가 유적으로 남은 이후, 그 자리에 또 다른 숱한 삶의 모양새가 들어서고 사라지며 오늘에 이르는 데 육천년이 걸렸다. 빗살무늬 토기의 시대와는 달리 이제 현대의 기계문명이 야기하는 변화의 속도는 어지러울 정도로 빠르다. 21세기에 이르러서는 중년도 노년의 시간대를 사는 듯하다. 18세 청년이 새로운 전자 기기 소프트웨어를 개발하는 사이, 구세대는 첨단 기계 문명 시대의 새로운 문맹이 되어간다. 청년 시절에 애플과 386 IBM 컴퓨터를 익혔던 이들이 이제 '기계치'라는 이름에 적합한, 후퇴하는 세대를 상징하게 되었다. 정지윤 시인은 사라지는 공중전화부스를 '밀려나는 세대"의 상징물로 읽어낸다. 소스라치게 예리한 관찰이다.

> 적색등 끔벅이는 홈플러스 사거리
>
> 창백한 공중전화부스가 트럭에 실리고 있다 한 채의 집이 없어진 말들 안부보다 단순한 이별들 후미진 안쪽만 중얼거리던 잎새 몇이 당혹한 침묵에 빠진다 두툼한 전화번호부 곁을 통화 중인 발길들이 지나간다 노인은 아직도 그 자리를 서성거리고,
>
> 이 거리 굼뜬 말들은
> 설 자리가 없다
>
> — 정지윤, 「낙오」(『문학청춘』 2018 가을호)

후퇴하고 소멸할 운명에 처한 세대의 자화상이 "트럭에 실"려 가는 공중전화부스를 통해 드러난다. 설 자리가 없어진 굼뜬 말들… 말을 빼앗긴다는 것, 침묵을 강요 당한다는 것, 그것은 주체성을 잃어버린다는 것의 다른 표현이다. "굼뜬 말"을 위한, "느린 것"을 위한 공간이 소멸하고 있다. 두툼한 전화번호부가 "굼뜬 말"들과 썩 잘 어울

린다. 빗살무늬 토기의 암사동이 육천 년 전의 풍경이었는데 사라진 전화번호 부스가 박물관에 등장할 때까지 걸리는 시간은 얼마나 될까? 우리 모두의 삶의 모습이 설화가 될 날을 미리 보는 것 같아 움찔한다.

우리 시대 사람들의 삶의 모습은 아파트 한 채를 차지하는 것에서도 발견된다. 삶의 공간을 비로소 확보할 때 느끼는 감정들에서 현대인의 또 다른 자화상을 볼 수 있다. 이분헌 시인의 「신들의 아파트」는 아파트라는 주거 형태를 관찰하고 묘사함으로써 현대인의 삶을 그린다.

재건축 아파트

현관에 분양 완료

꽉 낀 노동 툭툭 털고

층층이 입주한 이들

맨살로

바닥을 디뎌 온

저 민낯 곱디곱다
— 이분헌, 「신들의 아파트」(『경남시조』 2018년 35호)

「신들의 아파트」는 정교한 시적 장치들을 그다지 많이 동원하지 않은 채 아파트에 입주하게 된 기층 민중들의 소박한 행복감을 담담히 그려낸다. "재건축 아파트 현관에 분양완료"로 시작하는 초장은 시인의 눈길에 포착된 현실의 한 장면을 스케치한다. 중장에서는 그 아파트에 입주하게 된 주인공들이 누구인지에 대한 정보를 제공한다. "꽉 낀 노동 툭툭 털고 층층이 입주한 이들"이라 하여 입주자들이 자신들의 성실한 노동의 대가로 그 아파트에 살게 되었음을 알려준다. 마침내 종장에 이르면 시적화자의 감정이 개입한다. "맨살로 바닥을 디뎌 온 저 민낯 곱디곱다"고 이르며 긍정과 축하의 전언을 보낸다. 초, 중장이 넓은 의미에서 서경에 해당한다면 종장에서는 서정으로 전환한다고 말할 수 있다. 시조의 기본 문법을 충실히 따르면서도 주제의 면에서도 건강한 긍정의 철학을 드러내고 있다. 정직한 노동을 통하여 작은 성취에 이른 보통 사람들의 삶의 방식에 갈채를 보내는 시편이다. 우리 고시조가 주로 유한 계층 지식인의 미적 취향에 부응하는 장르였음을 상기할 때 이러한 노동자의 소박한 삶을 현실에서 찾고 긍정하는 시조 작품은 그 의미가 깊다고 할 수 있다. 동시에 시인은 적절한 시어를 통하여 완성도 높은 시편을 이루어내고 있다. "맨살" "바닥" "민낯"이라는 시어가 환기하는 담백한 삶의 건강성이 시의 완성도에 결정적인 요소로 작용하고 있다. 그런 시편을 발견하는 것은 흔치 않은 기쁨이다.

급변하는 한국 사회의 모습을 포착한 또 한 편의 작품으로 공영해 시인의 「처용의 달」을 들 수 있다. 수백 년 이어져 온 종가의 전통이 21세기 들어 변모하는 모습이 '다문화 가족'의 출현을 통해 극대화되어 나타나 있는 시편이 「처용의 달」이다.

왕릉의 능선 위로 처용의 달이 뜬다
다문화 은빛 희망 등을 밝힌 골목 안쪽
누대를 지켜온 종가 몽골 댁이 몸을 푼다

천 년 전 기침 소리 가득한 뜰 안에는
대물림 순혈주의 흔들림이 없었건만
먼 그날 처용을 맞듯 동인 앞섶 풀고 있다

볼기에 푸른 반점 건강한 아기 울음
무너진 기와 지붕 다시금 들썩이고
환하게 짐 벗은 달이 솟을대문 넘어간다
　　　　　　　　　　－ 공영해, 「처용의 달」(『한국 동서문학』 2018 가을호)

　이렇듯 흐르는 시간은 모든 것을 변하게 만든다. 흐르는 것이 시간
만이랴? 시간의 물결은 삶도 함께 싣고 간다. 설악 무산 조오현 시인
이 적멸에 든 것은 지난 계절 시조단의 큰 사건이었다. 여러 편의 추모
시 중 두 편을 골라본다. 유순덕 시인은 시인의 한 생애를 몇 줄로 압
축한다. 어린 동자승의 순수를 강조하며 서정성 강한 시편으로 고인을
기린다. 홍성란 시인은 간명한 몇 단어 속에 고인의 삶과 철학을 녹여
내고 있다.

　설악산 구불한 길 우리네 생 같다시던

　엄마 손 잡고 콩콩 뛰었을
　일곱 살 동자승이

대종사

큰스님 되어

국화꽃 속 환히 웃네

손 놓지 않으려고 까맣게 목 놓았을

아픈 길 굽이돌며 어머니, 부르는지

산새들 곡비로 우네

소풍 왔을 그날처럼

— 유순덕, 「소풍 왔다 가는 길—설악 조오현 시인 영결식에서」

(『정형시학』 2018년 가을호)

절창이다 절창

거짓말도 추임새라.

이 말도 옳고 저 말도 옳아 이놈도 최고요 저놈도 최고라니 가도 가도 안개 는개 가다 서다 안개 는개

말 아닌 말이 있다면 아부쟁이라 하오리

— 홍성란, 「조실 설악무산」(『좋은 시조』 2018 가을호)

"안개 는개"는 설악 무산 조오현 시인의 '무산' 이름자를 풀어 쓴 것이라 볼 수 있는데 "안개 는개"가 상징하는 것은 경계가 없거나 경계를 지워버리는 사유 체계이다. 이성 중심주의에 바탕을 둔 현대 문명이 지닌 견고한 이항 대립을 넘어서서 모든 것을 긍정하고 수용하고자 하

는 것이 고인의 삶의 태도였다고 볼 수 있다. 그러므로 "안개 는개"는 달리 말해 그의 철학인 것이다. 오히려 그 시어는 고인의 상징, 그 자체이기도 하다. 안개 는개 더불어 안개 는개처럼 살다 가고자 했던 한 삶을 직접 제시한다. 가는 것과 서는 것의 분리를 뛰어 넘어 모든 것이 안개 속에서는 함께 흐려진다. "거짓말도 추임새라"에서 볼 수 있듯, 바른 것과 거짓된 것, 옳은 것과 틀린 것 사이의 구별 또한 그렇게 무화되고 있음을 볼 수 있다.

2. 여성의 삶과 시

2018년 한국 사회에서도 여성이 주요한 주제어였다. 미국 헐리우드의 대형 영화제작자 하비 와인스타인 사건으로 인해 촉발된 '미투' 운동이 전 세계를 휩쓸면서 한국 사회도 그 자장권에 들었다. 여성 주체성의 문제와 여성을 향한 성적 착취의 문제, 그리고 그에 대한 여성들의 저항과 연대가 어느 때보다 예민한 사회문제로 대두되었다. 유독 자유시단의 문단 권력이 문화계의 미투 운동, 그 중심에 선 것과는 매우 대조적으로 시조단은 참으로 고요하였다. 전통의 격조에 대한 숭상의 태도를 지닌 시조 창작인들의 성향이 시조단을 평화롭게 만든 것인지 혹은 오히려 시조단에는 가부장적인 문화가 더욱 지배적인 까닭에 그러한지는 알 길이 없다. 텍스트 외부는 대립 되는 목소리들로 소란스러운데 시조단은 텍스트만이 중요하다는 듯 조용하다. 텍스트 외에는 생각할 것이 없다는 것은 시조 텍스트를 읽는 평론가에게는 축복임에 틀림없다.

텍스트로 돌아가자면 삶의 다양한 도전들을 강인한 생명력으로 받아치는 여성의 모습이 아름답게 그려진 작품이 도드라져 보였다. 또한 여성의 삶이 노정할 수밖에 없는 질곡들을 그려내는 가편들도 볼 수 있었다.

> 질기고 그악스레 안 죽고 와 사는고
> 엄지와 검지를 모아 기어코 목을 비틀며
> 질경이 뽑을 때마다 어머닌 울화가 섰다
>
> 그런 날 아버지는 돌아오지 않았고
> 텃밭에 땅빈대만 목이 꺾여 또 죽었다
> 씨도둑 안 했담서도 애비만은 닮지 말아라
>
> 자갈밭 음지에서 모질게 잘도 크는
> 쇠뜨기 뽑던 힘으로 어머니는 살았다
> 그기 다 냄편 덕이제, 살대 삼아 살았응께
>
>   − 최영효, 「유산」(『한국 동서 문학』 2018 가을호)

"목을 비틀고" "목이 꺾여 죽"게 만들도록 강렬한 것이 어머니의 삶을 압박하는 분노의 모습이다. 그런 어머니의 울화가 어머니가 가꾸는 채마밭의 잡초들을 향한다. 질경이, 땅빈대, 쇠뜨기… 그 잡초들은 어머니의 분노를 받아내 주는 '매품팔이' 생명들이다. 분노와 울화라는 활촉을 꽂아 엉뚱한 대상들에게 분노를 폭발시킴으로써 삶의 중심을 되찾는 어머니의 모습이 문득 숭고하게조차 느껴진다. 생명을 무한히 긍정하는 힘이 결국은 분노에서도 찾아질 수 있음을 보여준다. 문제는 삶의 도전, 그 자체에 있는 것이 아니다. 그 도전에 어떻게 응전하는가에 있는 것이다. 니체의 말이다. 최영효 시인은 잡초와 어머니를 노래하면서 니체 철학을 노래하고 있다.

이남순 시인은 생명의 존엄성을 매우 용감하게 찬양한다. 생명을 지속한다는 전제 앞에서 우리가 지닌 기성의 도덕과 윤리가 얼마나 허술한 것인지 고발한다. 종로의 탑골 공원에 모인, 가난한 노인들의 삶의 풍경을 그려낸다. 어느 소설가가 단편에서 '빨갱이'라는 이름으로 그려낸, 이른바 박카스 여인의 성 매매 장면을 은유로 다시 그린다.

> 타는 속 숨기느라 치장한 저 꽃타래
> 가시 밥 돋은 손끝 뭉툭한 매니큐어
> 등줄기 굽은 나비들 바짓가랑 붙잡네
>
> 구석자리 전을 편 듯 가방 푸는 연변 아짐
> 박카스 슬쩍 건네며 삐주룩 곁눈질에
> 흥정은 이미 끝난 듯 탑골길이 저무네
>
> 짱짱한 대낮길을 어둑서니 건너는 건
> 꼬깃꼬깃 지폐한 장 밥줄인 걸 어쩌겠나
> 이역 땅 뿌리를 내린 흑장미가 야위네
>   – 이남순, 「거먕빛」(『서정과 현실』 2018년 하반기)

"타는 속 숨기느라 치장한 저 꽃타래" 구절이 텍스트의 주제를 집약적으로 드러낸다. "뭉툭한 매니큐어"가 압축적으로 제시하는, 낡고 빛바랜 여성성이 슬프게 그려진다. "등줄기 굽은 나비들 바짓가랑"

이 제시하는, 낡고 쇠약해진 남성성이 그만큼 똑같이 섧게 형상화되어 있다. 생명이 지닌 모순, 욕망과 승화라는 문제, 그 틈에 분열된 인간 존재에 대한 가련함이 시편 전편을 감싸고 있다. 하필이면 그 "치장한 꽃타래"의 여성이 "연변 아짐"이다. 이국땅에서 살아내려고 발버둥치는 초국적 이민자 여성의 모습은, 오늘날 한국 사회에서 2중, 3중의 차별 구조 속에 갇혀있는 가장 무력한 존재의 모습을 보여준다. 적합한 시민의 권리도 남성 중심 사회에서의 성별의 권력도 갖지 못한 채, 구매력조차 잃어가는 나이 든 여성의 모습이 "야윈 흑장미" 은유 속에 온전히 포착되어 있다.

3. 시를 찾아서

일상의 작은 사물들이나 무심히 지나치는 삶의 장면들에서 한 편의 시를 건져 올리는 시인들은 언제나 경이롭다. 그 시편들은 보배롭다. 류미야 시인은 귤 상자 속에서 귤이 조용히 상해 가고 있는 사건을 시로 쓴다. 안에서는 귤들이 서로의 옆구리를 건드리며 상해 가는 동안 밖은 그토록 "고요하고 평화롭고 무심하다"는 사실에 문득 새로 놀란다.

상자 속 귤들이 저들끼리 상하는 동안

밖은 고요하고
평화롭고

무심하다

상처는
옆구리에서 나온다네, 어떤 것도.

– 류미야,「결」전문.

주제와 은유의 힘이 탁월하다. 그런데 종장의 시어들은 평론가로 하여금 시조의 형식에 대한 깊이 있는 연구가 필요함을 느끼게 만든다. "상처는 옆구리에서" "나온다네, 어떤 것도"라고 읽을 수는 없는 일이다. "상처는 옆구리에서 나온다네" "어떤 것도"라고 읽는다. 기존의 현대시조 형식 논의에 기대기보다는, 현대 시조 이전의 시조창 형식을 상기할 때 더욱 적절한 종결로 읽힌다. 시조가 창으로 불리던 시절, 종장의 마지막 한 구절은 없애버린 경우가 많았다. 왜 그랬을까? 그리고 그 효과는 어떠했을까? 스스로 숙제로 남겨두기로 한다.

한 편의 시를 얻는 것은 어쩌면 악마에게 영혼을 파는 은밀한 계약을 할 때에나 가능한 것인가? 김소해 시인은 치열한 창작의 자세를 "정수리 불 데인 흑점"의 이미지로 그려낸다.

태양과 수직으로 맞서라면 맞서야하리

그늘은 지우고 시침 분침 촛침까지

정수리
불 데인 흑점

합일의 빛, 시가 왔다

— 김소해, 「정오의 손님」 전문

햇빛을 끌어 모아 종이에 불을 붙여본 적이 있다. 햇빛을 강하게 끌어들이는 일, 그것을 시인은 "태양과 수직으로 맞서"는 일이라고 부른다. 태양과 수직으로 맞설 때, 그 눈이 멀고 그 몸에 불이 일어나리라! 그토록 치열한 정신으로 한 편의 시를 얻고자 고투하는 시인들 덕분에 한 계절이 곱게 지나간다. 설화를 되살려 오늘을 살고 오늘의 우리 삶이 다시 한 편 어여쁜 설화가 되기를 기도하는 사이….

보거나 더 보거나 덜 보거나 안 보거나

1. 인간 언어학과 시인

문예 창작자는 모국어를 정확하고도 아름답게 갈고 닦는 일을 담당하는 존재이다. 그중에서도 시인은 가장 예민한 언어 감각을 소유해야한다. 시는 언어(言)로 빚은 궁전(宮)이기 때문이다. 언어의 절벽 앞에서 좌절하면서도 온몸을 밀착시킨 채 암벽을 오르는 자세로 언어의 궁전에 이르고자 애 쓰는 모습을 시인은 보여야 한다. 그것이 시인의 모습이어야 한다.

서지문 교수는 어느 칼럼에서 인간 언어학의 개념을 소개하며 우리언어 순화를 강조한 적이 있다. 인간 언어학의 개념에 따르면. 제대로습득한 모국어는 한 인간을 지적(知的)·정서적·윤리적 차원에서 성장시키는 기능을 한다고 한다. 올바른 언어를 사용하면 진실, 선함, 아름다움의 가치를 터득하게 된다고도 한다. 시인은 언어를 정화하는 과정에서 자연스럽게 우리말 리듬의 전통을 이어받고 우리말의 역사성을 계승하는 임무도 담당하게 된다. 인류 보편의 정서를 새로운 언어로 빚어내는 시, 즉 서정시가 오늘날도 그 생명력이 다하기는커녕 오히려 더욱 중요해지고 독자의 사랑을 받게 되는 것도 그런 이유일 것이다.

다음 세 편의 시는 인간 언어학의 개념을 설명하는 데 요긴하게 쓰일 만한 언어로 충만하다. 정제된 시어들이 단아하게 읽힌다. 그 시어들은 서정성의 물 기운으로 가득 차 있어 독자의 가슴에 촉촉한 물기를 전달한다. 그러면서도 한 편으로는 우리 전통의 아름다움을 계승하기도 하고 우리 고유의 정서를 한껏 고양시키기도 한다. 그런가하면 매우 현실 참여적이기도 하다. 우리 시대 사람들의 삶의 모습 중 가장 가련한 면모를 포착하여 그려낸다. 그리하여 그 삶의 주인공들에게 용기를 북돋아주는 힘을 지니고 있다.

그 어떤 칼날로도 너를 열 수가 없어

연한 소금물 속에 너를 담가놓았지

세상의 이슬방울 속에 노래를 담가놓았지
— 김일연, 「백합의 노래」 전문

칼날에서 소금물로, 그것도 연한 소금물로 시상은 변화하며 전개된다. 그리고 그 시상은 마침내 이슬방울로 승화한다. 그와 같은 점진적인 시상의 전개 과정은 승화되는 감정의 단계에 상응한다. 그리고 마침내 그것은 "노래"가 되어 결정체에 이른다. "칼날"이 권력 혹은 폭력을 의미한다면 "소금물"은 그 대척점에 놓인 연약한 것의 힘을 드러낸다. 날카로울 것도 두려워할 것도 지니지 않은 유약의 힘이 그 힘이다. "소금물"은 백합 조개가 놓여 있을 자리에 놓여 있는 자연스러운 상태를 보여주기 위해 동원된 시어이다. 친숙한 일상의 다른 이름이다. 부드럽고 익숙하고 편한 것 속에서 존재는 비로소 긴장을 풀고 자유로와 진다. 폭력 앞에서는 굳게 닫아걸었던 마음의 빗장이 소금물 속에서 스르르 풀린다. 백합 조개는 그렇게 입을 열고 연한 속살을 드러낸다. 마침내 이슬방울이 지니는 승화의 이미지가 등장하며 "노래"에 이르는 완결구조가 완성된다. 짧은 세 줄 속, 고르고 고른 몇 어휘로 우리 삶의 진리를 깨우치는 단아한 시편을 본다. 김일연 시 세계를 압축적으로 보여주는 텍스트일 듯하다.

복사꽃 이울어도 한 잎씩 이울테지

산빛이 짙어가도 하루씩 짙어가고

등 너머 뻐꾸기 소리도 한 굽이씩 여물 테지

꽃 이운 그 자리도 한 나절쯤 어두울 테지

어린 초록 산그늘도 한 발짝씩 내려앉고

가문 날 왜가리 외로움도 한 모금씩 타들테지
　　　　　　　　　　　　　　 － 박명숙, 「복사꽃 이울어도」 전문

박명숙 시인은 무위 자연 속에서의 조용하고 은밀한 변화의 기운을 섬세하게 그려낸대. 복사꽃, 산빛, 뻐꾸기, 산그늘, 왜가리… 모두 서로 어울려 고요하고 평온한 기운을 자아낸다. 바야흐로 복사꽃 이우는 봄날이다. "어린 초록"이 복사꽃의 빛깔을 조금씩 밀어내고 들어서는 신록의 계절 앞에 시간대는 놓여 있다. 꽃이 이울 때 뻐꾸기 우는 봄날의 정경과 그 시공간에 깃든 상실의 정서는 많은 시인들이 노래해오던 것이다. 1975년 박재두 시인은 "꽃잎으로 지던 날, 먼 산 뻐꾸기도 안 울고"라고 「화병—아내에게」에서 노래했다. 2014년 박기섭 시인은 「오동꽃을 보며」에서 "오동꽃 이운 날은 먼데 산 뻐꾸기도 헤식은 숭늉 그릇에 피를 쏟고 울던 것을"하고 읊은 바 있다.

　박명숙 시인은 그 전통을 물려받아 새롭고 산뜻한 자신만의 서정의 색채를 덧입힌다. 꽃이 이울고 뻐꾸기 소리가 그 꽃의 낙화에 화답하는 장면을 보며 그 움직임의 작은 '사건'에 주목한다. '사건'의 '사건' 됨을 고찰한다. 철학자 들뢰즈(Gilles Deleuze)가 이야기한 바와 같이 '되기(becoming)'는 경계를 그어 확정하기 어려운 변화이다. 들뢰즈의 정의에 따르면 '되기'는 '층진 공간(striated space)'이 아니라 '부드러운 공간(smooth space)'에서 이루어지는 일이다. 시작도 끝도 분명하지 않은데 '되기'는 점진적으로 이루어진다. 지층처럼 구획되는 것이 아니라 물엿처럼 경계 없이 서로서로 연결되고 서로에게 스며드는 공간에서 이루어진다. 그런데 어느 순간 문득 그 변화를 알아차리게 된다. 이전과 이후 사이에 뚜렷한 변화가 일어나있음을 부정할 수 없게 된다. 우리의 상식에 반문을 제기하며 들뢰즈가 궁극적으로 추구하고 있는 것은 상식이라는 이름의 가면 뒤에 감추어진 편견에 대한 비판일 것이다. 셰익스피어(William Shakespeare)의 『햄릿(Hamlet)』에서 왕비는 왕이 죽자 "너무 빨리" 재혼했다고 비난 받는다. 그녀의 성급한 재혼이 햄릿의 고뇌를 부추기는 요소가 된다. 그런데 적절한 애도와 근신의 기간은 구체적으로 어느 정도의 시간 경과를 의미하는 것일까? 몇 달과 몇 일을 기준으로 적절함이 결정되는 것일까? 누구도 규정한 바 없다. 정확한 규정 없이 은연중에 막연하게 형성된 것이 상식이라는 이름으로 통용된다. 상식이란 그렇게 폭력적인 방식으로 개인의 삶에 개입한다. 시간과 공간이 상대적으로 인식되는 세계에서 입장과 차이의 미묘한 결을 거스르며 상식은 유통된다. 무수한 날이 모여 세월을 이루고 헤아리기 어려운 것들이 무엇인가가 된다는 것의 경계를 이룬다. 그러므로 우리가 유념해야 할 것은 하루라는 날, 머리카락 한 올, 나비 날개의 움직임 한 번, 그 날개가 일으키는 작은 파동 하나일 것이다.

박명숙 시인은 그 하나하나를 그려내며 복사꽃의 시간이 "고운 초록"의 시간으로 변화하는 사건을 그린다. 시간의 미시사를 서술하는 역사학자의 역할을 맡는다. 고르고 고른 시어들을 통하여 그 역사서는 한 권 화첩이 된다. 이우는 복사꽃과 짙어가는 산빛과 여무는 뻐꾸기 소리와 초록의 산그늘을 거두어 담은 화첩이다. 그런 미묘한 시간의 흐름 속에서 문득 강조되는 것이 결국은 다시 느낄 수밖에 없는, 생명체의 존재론적 고독이다. "왜가리 외로움"이 등장하는 마지막 구절은 그 고적한 풍경을 완성하는 데에 이바지한다. 산 빛과 복사꽃과 뻐꾸기 만이었다면 풍경화에 그칠 수도 있었을 시편이 돌연 존재론적 고찰을 요구하는 무게를 지니게 된다.

계절의 변화에서 우리 삶의 현실을 읽어내는 시인도 있다. 김영순 시인의 「시샘」은 생명 가진 것들의 삶을 측은한 눈길로 바라보면서도 용기와 긍정의 전언을 잊지 않는 시인의 자세를 드러내는 시편이다.

사스헤피 꽃 향기 봄이다 싶었는지
너덧마리 벌들이 아직도 덜 깬 채로
빼꼼한 소문 틈으로 슬그머니 기어나와

바라보는 머체왓 들녘, 세상은 꽃샘추위
보일러 가동하듯 저들의 저 날갯짓
가난한 벌통 안에도 온기 살짝 감돌아

펄펄펄펄 눈발 속
벌벌벌벌 떠는 벌아
전전하는 알바자리 그것도 청춘이다
어깨에 둘러맨 택배 그마저도 청춘이다
                 – 김영순, 「시샘」 전문 (『문학청춘』 2018 가을호)

    아직 겨울이 채 끝나기도 전 막 피어나기 시작하는 꽃과 그 꽃향기에 이끌려 비행을 시작하는 어린 벌들의 모습에서 고달픈 청춘의 삶을 읽고 있다. "보일러 가동하듯"은 매우 적절한 은유로 꿀벌의 비행과 청춘의 노동을 연결한다. 보일러는 추위를 누그러뜨릴 열기를 상징하는 물체이다. 그러나 그 보일러는 가동하기만 하면 바로 열기를 내보내는 것이 아니다. 한 참 시간이 흘러야만 보일러가 보내오는 온기를 느낄 수 있다. 그러므로 이제 갓 가동을 시작하는 보일러의 이미지는 이른 계절에 세상으로 나온 벌의 이미지, 그리고 갓 사회에 진출한 청년의 이미지와 긴밀하게 연결된다. 눈발 속에 떨면서 날아보는 벌의 날개짓과 비정규적 일자리를 전전하며 택배업에 뛰어든 청춘의 불안정한 삶이 매우 적절하게 겹쳐 있다. 눈발 속의 별과 임시직을 전전하는 청년의 이미지는 서로 부축하며 서로를 적절히 조응하기도 한다.

다만, 인간 언어학의 개념을 전제로 하였기에 '알바'라는 어휘에서 멈추게 된다. 그 말이 지니는 현실적 의미의 무게와 '민족어의 정화'라는 시인의 임무의 비중을 두고 저울질을 하게 된다. '시간제 부업'의 의미를 지니는 '아르바이트'가 어느 사이엔가 줄여서 '알바'라는 말로 바뀌었다. 2018년 한국 사회의 젊은이들 사이에서는 물론 한국인 모두의 일상어 속에 깊이 스며들어와 자리를 잡은 어휘이다. 시인은 신조어를 과감하게 받아들일 권리가 있다. 현실 속에서 호흡하는 현대시의 활력을 위한 중요한 요소로 신조어를 생각해볼 수도 있다. 그럼에도 불구하고 시인은 이 문제를 숙제로 삼아 더욱 연구해보리라 믿는다. 혹자는 필자에게 '언어 순결주의자'라는 영광스러운 별명을 붙여주었다. 발화자는 비판을 겨냥했을 것이다. 지나치게 언어를 엄격하게 검열하여 현실의 역동성을 시에 도입하는 것에 대해 폐쇄적인 태도를 지녔다고 지적한 것이다. 그러나 필자는 그 별명을 영광스럽게 받아들인다. 시인이 언어 순결주의자가 아니면 누가 언어의 순결성을 위해 고민한단 말인가?

2. 낡은 듯 새로운 서정

전통적인 요소들을 소재로 취하였으나 진부하지 않고 예외적이지 않은 정서를 재현했으나 은근한 간절함을 다시 느낄 수 있다는 것! 그것은 전통을 이어받아 새로운 창조에 이르는데 시인이 성공하고 있다는 것을 의미할 것이다. 전통의 무게를 다시 생각하게 하는 텍스트들을 살펴보자. 김연동, 이석구, 정해송 시인의 시를 읽으면서 문태준 시인의 시 세계를 함께 생각한다. 모두 전통과 창조의 접목에 성공하고 있기 때문일 것이다. 미국 시인 로버트 프로스트(Robert Frost)가 그러했듯 "옛스러운 방식으로 새롭기(old way of being new)"를 잘 수행하고 있는 까닭일 것이다.

강은 산을 안고 산은 사람을 품고

저 물빛 산빛 같은 소리꾼 그 소리로

어두운 세속의 뒷길 어깨 펴고 걸어갔네

한 삭이고 애 끓으며 울고 웃던 노래 마당

허리 가는 사람들이 그 가락에 몸을 풀고

기막힌 숨길을 돌려 뒤척이며 일어섰네

달빛 젖은 신화같은 두 명창 푸른 소리

만 갈래 물결 위에 은어처럼 다시 솟아

천추를 돌고 또 돌며 눈물 짚어 주리라
            - 김연동, 「소리꾼」* (『서정과 현실』 2018 상반기)
* 유성준, 이선유: 하동 악양 출신의 동갑내기(1874~1949) 동편제 5대 명창

시인은 "물빛 산빛"이라는 시각적 이미지를 산뜻하게 제시하여 뒤에 올 "푸른 소리"를 예비하게 만든다. 그리하여 "물결 위에 은어처럼" "다시 솟"는 소리가 자연스럽게 연상되도록 만든다. "달빛 젖은 신화" 구절도 그러한 정경의 묘사에 기여한다. 소리꾼의 소리가 "한 삭이고 애 끓이며 울고 웃던 노래 마당"이라는 묘사로 드러나게 되는 것은 전통의 힘에 기댄 것이라 할 수 있다. 반면 이처럼 그 소리를 시각화하는 것은 전통의 새로운 변용을 보여주는 것이다. 이석구 시인의 서정시를 함께 살펴보자.

> 한눈에 들어오는 창문 밖 살구나무
> 저 살구나무 아래로 놀러가 연애하자
> 꽃들이 자꾸 피어서
> 다닥다닥 붙어서
>
> 새끼손가락만한 한 가지를 덮어주어
> 만개한 꽃송이들 구름처럼 번진 의자
> 가볍게 신발을 벗고
> 백 년 동안 앉아보자
>
> 굵은 빗방울이 멈춘
> 푸른 그늘 저만치로
> 봄날이 가기 전에 애인을 기다리자
> 허공의 꽃 진 자리마다
> 풋살구가 열린다
>
> — 이석구, 「곡우(穀雨)」 전문

이석구 시인의 「곡우(穀雨)」에서는 특별히 낯설거나 새로운 시적 요소를 발견할 수 없다. 살구꽃 만개한 그늘에 신발 벗고 앉아 님을 기다리는 모티프도 익숙한 것이고 곡우 날 비 맞은 후 그 꽃들 우수수 지고 마는 일도 그러하다. 꽃 진 자리에 풋살구 열리는 이치도 아주 자연스러운 것이다. 그럼에도 불구하고 「곡우(穀雨)」는 신선하게 느껴진다. 꽃과 구름과 빗방울, 그리고 시인이 유난히 두 번 반복한 "연애"라는 단어까지 합하여 봄날 풍경의 한 장면이 완성된다. 그리고 마침내 꽃은 지고 "꽃 진 자리마다 풋살구가 열린다"는 평범한 사실을 다시 확인하게 된다. 그런데 세 번째 수의 종장이 문득 가슴 뭉클한 것은 무슨 사연일까? 꽃은 지고 그 자리에 열매가 들어선다는 사실에서 묘한 상실의 감정을 느낀다. 또한 어쩔 수 없는 자연의 순리에 순종하고 말리라는 겸허한 맹세도 함께 하게 된다. 시인이 그린 봄날의 풍경이 가슴 부풀도록 아름다웠다는 뜻일 것이다.

이석구 시인은 전통을 새로이 계승하여 가편을 빚어낸다고 이를 수 있을진대 전통의 요소를 언급하려 들면 단연 시조의 종장에 유념해야 한다. 종장이 홀로 누릴 수 있는 시적 종결의 덕목은 강조해도 지나침이 없을 것이다. 가장 마지막의, 가장 나중의 한 줄이 누리는 압축과 집약의 효과를 이석구 시인은 십분 구사해내고 있다. 사실상 종장 이전의 자세하고 고운 묘사는 모두 "꽃 진 자리마다 풋살구가 열린다"는 종결의 진술을 위하여 예비 되었던 것에 불과할지도 모른다. 이석구 시인이 종장의 묘미를 얼마나 잘 포착해내고 있는가 하는 점은 최근 시집에 함께 수록된 「위미리 동백」에서도 잘 드러난다. 위미리에서 시인이 조우한 동백을 섬세하게 묘사한 다음 시인은 종장에서 극적으로 시상을 맺는다. 그 여운이 길게 오래간다. "꽃과 나 둘 중 하나가 마지

못해 떨어졌다." 꽃은 지고 싶지 않았을 것이다. 떨어지고 싶어서 피는 꽃은 없으리라. "마지못해" 동백꽃이 떨어질 때, 결국 그 몰락은 시적 화자의 몰락이라 할 수 있다. "모란이 지고 말면 그 뿐" 삼백 예순 날을 설움에 우는 것이 영랑의 시적 화자였다면 이석구 시인은 더욱 간명하고 그래서 더 강렬한 방식으로 꽃의 낙화를 애도한다. 꽃이 지자 "나"도 지고 말았다고 이른다.

숲길과 물을 통하여 고요한 가을날의 서정을 되새김질하는 정해송 시인의 다음 텍스트도 김연동, 이석구 시인이 보여준 심상의 연장선상에서 읽을 수 있다.

자작나무 숲길 따라 가을 물이 흘러간다

조약돌 무늬진 삶 재잘재잘 풀어내며
단애를 뛰어내릴 때 저 득음에 이르는 물

한 가슴 구곡간장 열두 굽이 넘길 적에

수석은 추임새 되어 단풍 든 강변길이

떨어진 소실점 너머 네 소리로 트인 하늘

그분의 손길 닿아 영원이 숨 쉬는 곳

목청 시린 완창 끝에 심해로 든 여정이여

이제는 침묵이 소리하는 내 영혼의 맑은 성률
　　　　　　　　　　　　　　－ 정해송, 「물소리가 있는 풍경」 전문

　　조약돌과 물이 얼려 빚는 노래와 폭포에서 뛰어내리는 물의 음악은 "완창"의 이미지를 적절히 추동해내는 요소가 된다. 그리고 그 여정은 심해에 이르러 완성되는데 "완창"이 지니는 의미 항과 심해의 은유가 매우 잘 어울린다. 시조의 종장은 시조 작법의 전범을 보여주고 있으며 거듭 되풀이되어도 늘 새로운 전통의 힘을 보여준다. 이른바 "서경의 서정화"가 종장에서 전형적으로 나타나는 요소인데 정해송 시인은 마지막 연의 종장에서 이 점을 탁월하게 구현해내고 있다. "침묵이 소리하는" 구절이 보여주는 반전의 힘과 "내 영혼의 맑은 성률"이 드러내는 정경의 내면화 혹은 앞서 든 바와 같은 "서경의 서정화"가 거기 잘 드러나 있다. 그러나 "그분의 손길 닿아 영원이 숨 쉬는 곳" 구절이 좀 더 참신한 시적 언어로 빚어졌더라면 하는 바램이 있다. "그 분의 손길"이라는 표현은 지나치게 종교적인 언어로 간주된다. 한 번 더 걸러진 언어였더라면 시적 완성도가 더 높았으리라 생각해본다. 동일한 연에 "영원"과 "침묵" "영혼" 등의 추상어가 계속 등장하고 있어 더욱 그러하다.

　　우아지 시인의 서정시는 고독과 단절, 그리고 상실의 정서가 지배적인 현대 사회 속에서 드물게 찾을 수 있는 정서를 형상화한다. 타자에 대한 관심과 애정이 은수저, 양초, 식탁보, 오븐 등의 시적 소재를 통하여 드러난다. 여성의 생활과 밀착되어 있는 그런 소재들이 마지막에 이르러 "새 밥"으로 마무리되어 이미지의 정합성이 완성된다. "저녁을 익힙니다"가 "새 밥 지어" 구절을 선행함으로써 그 작은 일상 속의 밥 짓는 행위가 지니는 의미가 설득력 있게 증폭됨을 볼 수 있다.

누군가 온다는 건 설레는 일입니다
기대를 등에 업고
마중하는 앳된 먹밤
이 아침 은수저 닦는 마음도 윤이 나고

간밤을 적시던 비 풀잎마다 끼운 반지
오늘을 기다렸어
양초에 불을 켜고
새하얀 순도 100% 식탁보를 꺼냅니다

오븐을 예열하는
창 너머 어스름 녘
열과 성을 듬뿍 넣어 저녁을 익힙니다
가슴에 꽃이 피도록 새 밥 지어 올립니다
　　　　　　　– 우아지, 「손님별」 전문 (『시조정신』 2018 2호)

3. 보거나 더 보거나 덜 보거나 안 보거나

본다는 것의 의미를 생각해 본다. 인간은 거울에 비친 자신의 모습을 처음 발견하게 되는 순간부터 "자아"에 대한 막연한 관념을 형성하게 된다고 한다. 라깡이 "거울상 단계"라는 이름으로 설명한 바 있듯이 생후 6개월에서 18개월 사이의 시기에 어린 아이는 거울을 통해 자신을 발견하게 된다고 한다. 시각적 대상, 즉 사물의 형체나 색깔은 언어를 대신하여 인간의 기억과 정서의 저장고가 되기도 한다. 그런데 그 본다는 것은 늘 문제적이다. 보는 것, 보이는 것, 보여주기 위한 것, 보고 느끼고 아는 것! 그것만큼 삶의 본질을 흐리고 유혹과 파탄을 매개하는 것도 드물 것이다. 눈에 보이는 것의 전언과 그 보이는 것의 이면 혹은 "너머"의 진실 사이를 가늠하는 텍스트들을 보자. 보이지 않는 것을 보고 보는 것을 의심하며 보는 것과 볼 수 없는 것의 관계를 심문하는 가작들을 읽어본다.

갓 뽑은 맨 종아리
조선무를 툭 자르자

손댈 곳 하나 없이
다 썩어 시커멓다

겉모습
천연덕스레
매끔해서
몰랐더니.

비단이불 손수지어
베갯동서 들이고도

두 귀에 차일치고
눈 하나 깜짝 않던

울 어매
꼿꼿한 앞섶
피멍 밴 줄 몰랐더니

– 이남순, 「청맹과니」 전문 (『문학청춘』 2018 겨울호)

어머니라는 소재와 주제는 이남순 시인의 텍스트의 중핵을 이루면서 연작의 형태로 계속 등장하고 있다. 이남순 시인은 어머니의 삶을 재현하고 그 삶을 통하여 자신의 삶을 다시 읽는다. 여성 시인이 그려내는 여성적 경험으로 그 텍스트의 특수성을 한정하여 설명할 수는 없다. 압축적 근대화를 이루어낸 한국 사회의 극단적으로 대조적인 삶의 모습들이 응축된 것으로 그 텍스트를 보아야 한다. 여성에게 억압적인 유교적 미덕을 내재화해야 했던 시대에 살았던 이가 텍스트의 어머니이다. 그 어머니의 삶을 전지구적 기업인 스타벅스에서 카페 아메리카노를 마시는 딸이 재현하여 숭상하고 보존한다. 어머니의 시대를 그려내는 이남순 시인의 작업은 박물의 깊은 의미를 진작 알아차렸던 간송 전형필의 정신을 이어받는 것으로 보아야 한다. 겉으로는 흠결 없어 보이는 "매끔"한 무가 안으로는 새까맣게 썩어 있다. 그 무가 바로 어머니의 상징임을 드러내기에 시조 형식이 매우 적절하게 활용된다. 본다는 것은 결국 "청맹과니"노릇이 아닌가 시인은 반문한다. 눈을 뜨고 보지만 아무 것도 보지 못하는 것, 우리 삶의 실체이다.

청맹과니의 시상은 김남규 시인에게 이르러 "문지방"이 드러내는 "문의 부재"로 연결된다.

지난밤에 보았다
골이 파인 문의 부재

이곳에서 저곳으로
우리는 지나갔다

문지방(門地枋)
늘 남아있는 것
늘 그래서
낡은 당신

－ 김남규, 「문지방은 사람들을 어디로 데려가나」 전문

(『좋은 시조』 2018 겨울호)

　문이 부재할 때 비로소 문지방의 존재 의미가 드러난다. 문지방은 "이곳"과 "저곳"을 가르는 중요한 지표이다. 그런데 그 존재를 인식하기 어렵다. "늘 남아있는 것"이 문지방이다. 누군가는 그 문지방을 통하여 이곳에서 저곳으로 가고 또 다른 누군가는 저곳에서 이곳으로 오지만, 문지방은 어디로도 가지 않는다. "늘 그래서 낡은 당신"이라는 종장에서 김남규 시인 또한 시조의 존재 의미를 적절히 구현해낸다. "낡은 당신"을 말하기 위하여 시인은 문과 문지방을 살펴본 것이다. 문이 닫혀 있으면 보기 어려운 것이 문지방이다. 우리가 늘 이용하면서도 보지 못하던 것이 바로 문지방이다, "당신"도 마찬가지이다. 김남규 시인은 "보았다"고 말한다. 보이지 않던 문지방을 통해 "낡은 당신" 또한 보았다고 이른다.

　김보람 시인의 텍스트는 수수께끼 같은 요소를 자주 보여준다. 그런데 발상이 참으로 신선하고 말로 유희하는 솜씨가 탄복을 자아내곤 한다. 혼자인 것과 둘인 것 사이, 이를테면 관계, 그 길항 작용을 형상

화하는 시도로 다음 텍스트를 읽는다.

어느 날은 둘이었고
또 어느 날은 혼자였다

깊어지고 있어?
떨어지고 있어?

생각을
반으로 줄인다
하나의
묶음처럼

꽉이라는 단어가
조여진 듯 답답하다

보거나 더 보거나
덜 보거나 안 보거나

반이면
충분했는데
발자국이
길어진다
　　　　－ 김보람, 「우리는 이별을 반복해」 전문 (『좋은 시조』 2018 겨울호)

묶는다는 것은 관계의 형성을 의미할 것이다. 관계가 발전하면 결속
이 될 것인데 결속은 "조여진 듯 답답하다"고 한다. 관계가 결속이 되

면 관계는 견고해지나 곧 그 견고한 관계가 집착을 낳게 될 것이다. 관계를 적절히 유지하는 것은 매우 어렵다. 보아서 재앙이 되기고 하고 더 보아서 파국에 이르기도 한다. 덜 보아서 평온하기도 하고 안 보아서 행복하기도 하다. 하나와 둘 사이, 참으로 어려운 "이인삼각"의 역학관계이다. 우아지 시인이 「별」에서 표현한 것과 같다. "둘은 너무나 외롭고 셋은 너무나 많다"고 누군가 말했다. 우리 시대엔 그 말도 달라져야 할 것이다. 필자는 이렇게 말하겠다. "하나는 너무나 외롭고 둘은 너무나 버겁다."

삶은 도도한 강물처럼 조용히 지속된다. 임시직을 전전하는 청춘들의 고된 살이도, 혼자 견디어 가는 삶의 아픔도 그 강물에 쓸려 함께 흘러간다. 그 사이 복사꽃 피고 이울고 뻐꾸기 울음도 꽃잎 따라 사라진다. 왜가리의 외로움처럼 홀로 세월을 견디는 존재들을 위하여 시인들은 시를 쓴다. 살아 있음을 위하여, 그리고 살아가야 할 날들을 위하여 우리는 또 그 시들을 읽는다. 늘 새로움을 추구하면서 그 새로움 또한 흘러가는 강물처럼 다시 익숙한 것이 된다. 그래도 다시 새롭고자 하며 누군가는 시를 쓰고 누군가는 그 시를 읽는다. 새롭고자 하는 관습 또한 도도히 흐르는 강물처럼 익숙한 것일지라도 그 익숙함을 통하여 날로 새롭고 또 새롭기를 꿈꿀 뿐이다.

영혼의 교접에도 오르가즘이 있다

1. 관능과 미(美)

프랑스의 액상 프로방스에서 송로버섯(truffle) 캐는 경험을 한 적이 있다. 송로버섯의 맛과 향기를 처음으로 알게 된 기회였다. 송로버섯의 향기는 난의 향기와 비슷한 데가 있다. 미묘한 순간에 잠시 스쳐가고 말아 그 향을 소유한다는 것이 불가능한 듯하다. 그런데 송로버섯 캐기의 추억은 언어와 표현의 관계를 생각하게 만들기도 했다. 그날 우리를 안내해준 프랑스인은 성적인 은유를 자주 동원하여 해설을 했다. 지극히 아름다운 모든 것을 표현하는 데에는 그것이 가장 적합한 방법이라고 여기는 모양이었다. 예를 들어 최고의 맛을 설명할 때마다 "오르가즘"이라는 표현을 썼다. 함께 갔던 젊은 미국인 여성이 그런 표현들 때문에 당혹스러웠던 모양이다. 나중에 안내원의 묘사가 지나치게 성적인 요소를 많이 포함하여 불편했다고 말했다. 필자에게는 그다지 문제 되지 않았던 것들이었다. 『프랑스식 사랑의 역사』를 읽은 적이 있었기에 필자에게는 그런 표현이 그다지 낯설지 않았다. 프랑스 문화에서는 사랑과 성을 매우 자유롭게 받아들인다고 한다. 유혹의 언어나 태도가 매우 발달해 있다고 한다. 유혹의 표현들이 일상 언어에 스며들어 있는 것이다. 그런 프랑스 문화와 구별되는 미국 문화를 그녀에게서 느낄 수 있었다. 근원적으로는 청교도 이민자들의 나라가 미국이다. 지나치게 성적인 표현들에 대해서는 저항이 강한 것이 미국문화의 모습인 듯하다. 일상에서 경험하는 작은 것들의 뿌리에 문화의 차이가 놓여있음을 거기서도 확인할 수 있었다. 한국 문화에서는 성적인 표현이 어떤 식으로 실천되고 수용되는지 생각해보게 되었다. 관능과 유혹이라는 모티프가 한국 문학에서는 어떻게 나타나는지 궁금해졌다.

한국 문화는 여러 가지 면에서 '압축 근대화'의 면면을 드러내고 있다고 본다. 문화의 모든 영역에서 서구의 다양한 사유 방식이 혼용되어 드러나 있다고 생각된다. 한국 경제의 역사와 현실이 그러한 것처럼 성과 사랑의 문화에 있어서도 다양성이 공존한다고 본다. 한편으로는 매우 엄격하고 도덕적인 기준을 보이면서 다른 한편으로는 매우 자유분방한 모습을 드러내기도 한다. 고유한 유교 문화 전통의 영향으로 보수적일 것이라는 편견은 불식된 지 오래인 것 같다. 한국의 높은 이혼율과 저출산율 또한 이러한 한국 문화의 변모와 무관하지는 않으리라. 60년대 이전의 유교적 엄숙주의와 프랑스의 자유분방함과 미국 문화의 이중성과 한국 특유의 타락한 성 산업의 편의성까지 함께 혼용되어 있는 모습이 한국의 현재일 것이다. 성과 사랑의 성격은 복합적이다. 성과 사랑을 향한 욕망은 생명의 원천이면서 갈등과 타락의 지름길이면서 엄청난 파괴력도 함께 지니고 있다. 그러므로 그 욕망이 존재하거나 스스로를 발현하는 방식은 바로 인생의 가장 모순되고 치열한 장면을 보여준다고 할 수 있다. 한국 현대시와 시조가 성과 사랑의 문제에 대해 탐색하고 관능의 언어로 빚은 노래를 더욱 많이, 그리고 한층 세련되게 만들어가야 한다고 생각한다. 그런 맥락에서 임채성 시인을 다시 볼 수 있다. 성적인 은유를 통하여 생명의 찬양에 이르는 임채성 시인의 텍스트에 주목해 보자.

> 마른 침이 꿀꺽!한다
> 쟁반 위 누드를 보면
> 실오라기 하나 없이 끈적대는 관능 앞에
> 달뜬 몸 몰래 식히듯 호졸근히 뱉는 신음
>
> 밤새워 널 먹고 싶다
> 물고 빨고 핥아가며
> 먹물 밴 머리부터 매끄러운 다리까지
> 흡반에 입술이 붙는 저항에 부딪치더라도
>
> 비리고도 달콤하다
> 물오른 육체의 맛은
> 혀와 혀가 감겨들던 첫 키스의 추억처럼
> 포만이 포말이 되어 스러지는 짧은 절정
>
> 알몸으로 살고 싶다
> 이브처럼 아담처럼
> 채울수록 허기지는 미식가의 도시에서
> 선악과 물컹한 살이 잇바디를 애무한다,
> — 임채성, 「낙지: 야생의 족보 6」 전문 (『정형시학』 2019 봄호)

임채성 시인은 성과 사랑, 그 욕망의 복합적 성격을 그대로 제시하는 텍스트를 보여준다. 성경에 등장하는 선악과는 욕망을 향한 금지와 위반, 그리고 욕망의 해방과 유토피아에서의 축출을 보여주는 일화라고 할 수 있다. 욕망을 구속하면서 얻어지는 평화와 풍요, 그리고 욕망의 방출이 초래하는 자유와 추방이 선악과라는 한 단어에 집약되어 있다. 선이면서 동시에 악인, 혹은 선이기에 필연적으로 악인 열매, 그 한 알의 사과는 인류 역사의 기원이면서 욕망의 불가해성과 불가항력성을 집약적으로 보여주는 상징이다. 그 열매에 농축된 선과 악의 이중성 혹은 분리 불가능성에서 인생은 출발한다. 그리고 인생의 전개 과정 또한 그 이중성 혹은 모순성을 실현하거나 수용하거나 억압하는 과정에 해당할 것이다. 임채성 시인은 다양한 표현을 동원하여 그 이중성과 모순성을 이리 저리 탐구한다. "비리고도 달콤하다," "포말," "채울수록 허기지는" … "달뜬 몸" "물오른 육체" "혀와 혀가 감겨들던" "첫 키스" "짧은 절정" "물컹한 살" "애무" 등 노골적인 관능성의 시어들을 자유롭게 동원한다. 프랑스인만 리비도의 언어를 발달시킨 것이 아니라는 것을 증명하기라도 하듯 한국어의 관능성을 철저히 탐색한다. 『프랑스식 사랑의 역사』 저자는 사랑은 프랑스인이 고안해 낸 개념이라고 주장한다. 임채성 시인은 그의 개념에 저항한다. 사랑의 역사는 전 세계인이 함께 기여하여 이룬 것이라고 반박한다. 어쩌면 임채성 시인은 사랑의 역사를 전유하고자 하는 프랑스 문화 우월주의자에 저항하는 반제국주의 투사라 할 수 있다. 관능성의 언어를 이리저리 디루면서 저항 세력을 정벌해 나간다.

위의 시에서 소재가 낙지인 것에 주의를 기울인다. 임채성 시인은 검은 표범처럼 야생의, 동물성의 상상력을 보여주는 텍스트를 생산해

왔다. 표범처럼 구속받지 않는 동물들에 자유의지를 투사해왔다. 「낙지」의 부제가 「야생의 족보」라는 데에서 알아차릴 수 있듯 임채성 시인은 여전히 반문화적이고 반인공적인 소재를 통하여 상실된 인간의 자유와 훼손된 생명의 존엄성을 회복하고자 한다. 낙지는 친숙한 대상이 아니라 그로테스크한 존재이다. 생김새도 느낌도 그러하다. 끈적끈적하고 흐느적 거리는 육체를 지니고 있다. 흡반으로 모든 것을 끌어들일 듯 위협적이기도 하다. 도무지 친근해질 것 같지 않은 것이 낙지의 이미지이다. 서구문화에서는 종종 혐오와 기피의 대상이었던 것이 낙지다. 하필 그런 낙지를 소재로 취하면서 낙지의 존재 방식과 성적 욕망의 동종성을 추출한다. 그 낙지에게 욕망을 투사한다. 욕망은 낙지처럼 미끈미끈하고 끈적거리고 징그럽기조차 하다. 낙지를 통해 낙지 같은 욕망을 그려내는 그로테스크함이 너무나 신선하다. 낙지를 통해 구현된 그로테스크한 욕망의 텍스트. 그 텍스트의 매력이라는 흡반이 필자의 감각에 단단히 들러붙은 모양이다.

2. 영혼의 교접과 시

관능의 언어들을 시조 텍스트에서 발견하는 것은 그리 흔하지 않다. 그것이 무엇을 의미하는지는 시인들이 이미 잘 알고 있으리라. 현대 시조의 특징은 시조라는 전통적 양식을 계승하면서도 부단히 거기에 새로움을 더해가는 데에 있다는 것은 모두가 동의하는 바이다. 시조의 형식적 특성을 3, 4조 3장 6구의 자수율의 준수에서 찾는 것이 적절하지 않다는 것 또한 어느 정도 합의에 이르렀다고 본다. 자수에 한정되지 않는 한국어 본연의 음악성을 포착하는 것, 그리고 그것을 네 율마디에 실어내는 것이 현대시조의 존재 양식이라고 할 수 있다. 현대성의 획득을 위해 주제와 소재의 측면에서 다양한 탐색을 계속하는 것은 필수적인 시인의 사명이다.

위에서 관능의 언어로 현대 시조가 이른 곳을 제시한 텍스트를 살펴보았다면 이제 자연의 고요함이나 인생을 관조하는 모습을 그려내는 텍스트들을 찾아보자. 그런 전통적인 접근법으로 영혼의 교접이 빚어내는 오르가즘을 겨냥한 텍스트를 들어보자. 현대인의 복잡한 도회지 생활을 상징하는 것 중의 하나가 소음이다. 이은주 시인의 「소음 디톡스」는 그 소음으로부터 벗어나고자 하는 현대인의 욕망을 그려낸다. 소음에 지쳐 고요가 목마르게 그리워지는 어느 순간, 이은주 시인의 텍스트는 독자로 하여금 영혼의 교접을 경험하게 한다.

차세대 사치품은 '고요'라는 보도 앞에
거금을 주고라도 나 또한 사고 싶다

소음의 독소 속에서
웃음으로 여는 하루

고음으로 더 치닫는 기계음들 고성에다
눈치 없는 언성들이 끼얹듯 너덜대고
마음 속 잡음들까지
안팎으로 들쑤신다

파도가 종알대도 편히 누운 수평선처럼

편리가 투덜대도 아— 사치하고 싶다

고요를 수북이 쌓아놓고
흥청망청 쓰고 싶다
　　　　　 – 이은주, 「소음 디톡스」 전문 (『공정한 시인의 사회』 2019. 02)

"고요"가 사치로 변하고 "편리"가 애물단지 혹은 천덕꾸러기로 변화한다. 고요를 형상화하는 방식이 빛을 발한다. "파도가 종알대도 편히 누운 수평선처럼"이라고 하여 정확하고도 선명하게 고요의 존재 방식을 시각적으로 드러낸다. "파도"와 "수평선"은 공존할 수밖에 없는 것이려니와 파도 속에서도 무심한 듯 평화로운 수평선의 이미지를 제시함으로써 소음 속에서도 고요를 지닐 수 있음을 일깨우는 것이다. 압도적인 역설은 시적 종결에 집약되어 나타난다. "고요"는 그동안 거느려오던 전통적인 은유의 방식들을 다 거부한 채 드러난다. "쌓아놓고" "흥청망청 쓰"는 대상으로 일순 변모하고 있다. 고요를 그리면서 그것을 소비, 특히 과소비의 대상으로 변모시켜버린 상상력의 힘이 놀랍다. 현대 시조 텍스트가 매혹의 대상임을 여실히 보여준다.

　고요 속의 작은 움직임, 그 미묘한 변화에 착안한 홍성란 시인의 텍스트를 보자.

귀룽나무 벌써 꽃 피었네 하얀색이네
누구 들으라고 혼자말 하였을까
설레어 촉촉한 가지 바람만이 스치네
　　　　　 – 홍성란, 「그 봄」 전문 (『문학청춘』 2019 봄호)

텍스트는 단시조의 전형적인 존재 양식을 증명하듯 단순한 몇 가지 모티프를 보여준다. 초장에서는 먼 거리에서 조망하듯 꽃의 개화를 그려낸다. 담담하고 조용하게 소곤거리듯 그려내며 그 발견을 보여준다. 중장은 은밀히 작동하는 동적인 힘을 그린다. 시적 화자가 꽃의 속삭임을 듣는 것이다. "혼자말"이라 하였으므로 방백의 장면이다. 그리도 종장에서는 "바람"의 등장을 본다. 누군가가 불러서 바람이 찾아온 듯하다. 꽃 피는 날, 그 생명력의 환희를 그려내는 자세도 조용하다. "설레"고 "촉촉한" 것, 그것은 바로 생명 가진 것들의 특징이요 특권이다. 그래서 "그 봄"은 달리 이름 붙이자면 생명이고 재생이고 부활이다. 그 생명을 추동하는 욕망이 텍스트에는 드러나지 않은 저 깊은 뿌리에 자리 잡고 있을 것이다. 그것은 말하지 않아도 안다. 설레는데, 바람이 스친다는데 달리 무엇을 더 이르랴….

현대인의 고독과 관계 맺기의 지난함, 혹은 생의 아득함이 문득 새로이 느껴지게 만드는 텍스트들도 매혹적이다. 텍스트에 속속들이 스민 외로움 혹은 존재론적 불안의 언어들은 독자의 마음에 고스란히 전달된다. 그 언어들은 독자를 아프게 한다. 그러나 오히려 그 아픔을 확인하면서 느끼는 가학적인 열락도 있다. 정수자 시인의 텍스트를 보자.

욱여넣은 새 구두에 뒤꿈치를 깨물리며
만혼의 식장을 엉거주춤 찍고 올 때
생이란 무지외반증처럼 속으로 우는 거였다
부풀던 물집 터져 집이 점점 멀어져도
절며절며 신고 가는 낙장불입 진창처럼

틀어진 엄지발가락들은 돌아올 줄 몰랐다
신도 벗도 못한 채 판돈 없이 엉긴 나날
눈물을 다 걸어도 시광 한번 못 팔고
제풀에 굽고 휜 것들만 옹이 꽃을 피운다

– 정수자, 「엉거주춤」 전문

"절며절며 신고 가는" 신발 같은 것이 인생은 아닐까? "발에 맞지
않는 신발" 같은 것이 인간관계라고 느껴본 독자들은 알 것이다. 이 텍
스트에 동원된 신발의 이미지들이 왜 그리 절절한지. 시적 화자가 다
녀오는 곳이 하필이면 "만혼의 식장"임에 주목해 보자. 헌짚신에게도
주어지던 것이 잘 맞는 짝이었다. 현대 사회에서는 그 짝을 찾기가 어
렵다. 새 구두는 새 구두대로 신던 구두는 또 신던 구두대로 현대인을
힘들게 한다. 어렵게 누군가는 제 짝을 찾았거나 찾았다고 믿으면서
"만혼의 식장"에 하객을 초대한다. 그 초대에 응하느라 "새 구두"에 발
을 "욱여 넣"기도 한다. 어쩌면 삶이란 "신도 벗도 못한 채" "엉거주춤"
의 표현 속에 응집된 형태로 드러나는 것인지도 모른다. 어쩌지 못할
삶의 아득함 앞에 우리가 머뭇거릴 때 이 텍스트의 시어들이 강한 매
혹으로 느껴진다.

　임영석 시인이 텍스트에 초대한 자연의 모티프들도 이은주 시인의
'고요'와 더불어 필자의 영혼에 울림을 주는 것들이다. 햇살, 바람, 달
빛, 별빛…

햇살이 아까워서 말린 곡식을 또 말리고
바람이 아까워서 까분 깨를 또 까분다
이렇게 아까운 것만 자꾸 눈에 들어온다

달빛이 아까워서 새벽까지 잠을 설치고
별빛이 아까워서 발만 동동 구르는데
아내는 아까운 마음 동치미로 담가둔다
　　　　　－ 임영석, 「늦가을에」 전문 (『정형시학』 2019 봄호)

　햇살도 아깝고 바람도 아깝고 달빛도 아깝고 별빛도 아깝다. 인생이
유한하기에 자연의 그 모든 것이 아깝다. 자연의 모든 것은 값없이 우
리에게 주어진다. 누리는 이에게 요구하는 것도 없다. "아까워서" 구
절이 장마다 반복되다 끝내 동치미의 심상을 밀어낸다. "아까운 것"이
"아까운 마음"으로 이행하는 과정이 자연스럽고도 유연하다. 임영석
시인의 노래에 답창하듯 박해성 시인 또한 개망초꽃, 나비, 바람을 불
러들여 새 노래를 빚는다.

천년 전
꽃상여가 타령조로 떠난 길 위

개망초꽃 흐드러지다
일장춘몽 나비가 날다

흰나비
날아간 쪽으로
바람이 흘러가다…
　　　　　－ 박해성, 「그리고 아무 일도 아닌」 전문

　"꽃상여"의 이미지가 먼저 제시되면서 상실의 정조를 환기한다. 그

런 다음 "나비"가 상징하는 "일장춘몽"의 모티프가 그 정서의 연장선
상에 등장한다. "바람"은 그 나비를 따라 흘러가는 것으로 제시되어
텍스트 전체의 통일성의 완성시킨다.

임영석 시인과 박해성 시인이 자연을 그리면서 그 무위자연에 투영
된 인생을 그려내고 있다면 이승은 시인은 현대인의 삶의 이질적 장면
들을 병치시키는 방식으로 삶을 다시 조명해본다.

1.
당당히 규격봉투에 잡동사니 내놓고서
개운하다, 두 발 뻗고 꿀잠을 자고 나니
온 집안 윤이 나도록 햇살 넘나들더라나

2.
고개를 절래절래, 싫다는 노모 귀에
집보다는 병원이라 치료가 더 좋아요,
타의로, 일사천리로 요양은 시작됐다

꼬박꼬박 지불되는 비용의 액수만큼
편하게 모실 거라고 위안을 삼는 사이
황당한 답신이 온다, 마음 준비하시라는

걸어서 들어갔으나 고이 누워 나오는 곳
분리된 효도 자리 수거하러 가는 날에
작별할 겨를도 없이 꽃관, 환히 납신다
　　　　　　　　　　　－ 이승은, 「분리수거」 전문 (『현대시학』 2019년 1,2월호)

생활을 위한 물품의 소비가 필수적으로 동반하는 폐품의 이미지를 제시하면서 그 생활용품처럼 용도를 다하고 수거되는 삶의 모습을 함께 그려낸다. 전통적인 "효도"의 모습에서는 너무나 멀리 가 있다. 그러나 이제 어쩔 수 없는 현실로 받아들이는 우리 삶의 일부이다. 재활용품을 "분리수거"하는 것에서 요양원에 노모를 모시는 일을 연상한다. 그 대비가 처연하리만치 사실적이고 그러므로 오히려 깊은 슬픔을 느끼게 한다. 자신의 삶에서 "분리"되고 그런 다음 "수거"되는 존재, 그 묘사의 끝에 "꽃관"과 "환히"가 등장하여 시적 화자가 느끼는 서늘한 아픔을 마무리한다.

정희경 시인은 분청사기 가마터에서 느끼는 정서를 그려낸다. 역사를 되짚어보면서 동시에 시인 개인의 삶을 그 역사에 대비하여 되새겨본다.

운대리 가마터에 까치가 울다 간다
덤벙 담갔다가 건져 올린 달을 향해
시간의 백토를 입힌 그 기다림 한 조각

손금은 마디마디 무뎌지고 둥글어졌다
먼 길 오실 손님 위해 길마다 해를 달고
정갈히 닦아낸 접시 실금마저 보얗다

내 사랑도 한 때는 일렁이는 가마였다
일렁이다 사그라져 흰 재만 남아 있을
운대리 깊숙이 묻어둔 말간 슬픔 고인다

* 전남 고흥군 운대리 분청사기 가마터
　　　　　　　　　　　　　　　　- 정희경, 「덤벙 접시」 전문 (『시조정신』 2019, 3호)

　역사 속의 한 장면과 개인의 서정, 그 매개항은 세월이다. 분청사기를 굽던 자리도 세월이 흘러 흔적으로 남아있고 개인이 지닌 젊은 날 사랑의 기억도 그 세월 덕에 흐릿한 기억으로 존재한다. "흰 재"는 그러므로 분청사기의 흔적이면서 시적 화자의 존재 양상이기도 하다. "손금은 마디마디 무뎌지고 둥글어졌다"고 노래한 부분은 분명 도공의 역사를 그려내는 구절이다. 그처럼 세월에 닳아 애틋하고 강렬했던 사랑의 기억도 그 손금처럼 흐려졌음을 보여준다. "내 사랑도 한 때는 일렁이는 가마였다"가 그 사랑의 강렬함을 증언한다. "일렁이는" 구절이 한 수에 두 번 거듭 등장하여 아쉽긴 하다. "일렁이는" 불길… 그 아쉬움을 상쇄해 주는 것은 1연 중장의 표현이다. "분청사기"의 이미지에 매우 잘 들어맞아 '정합성'의 모범을 보여준다. "덤벙 담갔다가 건져 올린 달을 향해"라는 그 구절. 달은 그 자체로 분청사기의 적절한 비유가 된다. 달빛의 미묘함과 은은함이 바로 분청사기 빛깔이지 않겠는가. 그러나 그 달빛이 예사로운 달빛에 멈추지 않게 하느라 "덤벙 담갔다가 건져 올린 달"이라 묘사했다. "담갔"으니 물에 담갔을 것이 분명하다. 그렇다면 목욕 제계하고 하늘에 오른 달의 이미지를 제시하는 것 아닌가. 달빛은 이미 맑고도 은은할 터인데 물에 헹군 달을 상상해보라. 시인이 궁극적으로 그려내고자 한 "기다림 한 조각"의 모습이 완성된다. 그 절절함이며 그 애틋함이며… "내 사랑"의 등장이 낯설지 않은 것은 그 선행구 때문이리라. "운대리 깊숙이 묻어둔" "말간 슬픔"이 소리치며 날아와 독자의 영혼에 닿는 것도 그런 까닭에서이리라.

정희경 시인의 상상력은 류현서 시인의 상상력과 교접하는 듯하다. 물과 달의 이미지가 두 편 모두에서 썩 적절히 어울려 나타난다.

저문 날 강가에 서면 징검다리가 되고 싶다
세상 엉긴 북소리를 찬물로 헹군 뒤에
달뜨면 달의 손잡고 그리움이 건너가게
　　　　　　－ 류현서, 「징검다리」 전문 (『시조미학』 2019 여름호)

이종문 시인은 시조단에서 갈래짓기 어려운 독특한 시인이다. 현대시조 계보학에서 홀로 선구자이며 그 적자이며 독자적 전통의 완성자가 될 것이다. 그는 매우 색다른 상상력의 위치를 보여준다.

그 때 생각나서 웃네, 그녀를 괴롭히는 그 자식이 빠지라고 물웅덩이 메운 뒤에 그 위에 마른 흙들을 덮어뒀던 그 때 생각

그때 생각나서 웃네, 그 자식은 안 빠지고 어머야 난데없이 그녀가 풍덩 빠져 엉망이 되어버렸던 열두어 살 그때 생각

그때 생각나서 웃네, 어떤 놈이 그랬냐며 호랑이 담임 쌤의 불호령에 자수했다 열흘간 변소 청소를 혼자 했던 그 때 생각

그때 생각나서 웃네, 늦게 남아 청소할 때 그냐가 양동이에다 물을 떠다 날라주어 세상에 변소 청소가 그리 좋던 그때 생각
　　　　　　－ 이종문, 「그때 생각」 전문 (『시조정신』 2019 3호)

영혼의 울림은 주로 눈물을 동반하게 마련이다. 슬픔도 눈물로 드

러나지만 감동도 눈물의 원인이 된다. 감동의 눈물은 영혼을 맑게 해주는 정화의 기능을 지닌다고 한다. 카타르시스(Catharsis)란 그런 것이다. 이종문 시인의 텍스트가 선사하는 웃음 혹은 미소도 같은 비중으로 영혼을 맑히리라 믿는다. 대체로 잊혀지고 사라진 집단의 기억, 그 파편들을 이종문 시인은 골동품처럼 간직하고 있다. 그 값어치가 어마어마한 것임은 두말할 나위가 없다. 물질적 풍요의 시대에 우리가 망각한 것이 무엇이었는지 보여준다.

이야기를 끌어가면서 후렴 대신 시인이 사용한 것이 도입의 반복구이다. "그때 생각나서 웃네"를 신호탄으로 하여 조금씩 그 영토를 확장해가는 기억의 틈입이 조화로와 반갑다. "양동이"도 "변소"도 "물웅덩이"도 이제는 망실된 추억의 조각들이다. "어느 놈"으로 대표되는 선생님의 "불호령"도 이미 전설처럼 아득하다. "그때 생각"이 대표하는 유년의 치기와 순수, 문득 그것이 낯선 것이 되어버린 현실이 더욱 낯설다. 그것이 낯설게 느껴질 때까지 이토록 멀리 와버렸다는 사실이 새삼스레 슬프다.

끈적끈적하고 물컹물컹한 이질적 육체를 정성스레 탐하는 에로스의 발현에서부터 물에 담갔다 건져낸 달의 형상에 이르기까지 다채로운 이미지들을 거느린 텍스트들이 돋보이는 계절이다. 감각의 강렬함은 건강한 생명의 특권이리라. 강렬한 감각은 대상의 매혹에서 비롯된다. 그 매혹에 적극 동참하고자 하는 주체의 의지도 필요하다. 조선희 소설가가 쓰듯 영혼의 교접에도 오르가즘이 있다. 틀림없이 그렇다.

시조는 언어예술이며 철학이며 역사다

1. 언어예술로서의 시와 시조

'K-팝'의 인기로 인하여 한국어를 배우려는 외국인이 늘어난다고 한다. 대중 문화가 일반인에게 지니는 호소력이 매우 크다는 것을 보여주는 사실이다. 우리의 경우에도 마찬가지였다. 안정효 소설가의 『할리우드 키드의 생애』를 읽어보면 할리우드 영화와 영어 팝송을 들으며 미국 문화를 내재화해온 우리 한국인들의 모습을 볼 수 있다.

그런데 한국 문화의 깊은 맛은 우리 전통 문화 속에서 더욱 쉽게 찾을 수 있다. 우리 말이 지닌 자연스러운 리듬감은 전래되어 온 민요나 시조 혹은 판소리에서 가장 잘 나타난다. 2019년 봄호 『나래시조』에서 최도선 시인은 지적한다. "힙합을 좋아하는 아이들, 흥이 넘치는 DNA를 지니고 있는 이 민족들의 후손들이 시조를 읊조리며 어깨춤을 추며 살아갈 수 있는 터전을 마련해줘야 하지 않을까." 우리 말의 가장 유연하고도 자연스러운 면모가 시조나 민요등 고전 시가 장르에서 잘 드러난다. 유튜브에서 찾아볼 수 있는 송순섭 명창의 '흥보가'가 그 한 예이다. 그 판소리 연행 장면 아래에 등장하는 댓글이 흥미롭다. "힙합보다 멋있다"고 적혀 있다. 국문학자 조동일 교수가 어린 시절 듣던 우리 민요를 노래하는 장면을 본 적 있다. "귀야 귀야 가마귀야, 지리산 속 갈가마귀야"하고 그는 노래했다. 그 짧은 노래 마디에 드러나는 말의 재미에 주목해보자. 귀, 가마귀, 갈가마귀로 이어지는 말의 유희가 참으로 흥미롭다. '귀'는 아직 의미를 형성하지 못하는 음절이다. 문법적으로는 정합성에서 일탈한 표현이다. 그러나 그 음절은 뒤따르는 '가마귀'와 '갈가마귀' 어휘에 의해 한 박자 늦게 뜻한 바를 드러내게 된다. 그렇다면 그 '귀'음절은 청자의 호기심을 자극하여 노래하는 사람에게 주의를 기울이게 만드는 환기 장치라고 볼 수 있다. 그렇듯 먼저 무심한 듯 발화하고 이어서 시간의 경과를 두고 발화자의 의도를 드러낸 다음 그 드러낸 바를 더욱 구체화하는 3단계의 구조가 짧은 노래말 속에 들어 있음을 확인할 수 있다. 우리 민요, 그중에서도 이야기를 지니는 서사구조가 외부의 도전, 그 도전에 대한 응전, 그리고 화해의 3 층위로 구성되어 있다고 조동일 교수는 또한 밝히고 있다. 시조단이 유념할 것은 우리 전래의 노래가 지니는 의미를 찾고 그 전통을 이어나가는 데에도 있겠다. 그러나 말 그 자체의 속성을 헤치며 말의 재미를 찾고 우리 말이 지닌 아름다움을 지키고 키워나가는 것도 또한 중요하다고 본다. 이러한 맥락에서 문무학 시인이 지속적으로 발표하는 「한글자모 시로 읽기」는 매우 흥미로운 텍스트이다.

> 'ㅂ'은 별자의 초성 초롱초롱 빛을 낸다
> '별'자 쓰다 획하나를 놓치거나 겹쳐 쓰면

그 벌로 벌에게 한방 쏘일지도 모른다.

　　　　　　　　　　－ 문무학, 「한글자모 시로 읽기: 닿소리 ㅂ」 전문

　　　　　　　　　　　　　　　　　　（『나래시조』 2019 봄호）

　　문무학 시인은 소리의 음가를 세심히 살피면서 그 소리가 지니는 고유한 분위기를 그려 낸다. 동시에 어떤 특정한 소리가 불러일으키는 상상의 세계를 재현한다. 우리 말을 갈고 다듬는 일을 국어학자와 더불어 시인과 소설가들이 열심히 해오고 있어 우리 말의 내포와 외연이 더욱 심화되고 확장되고 있다. 더욱 강조되고 부단히 지속되어야 할 작업이라고 본다. 프랑스 영화 〈파리의 딜릴리〉의 장면이 떠오른다. 영화의 한 장면에 하늘을 날던 탈 것에서 내려오는 어린아이들의 모습이 있었다. 그 아이들을 안아주는 부인은 하나씩 예쁜 이름으로 그들을 호명한다. 내 아기 돼지(mon cochon) 내 인형(ma pupée), 내 천사(mon angelot)… 문득 우리말에서 그런 어휘에 맞먹는 말이 있나 생각해보게 되었다. 아이들의 어여쁨에 대한 경탄을 가득 담은 호명의 언어가 무엇일까 찾아보았다. 그리고 깨달았다. "이 놈"이 "어린이"로 변화한 것이 불과 한 세기 안팎의 일이라는 것을. 우리의 시인 소설가들이 필자로 하여금 그런 생각이 필자의 무지의 소치임을 깨닫게 해주었으면 좋겠다. 당장 머리 속에 떠오르는 사랑의 명칭은 별로 없었다. 혹자는 드물게 그와 유사한 이름으로 어린이를 불러보겠지만 우리 문화 속에서는 그 호칭이 매우 부자연스럽게 들릴 것이라고도 생각해보았다. 어여쁜 언어로 아름다움을 마음껏 그려내고 그런 어휘가 곳곳에서 교환되는 문화의 시절이 빨리 오기를 기대한다.

　　유재영 시인은 아름다운 언어들을 질료로 삼아 한 폭의 수채화처럼

봄 풍경을 그려낸다. 연두와 초록, 모두 곱고 고운 색깔의 언어이며 희
망과 생명의 상징어이다.

　　마침내 봄 하늘에 구멍을 뚫어놓고
　　굴참나무 신방 차린 딱따구리 젊은 부부
　　눈부신 신록의 한때, 산도 몸을 뒤척인다

　　큰 바위에 몸 숨기고 입술 포갠 저 분홍!
　　어린 햇살 몰려와 맨살 마구 비벼대면
　　겨드랑 간지러워라 실눈 뜨는 마애불

　　메아리 푸른 곡선 넘칠 듯 잦아질 듯
　　연두에서 초록까지 넘어온 시간 앞에
　　버들치 헤엄친 물이 은지처럼 구겨진다
　　　　－ 유재영, 「연두에서 초록까지」 전문 (『서정과현실』 2019 상반기호)

　산도 몸을 뒤척이고 마애불도 돌로 굳은 육체를 포기한 듯 "실눈
뜨"고 그 봄의 기운에 동참한다. 신록, 입술, 어린 햇살, 맨살, 실눈,
버들치, 은지… 참으로 곱고 신선한 낱말들이다. 우리 어린이들을 부
를 때 '버들치, 은지, 어린 햇살…' 이렇게 부른다면 어떨까? "겨드랑
간지러워라"하면서 햇살처럼 모두가 미소 짓게 되지는 않을까?
　정수자 시인은 말의 속내를 샅샅이 헤쳐보며 말들이 숨긴 비밀을 염
탐하는 시인이다. '있음'과 '없음' 사이, 존재와 부재 사이, 발화와 침묵
사이… 같은 듯 다르고 다른가 하면 같은, 모순의 세상을 정수자 시인
은 그린다. 세상을 이루는 모든 이항 대립의 견고성을 탐구하고 재현

하는 작업을 보여준다. 견고해 보이는 이항 대립의 벽이 사실은 연약한 것임을 드러낸다.

애인이 없다는 건 좀 외로운 노릇이다

애인을 둔다는 건 더 외로운 노름이다

탕진한 기다림 같은 흰 터럭을 줍다 말고

외롭다 부는 것은 혀끝 쓰린 방백이다

외롭다 다문 것은 시울 시린 방언이다

헛꽃의 혈흔을 읽다 바람이나 또 과음하듯

— 정수자, 「아마」 전문

정수자 시인이 추구하고 있는 바, 언어의 속성에 대한 연구는 그의 '시작노트'에도 드러난다. 시인은 최소한의 말을 찾아가는 자세를 다짐한다. "허건만 버리기는 어렵다. 잘 버리기는 더더욱 힘들다… 줄임과 버림 너머의 텅 빈 충만 속에 이르도록." 버리고 잘 버리는 법을 익혀 꼭 남겨야 할 몇 가지만 남기는 것, 그것은 모든 시인의 숙제일 것이다. 시조는 버려야 비로소 충만해지는 말의 장르임이 분명하다. 박기섭 시인이 자신의 '시작노트'에서 밝힌 언어의 "발효" 개념 또한 버릴 말을 버리는 일과 일맥상통하는 것일 터이다.

김정연 시인은 말의 재미를 탐구하며 텍스트 실험을 통해 그 재미를 극대화하는 시도를 보여준다.

1.
끼어들까 놓칠세라 바싹 붙어 따라간다
건널목 점멸 신호에 주춤대다 멈출 줄이야
어어어(御御御) 브레이크도 소용없네 그만 ㅋ ㄴ ㅏ ㅇ

2.
임계서리 그 밖에서 흔들리며 흔들며 간다
교차로 노란 신호에 내빼듯 건널 줄이여
허허허(虛虛虛) 바라만 보네 멀어지는 너 너 너
　　 – 김정연, 「사랑, 면허는 있니?_ 안전거리」(『정형시학』 2019 여름호)

'어어어, 허허허'라는 의성어(onomatopoeia)를 포착하여 적절한 위치에 배치함으로써 시적 의도를 극대화하고 있다. 더 나아가 '쾅'과 '너'에서는 그 어휘를 해체하고 반복하며 새로이 배치한다. 언어들로 하여금 텍스트에 봉사하도록 명령하는 것이다. 그리하여 기존 현대시의 다양한 형식적 실험 시도를 뛰어넘는다. 매우 효과적이고 성공적인 실험시를 생산하기에 이른다. 고루한 전통적 형식에 사상을 가두려는 무의미한 시도가 시조 쓰기라고 오해하는 독자들이 있다. 그들의 견해를 반박할 만한 텍스트이다.

2. 시조의 철학 혹은 철학과 시조

우리 시단과 시조단은 시인의 철학을 언어로 재현하는 텍스트를 더 많이 생산할 필요가 있다. 시인은 한편으로는 우리말을 정교하게 다듬는 언어의 정밀 세공사의 역할을 담당해야 한다. 동시에 다른 한편으로는 문학은 인간의 보다 나은 삶에 봉사하는 것임을 기억해야 한다. 꿈꾸고 그 꿈을 그려내는 자가 시인이다. 전지구화 시대, 한국 문학이 번역되어 우리의 시인들이 세계 모든 사람들과 작품을 공유하게 될 것을 그려본다면 더욱 그러하다. 시인의 섬세한 언어 유희까지 외국어에서 적절한 대응항을 찾아 번역해 내기는 어렵다. 예를 들어 서정주의 「동천」을 영어로 번역해 놓은 텍스트는 사실상 영어 동시로 읽히기 쉽다. 텍스트에 등장하는 이미지는 눈썹과 눈썹 같은 달과 아마도 기러기일 듯한 숨겨진 새 등에 불과하다. 그 대상을 그려내는 언어의 깊은 맛이 그 텍스트의 진수인데 번역 과정에서 그 맛은 대부분 유실될 수 밖에 없는 운명을 지닌다.

'굳이 철학이 시에 필요한가'하고 혹자는 반문할 수도 있다. 그러나 최소한 현대 시조단에는 시조 철학이 절실히 필요하다고 필자는 주장한다. 철학자 니체는 "왜"를 알면 "어떻게"는 자연스럽게 알게 된다고 했다. 현대 시조단에서는 어떻게 시조의 특징을 규정할 것인가 하는 문제를 두고 여러 시인들이 고민 중이다. 3장 6구의 정형성에 보다 더 충실할 것인가 혹은 더 많은 자유를 형식에 허락할 것인가를 두고 논쟁을 벌이곤 한다. 시조란 무엇인가? 왜 굳이 오늘날 시조 형식을 빌어 사상과 감정을 표현해야 할 것인가? 그런 질문들은 모두 시조 철학에 대한 질문의 다른 표현들이다.

이스라엘에 살고 있는 팔레스타인 시인 타하 무하마드 알리(Taha Muhammad Ali)의 시 「복수(revenge)」를 최근 감명 깊게 읽었다. 필자는 아랍어를 모른다. 그러므로 영어 번역본을 통하여 그 시인이 지칭하는 죽음의 정체를 어렴풋이 그려볼 수 있을 뿐이었다. 언어의 한계를 넘어서서 호소력을 지니는 것은 그 시의 사상이며 그 사상은 철학의 다른 표현이다. 축출당하고 비난과 소외 속에 살아가야 했던 한 팔레스타인 시인이 있다, 오랜 고통의 세월 뒤에 복수를 노래한다. 그 복수는 결국 사랑으로 한 눈 감으며 자신의 삶을 묵묵히 잘 살아가는 것이라고 시인은 이른다. 시인의 언어를 알지 못하지만 번역물을 통해 시인의 사상과 그의 교훈에 동의하고 그의 사상을 내면화할 수 있다는 것은 즐거운 일이다. 시인에게는 그의 생애, 그의 역사가 부여한 독특한 고통이 있다. 그 고통의 끝에서 시인이 찾아낸 철학이 텍스트에 실려 있어 세계의 독자가 그것을 공유한다. 전쟁, 분단, 가난, 그리고 경제적 성공 등으로 이어지는 굴곡 많은 역사를 통과해온 존재가 한국의 시인들이다. 그 역사 속에서 얻은 철학이 드러나는 시를 더 많이 읽고 싶다.

삶의 모든 고난에는 이유가 있을 것이다. 그 고난의 끝에서 원망과 분노의 열매를 따기도 하고 사랑과 강인한 정신의 과실을 얻기도 한다. 삶의 희노애락을 묘사하는 것도 시인의 몫이고 묘사를 넘어서서 부추기며 앞으로 나아갈 수 있는 힘을 불어넣는 것도 시인의 역할이다. 인생의 다양한 고비를 돌면서 지혜를 찾고 깨우치는 텍스트들을 눈여겨 본다.

어둔 밤 더듬더듬 새로운 길 찾아간다

어머니의 말씀은 늘 '세상이 다 책상이다'
사소한 바람까지도 허공 위의 책이라고
강물이 흘러가는 물살에도 길이 있다
민들레 씨 나는 것을 허투루게 보지마라
꿈이란 아무 곳에서나 머무르지 않는다
　　　　　　　　－ 최도선, 「책상」 전문 (『시조정신』 2019 춘하호)

　최도선 시인의 텍스트는 문학이론가 에드워드 사이드(Edward Said)를 생각나게 한다. 온 세상이 다 텍스트라고 사이드 또한 이른 바 있다. 바람과 강물, 그리고 민들레 씨… 자세히 들여다보고 음미해보면 모두가 자신만의 철학을 가진 채 존재하는 물상임을 알 수 있다. 바람도 책이 되고 강물도 길을 알려준다. 꿈은 쉽게 머무르지 않고 어딘가로 날아가고… 세상이 책상이라면 시인은 그 책상 앞에서 쓰고 지우고 다시 쓰는 일을 계속해야 할 것이다.

　사랑과 그리움은 서정시의 오랜 전통을 이루어온 주제였다. 사랑의 필요조건은 희생일진대 그 희생의 마음을 울림이 강한 언어 속에 스미도록 만든 텍스트로 이지엽의 「마음의 소를 찾다」 한 부분을 들 수 있다.

풍경

하늘을 담아서
네가 살 수 있다면
나는 그렇게
산을 강을 누벼가리

목숨이 스러질 때까지

일평생을 우는 풍경

　　　　　　　　　　　- 이지엽, 「마음의 소를 찾다」 부분

　하늘, 산, 강이 배경으로 등장하고 풍경은 마지막에 모습을 드러낸다. 하늘이라는 천상의 공간은 '너'의 영역이 되고 '나'는 산과 강이라는 지상의 영역에 속한다. 그 산과 강을 "누비"는 바람으로 시적 화자는 자신의 삶을 형상화한다. 바람의 존재는 텍스트의 전면에 드러나지 않는다. 내재 되어 있을 뿐이다. 바람처럼 눈에 띄지 않는 존재가 사랑의 본질에 충실한 존재라 볼 수 있다. 그 실체를 볼 수는 없으나 움직임은 있다. 그것이 바람이다. 그처럼 숨은 존재로 자아를 축소하는 것, 그것이 희생의 정신이고 그것이 궁극적으로 사랑을 실현하는 것임을 시인은 보여준다. 대상과 자아와의 거리를 하늘과 땅만큼으로 벌려놓은 다음, 시인은 이윽고 자신의 모습을 드러낸다. 풍경을 텍스트의 끝에 배치한 것이다. "풍경"은 바람의 흔적이며 바람의 존재 증명이다. 바람이 없으면 풍경의 존재는 의미를 잃는다. 바람이 원인이 되고 풍경은 그 바람의 결과물로만 존재할 뿐이다. '산과 강을 누벼가리'라고 썼다면 시의 음악성에 무심한 시인이리라. 바람은 산과 강을 누벼가지 않는다. 산을 누비고 또한 강을 누빈다. "산을 강을 누벼가리"라고 하여 '을' 음가의 동일성을 효과적으로 이용할 때 그는 시인이다. 쉽게 욀 수 있는 시는 그런 시인의 몫이다.

　이은주 시인은 '사위어가는 삶'을 그려낸다. 세월의 풍화작용 끝에 육체는 닳아지고 얇아지는데 영혼조차 세월을 거꾸로 짚어가는 듯 어린 시절로 돌아가는 모습을 보여준다. 시인은 그 회귀의 공간에서 삶의 의미를 찾고 있다.

목각처럼 누운 노인 거스러미 일어난 뒤
거칠한 목소리로
어므이— 어므이 ――

병원의 2층 복도가 동굴처럼 길게 운다

처음 뗀 그 말만 오롯에 생에 남아
굳는 혀 애써 펴며
약속처럼 당겨본다

산도를 또 지나는지 그 길 붉고 어둑하다
　　　　　　　　　– 이은주, 「요양병원 복도」 복도 (『시조시학』 2019 여름호)

　이청준 소설가가 '삶의 본 자리'라고 불렀던 것이 바로 이런 장면이었을까? 태어난 곳, 처음 눈에 들었던 것, 최초로 불러본 이름… 결국은 거기로 돌아가기 위해서 인간은 전 생애를 바쳐 앞으로 앞으로 발걸음을 떼 놓았던 것은 아니었을까? 우리들 모두의 삶의 흔적이 또한 그런 모습이 아닐까?

3. 사회와 역사의 시

　시의 철학이란 개인적인 내면의 세계에 한정되어 드러나는 것이 아니다. 시인이 몸 담고 있는 사회의 현실을 직시하고 그려내며 그로써 사회의 진보에 기여하는 것도 철학이다. 동시대의 사회를 그려내는 것만이 아니라 과거의 시간과 공간을 찾아가는 역사 서사도 철학의 연장이다. 김진숙 시인은 우리 시대, 진로가 차단된 듯이 보이는 청년의 모습을 그린다. 전망 부재의 현실 속에서 청년이 느끼는 좌절감의 무게가 그대로 텍스트에 실려 있다.

> 꿀꺽 삼킬 수 없어 목구멍에 딱 걸린
> 스무 살 까슬까슬한 봄 언덕 같은 힘으로
> 이제는 너의 차례다, 무른 땅은 파지마라
>
> 골목길 걷다보면 겁이 덜컥 솟아나지
> 담장 너머 잠든 밤도 가끔은 무서워서
> 북극성 이마에 대고 컹컹 짖어댄다는 걸
>
> 한참을 울었구나, 굳게 닫힌 철문 앞에서
> 어젯밤 소주병도 너처럼 쓰러졌구나
> 헤집고 돌아다니다 길을 순간 놓쳤구나
>
> 때로는 나였다가 때로는 너였다가
> 시대를 가로지르는 산사조각 같은 것
> 사랑도 울 줄 알아야 한치 앞이 보인다지
> ― 김진숙, 「청춘을 위한 랩소디」 전문 (『문학청춘』 2019년 여름호)

상실은 이제 우리 세대의 일상이 되었다. 젊은이는 전망을 상실하고 기성 세대의 인물들은 활기를 일정 부분 자발적으로 상실하면서 안정을 대가로 얻은 듯하다. 기억력도 함께 상실하여 사람 이름도 물건도 자주 잊거나 잃어버리곤 한다. 젊은이는 시간이 흘러 기회를 얻으면 전망을 획득할 수 있겠지만 이제 더 잃어버릴 것만 남은 사람들은 어찌 살아가야 하는 것일까? '상실을 수용하고 상실감과 화해하기'라는 결심을 표어로 내걸어 보면 어떨까? 비가 내릴 때면 해 뜬 곳을 생각하고 해바라기를 잃었다면 해바라기가 피어 있을 다른 곳을 떠올리면 어떨까? 내가 잃어버린 것이 하늘로 날아올라 별이 되어 반짝일 수 있다면… 그런 상상을 해보는 이의 마음에서는 상실이 꽃으로 피어나고 무수한 별 무리로 바뀔 수 있을 것이다. 정희경 시인은 우산을 잃고 상실의 시를 쓴다. 고흐의 해바라기가 그려진 우산이다. 우산 없는 지하철 역 앞에는 비가 내리지만 시인의 텍스트 속에서 해바라기는 프랑스의 아를로 돌아가 다시 활짝 피어난다. 우산은 사이프러스의 별이 된다. 우산 없이 비를 맞지만 우산의 그림이 펼치는 상상의 공간에서는 해가 나도 별도 뜨고 꽃도 피어난다. 그렇다면 상실도 그럴듯한 인생 경험일 것임에 틀림없다.

고흐가 선물해 준 해바라기를 두고 내렸다

타히티역 출구에 후두둑 비가 내린다

떠나온 아를의 방에 해바라기 피겠다

손을 떠난 우산은 사이프러스의 별이 되거나

거울 속 자화상으로 선명히 남아 있다

원시의 타히티섬엔 해가 반짝 나겠다
    − 정희경, 「우산에 관한 기억」 전문 (『문학청춘』 2019년 여름호)

김영순 시인은 기억 속의 한 장면을 그려내면서 우리의 공적 역사에서 망실된, 소중한 가난의 날들을 그린다.

시골이 늘 그렇듯 지치도록 무료하면
동짓날 또래들 모여 무 댕강 잘라 놓고
저마다 속을 파내어 거꾸로 매달았다

무청에 꽃 피어야 시집 갈 운수라며
밤에는 자리끼도 몰래 한 잔 따라 놓던
처녓적 내 어머니도 손 몇 번 비볐을까

지나쳐 온 이름도 어느 순간 간절하듯
허공에 내린 꽃대 유턴하며 꽃 피운다
무꽁지 깊어진 겨울
깊어지는 어머니 생각
    − 김영순, 「동짓날, 무점」 전문 (『제주문학』 2019년 봄호)

제주 시인의 텍스트에는 고독과 상실의 정서가 깊이 배어있다. 시인은 사회 진출의 기회나 자기 실현의 가능성이 제한적일 수 밖에 없었던 역사를 시적 배경으로 삼고 있다. 그 시간 속의 한 페이지에 압화처럼 고이 간직했던 처녀 시절의 꿈을 생생하게 재현한다. 마치도 김용익의 소설, 「꽃신」을 읽는 듯하다. 한 생애를 다 바쳐서라도 지키고 싶은 것. 꽃신 쟁이가 짓는 한 켤레 꽃신은 꽃신 짓는 장인의 예술가로서의 자존심이다. 자신의 문화와 전통에 대한 그의 자부심이다. 동짓날 어린 여자아이들이 모여 무 속을 파내고 매다는 일은 꽃신 짓기와도 같은 예술 행위라고 볼 수 있다. 로댕의 조각만이 조각이 아니라 속을 파낸 무도 여성 예술가들의 조각품이라 불러야 한다. 거기 꿈을 불어넣으면 이미 예술품이며 거기에 기원을 보태면 차라리 그것은 종교적 제의의 상징물에 해당할 것이다. 일상의 무가 꿈과 추억의 매개자이며 담보자가 된다. 지나쳐 온 이름이 간절할 때가 있다. 시인은 그런 삶의 철학을 나누기 위하여 처녀 시절의 기억과 어머니의 이미지를 적절히 텍스트에 배치하고 있다.

척박한 삶을 그리는 것이 슬픔의 정서로만 가득 찬 텍스트를 이루어야 할 이유는 없을 것이다. 힘든 삶의 결에 속속들이 스민 희망과 꿈과 성취의 기억을 찾아내고 시로 쓰는 일은 문학의 본령에 해당한다. 장편 소설이 될 만한 소재와 주제를 한 편의 시로 쓰는 일은 쉽지 않은 작업이다. 더군다나 시조의 정형성 속에 한 인물의 삶을 고스란히 담는다는 것은 여간 힘들지 않을 것이다. 그 작업을 거뜬히 수행해 낸 텍스트를 보자.

> 달도 별도 반딧불도 불을 끈 밤이었다지
> 온 종일 돌염전을 일구던 엄쟁이 박씨
> 밥 한 술 뜨는 둥 마는 둥
> 소 끌고 또 나섰다지
>
> 아, 글쎄 그 양반이

육십 고개 넘어서야
난생 처음 제 이름에
산밭떼기 산 뒤부터
쇠뿔에 등 걸어놓고 밭갈이를 했던 거라

받아라, 막걸리잔
소랑 그가 대작했다지
오늘 문득 애월에 와
그말에 나도 취해
등짝에 등대불 걸쳐 난바다가 갈고 싶다

- 오승철, 「쇠뿔에 등을 걸고」 전문

　오랜 노동의 결과물로 농지를 소유하게 된 한 인물의 삶을 오승철 시인은 그린다. 자신의 성취에 스스로 취해 밤에도 불을 켜고 밭을 가는 흥겨운 삶이 텍스트에 이어진다. 밤의 밭갈이가 끝나고 밭 갈던 소를 불러 앉혀 대작하는 농심이 또한 그려진다. 마침내 텍스트 속의 주인공과 자신을 동일시하며 시적 화자가 텍스트에 뛰어든다. 조동일 교수가 서정시 장르는 '외적 세계의 자아화'라고 규정한 바 있는데 그 정의에 정확히 부합하는 서정시를 오승철 시인은 보여주고 있다. "쇠뿔에 등을 걸고" 늦은 밤 밭갈이를 하던 제주의 한 엄쟁이의 삶이 우리 역사의 한 부분으로 기록되었다.

　김석범의 『화산도』가 해방으로부터 4.3에 이르는 제주의 역사를 다시 그린다. 비엣 탄 응웬이 베트남 전쟁 담론에서 묻히고 지워졌던 북베트남 사람들의 목소리를 복원한다. 박영한 소설가가 사이공 함락의 날을 다시 그린다. 고 이승만 대통령의 부인, 프란체스카 여사가 자신이 체험한 한국동란을 회고록으로 기록한다. 소설이나 회고록만이 역사를 다시 쓰고 고쳐 쓰는 것이 아니다. 언어를 세공하고 세상을 철학 텍스트로 읽으며 역사를 다시 쓰는 우리 시조단의 시인들도 그 작업에 동참하고 있다. 어쩌면 시인의 작업이 더 효과적일지도 모른다. 짧아서 독자가 외기가 좋으므로….

중생이 앓으니 나도 앓는다

1. 현실이라는 미궁과 예술이라는 인공 날개

"중생이 앓으니 나도 앓는다. 마지막 중생의 아픔이 나으면 나도 나으리라." 유마경(維摩經)의 한 구절이라고 한다. 갈, 봄, 여름 없이 중생은 앓고 또 앓는다. 조락의 계절, 가을은 그 앓음이 별나게 부각되는 계절일 것이다. 만산홍엽의 가을 산으로 걸어 들어가는 것은 그 아픔을 잊어보려는 힘든 몸부림 같다. 삶은 연속되는 고난과 도전으로 이루어지는 것이리라. 그렇다면 행복이란 장마철 먹구름 사이로 가끔씩 비치는 햇살 같은 것일지도 모른다. 그 햇살조차 없다면 암울한 현실을 견뎌나가기가 너무나도 어려울 것이다. 삶이 순조롭거나 여의치 않을 때, 그 고통 속에서 예술은 탄생한다.

김환희의 『옛이야기 공부법』을 읽다가 다음 구절에 밑줄을 쳤다. 예술가는 현실이라는 미궁을 탈출하기 위해서 예술이라는 인공 날개에 의존한다. 앞뒤로 벽이 둘러쳐 있어 어디로 가야 할지 알지 못한다. 그것이 바로 인간의 존재 양상이리라. 그 미궁 같은 현실과 대결하면서 시인들은 언어를 질료로 삼아 수없이 인공 날개를 만들어 붙여본다. 잘 빚어진 날개를 볼 때 자유의 기미를 거기서 보는 것은 그런 까닭이리라.

최영효 시인은 '사량도'라는 고유명사를 지닌 섬을 '사랑도'라는 이름으로 바꾸어 부른다. 그러면서 '사량'이라는 이름과 '사랑'이라는 말의 뜻의 경계를 재어보고 무너뜨리고 다시 잰다.

사량도 사람들의 사량도는 사랑도다
썰물이 밀물이 되고 밀물이 썰물이 되는
떠나서 다시 못 가 내 사랑 사량도다

사랑을 떠나서는 누구나 섬이 되고
사량도 돌아가면 다시 출렁 사랑이 되는
가다가 되돌아서는 내 사랑도 사량도다

누구나 마음 한 켠 사랑도를 두고 산다
사량도 가고 싶다는 먼 사람 사랑도 여기
이 세상 모든 사람의 사랑도는 사량도다

— 최영효, 「사량도는 사랑도다」 전문

'가다'와 '되돌아서다'가 다른 듯 같은 행위임을, '떠나다'와 '돌아가다'가 그처럼 또한 다른 듯 같은 것이고 그 결에 섬이 곧 '사랑'이고 '사랑'이 곧 '사량도'이다. 서로 얽히고 설킨 채 가는 것이 오는 것이고 썰물이 밀물이며 밀물이 썰물인 곳, 그것이 곧 '사량도'라는 묘한 이름이 불러오는 사랑도의 환상이기도 하다. 3수로 전개되는 시인의 사유 속에서는 많은 것의 경계가 스스로 소멸하고 있다. "사량도 사람들의 사량도는 사랑도다"로 시작하여 "이 세상 모든 사람의 사량도는 사랑도다"로 종결될 때 까지 사랑과 사량은 서로에게 스미고 섞여든다.

그런데 사량도는 이미 사랑도였음에 틀림없다, 최영효 시인이 노래하기 전부터 사량도는 사량도가 아니라 사랑도였을 것이다. 박경리 소설가의 소설 중에는 '사랑섬 할매'라는 제목의 단편이 있다. 그 단편의 존재는 통영 일대의 사람들이 그 섬을 사랑도라고 한결같이 불러왔음을 알 수 있게 해준다. 사랑도라는 고유명사가 사량도로 잘못 표기된 것이었음을 짐작할 수 있다. 그와 같은 개명, 즉 이름의 변화는 일제 시대의 슬픈 유산임에 틀림없다. 조선 사람들만 창씨 개명을 강요받은 것이 아니라 조선 땅도 더불어 개명을 당하였던 것이다. '마른내'를 '건천(乾川)'으로, '제물포'를 '인천(仁川)'으로 '통개'를 '通浦'로 '은개'를 '隱浦'로 함부로 바꾼 예들에서 보듯 한자어로 표기하기 위해 억지로 갖다 붙인 이름이 사량도일 것이다. 시인은 그런 역사적 사실을 확인하는 역사학자가 아니다. 그의 상상력, 즉 그가 만들어 붙인 인공 날개로 날아올라 유영하는 하늘에서 사량도는 자연스럽게 제 원래의 이름을 회복했을 뿐이다. 구체적 사실보다 상상된 사실이 더욱 진실하다는 것이 놀랍지 않은가?

김덕남 시인은 "중생이 앓으니 나도 앓는다" "마지막 중생의 아픔이 나으면 나도 나으리라"라고 스스로에게 이르는 듯하다. 살아간다는 것의 아픔, 그러나 살아있다는 사실의 존엄함이 감정의 과장이나 언어의 미화 장치를 거치지 않은 채 오히려 더욱 충직하고도 소박한 모습을 스스로 드러내고 있는 텍스트를 선보인다.

빈 병 하나 박스 하나 이게 내 밥이여 밥!
새벽같이 길바닥을 눈 뒤집고 살피는디
빠앙 빵 울리지 마라, 내 귀 아직 살았웅께

뼈마디에 바람부니 슬하가 시려오네
꼬장한 성깔이야 굽은 등에 감추었지
숨질은 가빠오는데 해는 벌써 중천이고

오금 달달 떨려와도 이게 내 목숨줄잉께
아무렴, 산 입에 거미줄이야 칠 수 없지
범보다 더 무섭다는 목구멍을 달래야제.
　　　　　– 김덕남, 「한끼 1」 전문 (『서정과 현실』 2019 하반기호)

　빈 병 하나, 박스 하나, 밥, 목숨줄, 거미 줄, 목구멍… 살아 있는 목숨의 구체적이고도 절박한 대응물이 텍스트에 드러난다. '밥벌이'라는 절대 절명의 요구에 순응하는 육체의 묘사는 더욱 구체적이다. 뼈마디, 바람, 슬하, 시리다, 굽은 등, 숨질, 오금… 거친 현실과 쇠약해진 육체가 어우러진 곳에 '중생의 아픔'이 절절하게 드러나 있다, 우리 시대 현대 시조의 리얼리즘 정신의 현주소를 확인하게 한다.

　서숙희 시인은 희망이라는 말의 아이러니를 그대로 드러내는 '희망대로'라는 이름의 길을 그려낸다. 그 희망대로라는 이름의 터무니 없음이 희망의 이름으로 드러나는 절망을 강조한다. 길 이름이 제시하는, 더욱 깊어지고 치밀해진 우리 시대의 아이러니를 정확히 짚어내고 있다.

함성이 없어도 환하게 벋는 속도
밤을 비운 몸마다 햇살 가득 채우고
등뼈도 단단한 이 길
희망대로 달린다

지난밤을 엉겼던 눅눅한 질문들과
어긋난 자본의 턱이 바퀴를 물어도
페달 위 질주본능은 탁 트인 직진이다

희망대로, 희망대로, 주문을 굴리면서
어둠과 밝음이 서로 몸을 바꾸는 길
한 방울 푸른 잉크로 쓰는
이 아침의 새 주소
　　　－ 서숙희, 「희망대로 달리다」 전문 (『서정과 현실』 2019 하반기호)

　　이른 아침 희망대로에서 자전거 페달을 열심히 밟고 있는 존재가
있다. 아침부터 자전거를 통하여 질주 본능을 실현하고 있는 그는 아
마도 배달업을 하는 젊은 청년일 것이다. "어긋난 자본의 턱"이 그의
"탁 트인 직진"을 가로막는 방해물로 엄연히 존재하고 있다. 그러나
그 사실을 모르는 척 무시하며 그가 할 수 있는 것은 "탁 트인 직진"
을 위해 "페달 위 질주본능"을 한껏 발휘하는 것이다. "희망대로 희망
대로" 반복되는 그 이름의 시니피앙(signifiant)과는 달리 그 반복된 언
어가 서글픈 울림을 갖는 것은 어찌 된 사연일까? 시인이 이미 복선으
로 깔아 둔 "어긋난 자본의 턱"의 상징성에 압도되어 결코 온전하기 어
려운 희망임을 독자가 이미 알고 있기 때문일 것이다. '대로'라는 이름

에도 불구하고 그 길이 크게 열려 있는 길이 아님을 이미 알고 있기 때문이리라. 그럼에도 불구하고 "주문을 굴리면서" 반복하는 그 이름이 애처럽고 안타깝다. 희망대로 희망대로! 절망하기 쉬운 좁은 길에 던져진 채 "희망대로" 외치면서 열심히 페달을 밟는 청춘이 아프다. 그 아픈 청춘을 바라보며 시인이 앓는다. 시인은 그 앓이를 오묘하게 감추고 살짝 드러내며 아이러니의 텍스트를 제시함으로써 중생의 아픔을 더욱 절실하게 만든다. 중생의 앓이를 함께 앓도록 만드는 것, 그것이 시라는 이름을 지닌 텍스트의 힘이다.

문순자 시인은 소와 홀오멍과 밭갈아치와 쇠죽은 못이라는 서사적 모티프를 이어 모아 한 편의 소설을 짧은 시조 형식 속에 부려낸다. 사설시조의 형식을 빌지도 않은 채 그 복합적인 서사를 몇 줄 시조로, 그것도 3, 4조의 리듬감조차 거스르지 않으며 실어낸다는 것이 놀랍다.

찔레꽃 가뭄에도 밭갈아치 찾아온다
새벽부터 일을 나선
알더럭 홀어멍네
훅하니 꽃내음같은 살 냄새 맡았다던가

마음은 콩밭이라 날씨마저 싱숭생숭
막걸리나 연거푸 홀짝홀짝 거리다가
밥차롱 쟁기에 걸고
짐짓 드러누웠다지

그 모습 보다 못해
쟁기 잡은 여장부

사람도 헉헉 쇠도 헉헉 밭갈이 다 마쳤는데
세상에, 물 먹다 그만
급체한 저 밭갈쇠

연못이 무슨 죄랴
빠져 죽은 쇠 잘못이지
그 쇠 헉헉 끌고온 홀어멍 잘못이지
홀어멍 살냄새 맡은 그놈이 잘못이지

* 알더럭: 애월읍 하가리 옛지명
　　　　　　　　　　　　 － 문순자, 「쇠죽은 못」 전문 (『문학청춘』 2019 가을호)

　찔레꽃과 꽃 향기와 살내음이라… 재현한 이야기는 쇠 한 마리가 못에 빠져 죽은 사연이다. 그런데 그 모티프들 사이로 생명의 비의가 스며 있다. 더워지는 대지, 그 땅의 생명력이 강렬한 찔레꽃 향기를 통해 드러나고 밭갈이하는 소가 꽃향기와 더불어 생명의 또 다른 상징으로 등장한다. 땅을 갈아 밭을 일구는 일도 생명을 지켜가는 숭고한 업에 해당하겠지만 설레는 마음은 더욱 그 업에 가까운 자연의 생리이리라. 설레는 마음이 있어 생명은 이어지는 것이리라. 시인은 달리 구구히 이르지 않는다. 향기와 내음이라고 암시할 뿐이다. 마침내 그 작은 설렘은 전설처럼 오래 남아 제주섬 전체에 구전될 것이다. 하필 소가 못에 빠져 죽는 대사건을 결과로 불러왔으니 말이다. 설렘, 그 작은 파동이 불러온 파장이 육중한 소 한 마리를 못에 빠져 죽게 만든다. 설렘이 쇠 죽은 못을 낳을 때까지 은밀히 전개된 사연들을 압축하여 시적 텍스트로 담아내는 솜씨에서 문득 중생의 앓이가 증폭되어 나타난 것을 본다. '나비 효과'란 이런 사건의 관찰에서 생겨난 것임에 틀림 없을 것이다.

권갑하 시인은 장기판의 한 장면을 빌어 한반도를 둘러싼 국제정세와 한반도의 정치적 현실을 교묘하게 그려내는 수작을 보여준다.

> 빙 둘러앉으면 훈수 뜨고 으르렁댄다
> 덩달아 장군 멍군 말로 치고 박는 사이
> 한순간 장기판 위로 포(包)가 날고 졸(卒)이 운다
> — 권갑하, 「한반도」 전문 (『좋은시조』 2019 가을호)

북한의 비핵화라거니 6자 회담이라거니 남북 정상회담이라거니 조미 혹은 북미 협상이라거니 하는 제목들이 연일 뉴스거리로 떠오른다. 회담과 선언과 조율은 무성한데 그 무성함이 "한 순간"에 무화된다. 어느 한 순간 그 모든 것을 우스갯거리로 만들 듯 북한 미사일이 발사되었다고 한다. 그 많던 협상과 회담과 평화 정착의 분위기는 다 어디로 갔단 말인가? 초장과 중장이 그 무수한 회담들을 빗댄 묘사에 해당한다면 종장은 참으로 서늘한 반전을 보여준다. "한순간"이라는 종장의 시작, 시조의 요체에 해당하는 3음절의 신호어가 이 특수한 정황 속에서 신통하게 효과적인 울림을 불러온다.

백점례 시인은 참신한 상상력의 텍스트를 보여준다. 연못과 가을 기러기와 낙엽과 호수와 나목… 우리 시조의 전형적인 소재들을 다 뛰어넘어 여성의 몸을 탐구하며 여성들만이 경험하는 중생의 앓이를 그려낸다.

내가 날 묶었으니
죄목이 뭐였던가

구속에 이력이 나
법인 듯 받들다가

땡볕에 땀을 훔치며
해방을 외쳐도 보고

거칠 것 없는 몸으로
탈옥을 연습해도

무엇이 부끄러워
빗장 풀지 못하나

씨방도 저물 즘에야
구금에서 풀려날까
— 백점례, 「노, 브라」 전문 (『화중련』 2019 하반기호)

죄목도 없이 스스로의 몸을 묶고 고문하고 "빗장" 거는 여성의 삶을
적절한 은유를 들어 그려내고 있다. 시인은 문화의 제압에 맞서며 조
용한 목소리로 항거하는 모습을 보여준다. 탈옥, 구금, 빗장, '브라'를
착용한 몸에서 여성들이 스스로 걸어 들어간 감옥의 공간을 읽어낸다.
나이 든다는 사실을 "씨방도 저물 즘에야"라고 비유한 솜씨가 탁월
하다. 여성 시인들이 자신의 몸과 고유한 목소리를 그려내고 있다. 중
생이라는 이름만으로는 다 포용할 수 없는 여성이라는 존재, 그들 고

유의 앓이를 백점례 시인은 그려내고 있다.

2. 마지막 중생의 아픔이 나으면 나도 나으리라

민병도 시인의 「별」은 매우 전통적인 서정성을 바탕에 둔 채 시인만
의 고유한 아픔을 오롯이 그려낸 텍스트이다.

아버지 베옷 입고
하늘 길 떠나시며

내가, 맨발인 내가
따라오지 못하도록

평생의 빈 소주병 부숴
천지사방 뿌리셨네

– 민병도 「별」 전문 (『좋은시조』 2019 가을호)

별, 소주병 깨진 가루, 아버지 가신 하늘 길, 맨발의 아들… 무수한
하늘의 별에서 깨진 사금파리의 이미지를 보는 것은 아주 낯설지는
않다. 고 박재두 시인의 「별이 있어서」에 구현된 상상력의 전통을 찾아
볼 수 있다. 「별이 있어서」의 첫 수, "연줄 멕일 사금파리 찧고 빻은 가
루별이/ 서둘다 발이 걸려 하늘에 쏟은 별이" 구절을 생각나게 한다.
민병도 시인은 계승하고 거기에서 한 걸음 더 나아가고 있다. 민병도
시인은 기존의 모티프 위에 맨발의 아들을 걱정하는 부정을 덧입히

는 텍스트를 보여준다. 아버지가 떠나신 하늘길로 인하여 아버지와 아들은 저승과 이승이라는 분리된 세계에 속해 있다. 그러나 깨진 사금파리같이 무수한 밤하늘의 별들은 그 아버지와 아들을 연결해주는 대상이다. 그리움의 이름으로 별들은 돋아난다. 이승에 남은 아들은 결코 아버지에게 다가 가서는 안된다. 분리된 채 머물러야 한다. "따라오지 못하도록" 만드느라 아버지가 하늘길에 날카로운 사금파리를 뿌려두고 가셨기 때문이다. 부정의 존재 방식, 그 거룩함이 밤하늘의 별처럼 아름답게 반짝이게 만드는 텍스트이다. 중생에게는 그리움도 앓이 중의 하나이다. 떠난 이를 그리워하는 앓이란 생명체의 가장 아름다운 앓이의 모습일 터이다.

　서숙희 시인은 또한 지나가는 것과 가버리는 것들의 의미를 탐색하며 상호텍스트성을 구현해 보이기도 한다.

　　　세시리아 너는 떠나고 십년이나 지나고*
　　　그렇게 너는 가고 낮달처럼 너는 가고**
　　　간다는, 간다는 것은 속절없이 또 가고

　　　가버린 것들이 간 곳은 어디일까
　　　그때 핀 흰 깨꽃은 아직 지지 않았는데

　　　아득한, 아니 너무 환한
　　　그 이름
　　　그 세월

　　　* 이재행의 시 '만남'에서

** 박기섭의 시 '너는 가고 낮달처럼'에서
― 서숙희, 「가버린 것들은」 전문 (『나래시조』 2019 가을호)

이재행과 박기섭의 텍스트를 자신의 텍스트 속에 끌어들여 새 살을 입히며 그리움을 새로이 노래하는 방식을 찾고 있다. 그 많은 시인들이 노래한 "너는 떠나고"와 "너는 가고"를 넘어서 "가버린 것들의 간 곳"을 묻는다. 그러노라면 가버린 것들이 문득 새로운 육체를 통해 다시 등장함을 볼 수 있다. 떠나고 가버린 것들을 "그 이름" "그 세월"로 부르는 사이, "아득한"과 "너무 환한"이 서로 달려들어 엉겨가는 모습을 보게 된다. 그리움을 주제어로 삼아 앓는 중생의 모습이 "깨꽃"처럼 환하다.

　　그 그리움의 밀어들은 박명숙 시인의 텍스트에서도 다시 발견된다.

　　어쩌지요 이슬까진 배달할 수 없었으니
　　대동단결한 이슬들을 놓치고 말았으니
　　꽃들이 입에 물고 온 양식을 잃었으니
― 박명숙, 「꽃바구니와 이슬」 전문 (『문학청춘』 2019 가을호)

꽃이 이슬을 입에 물 듯, 중생은 그리움을 가슴에 묻고 앓고 있는 모양이다. 배달될 때엔 사라지고 말 꽃잎의 이슬처럼 오롯이 혼자 품고 안고 뒹굴어야 하는 것, 닿을 수 없는 것들만 향하여 그리움은 생겨난다. 중생이 앓을 수밖에 없는 또 하나의 까닭이 바로 그 그리움에 있을 것이다. 그리움도 그친 곳에서 이화우 시인은 새를 통해 자유를 노래한다.

낙산에, 낙산에 앉은 새 한 번 돼봤으면

지옥 혹은 더 깊이 생각이 내려가서

눈물 혹, 불어버리고 마른 울음 우는 새

가벼운 지붕들만 세상 끝 능선이다

허기는 잠영 뒤에, 둥, 둥, 뜨는 허파처럼

하나, 둘, 별 지우고 나면 눈 내리는 낙산에
　　　　　　　　 – 이화우, 「낙산공원」 전문 (『시조시학』 2019 가을호)

　새의 비상, 그 가벼움과 자유를 동경하지 않는다면 시인이 아니리
라. 새를 통해 자유를 노래한 시인 또한 무수히 많으리라. 그럼에도 불
구하고 이화우 시인이 노래하는 낙산의 새는 묘하게 새롭고 그래서 더
욱 자유로와 보인다. 시 전편을 감싸는 언어의 음악성이 텍스트를 자
유롭게 열어주는 구실을 한다.
　눈물 따위는 "혹 불어버리고" "마른 울음 우는" 새이므로 그의 새
는 고전적인 자유의 상징물이기를 멈춘다. 매우 현대적이며 도시적
인 새일 것이다. 전통적인 능선은 "가벼운 지붕들"로 대체되고 그 새
의 가벼움과 자유로움이 표현을 얻는 방식도 전혀 낯설기만 하다. "잠
영"과 "허기"가 등장하는가 하더니 마침내 "둥 둥 뜨는 허파"란다. 이
토록 앞서 가는 시인, 이화우 시인은 별조차 그의 영토에서 추방해 버

린다. "낙산에 낙산에 앉은"으로 시작하여 "눈 내리는 낙산에"로 매듭 짓는다. 그 마무리에 이르기까지 조금씩 이미지를 추동해 나가면서 한 개씩 전통의 낡은 상투성의 부스러기를 떨어뜨리고 간다. 마치도 헨젤 과 그레텔이 숲속으로 들어가면서 들고 온 빵을 부스러기 내어 흘리고 가는 듯하다. 그리하여 더욱 홀가분하게 자유로와지는 새의 형상을 구 현한다. 중생의 앓이가 궁극에 이른 곳이 그곳인가 한다, 눈 내리는 낙 산에서 가볍게 유영하는 새의 모습….

시조는 아니다

1. 시조는 자연스레 솟아나는 잉여적 감정의 방출이 아니다.

어떤 것의 본질을 정확하게 알기 어려울 때 그 어떤 것을 정의하는 것은 불가능하다. 명백하게 단정할 수는 없으나 대충이라도 규정해보려는 시도는 가능할 수 있다. 그림의 스케치처럼 엉성한 몇 개의 선으로 모양을 재현해 볼 수 있다. 이것 혹은 저것이 아니다라고 밝히는 것도 그 대상의 본질에 접근하는 하나의 방식일 수 있다. 어떤 것이 아닌지 규정해가다보면 그것의 정체가 어떤 것인지 역으로 알 수 있을 것이기 때문이다.

시조는 무엇이 아닐까? 우선 시조는 감정의 과잉 방출을 허용하는 장르가 아니다. 자연스럽게 솟아나는 감정을 여과 장치 없이 그대로 표출하는 것은 영국 낭만주의 시인들을 위한 것이다. 우리의 자유시 또한 그와 같은 흐름에 대해 관대하다. 허수경의 레몬의 한 구절을 보자. "레몬향이 거미줄처럼 엉킨 여름밤 속에서 사랑을 한다. 당신 보고 싶다" 레몬향, 여름밤, 사랑, 당신… 거미줄이라는 시어는 다소 거리가 있다 하더라도 나머지 시어들은 충분히 낭만적인 언어이며 과도한 감정의 방출에 적합한 수사어들 이다. 일반 독자들이 쉽게 삼킬 수 있겠다. 당의정같이 빚어진 텍스트로 보인다.

시조는 아니다. 그렇지 않다. 꼭 필요한 말만 골라 세 줄 속에 부린다. 그러므로 이미지가 선명하다. 하필 초, 중, 종장의 세 줄로 구성되는 형식이 시조인 까닭에 시상의 흐름도 차근차근 단계적이다. 도입, 전개, 그리고 반전과 종결이라는 내적 구조가 시조에는 담겨있다.

백이운 시인의 반하거나 홀리거나를 보자.

매미만한 바퀴벌레 벌렁 나자빠져 죽어 있다
살아서는 올려다볼 꿈도 못 꾼 푸른 하늘

한 번도 눈 맞추지 못한 그런 연(緣)도 있는 거다.
　　　　－ 백이운, 「반하거나 홀리거나 － 연(緣)」(『문학청춘』 2019년 겨울호)

백이운 시인은 시조 삼장의 배열에 있어서 새로움을 꾀하고 있다. 초, 중장과 종장 사이에 한 줄의 공간을 두고 있다. 이러한 새로운 배열은 시조단에서는 이미 보편화되고 있다. 초, 중, 종장을 묶어서 하나의 연으로 만드는 것이 고시조의 형식적 원형이었다는 근거조차 충분하지 않다. 그러한 상황에서 시인들이 의도에 가장 잘 부합하는 방식으로 시조의 형식적 변화를 모색하는 것은 극히 자연스러운 현상이라 할 것이다. 텍스트의 핵심은 종장에 놓인다. 한 번도 눈 맞추지 못한 그런 연… 바퀴벌레 한 마리에서 인연의 의미를 찾는다. 바퀴벌레 한 마리가 죽어있는 것을 시인이 본다. 그 주검이 시인으로 하여금 인연의 존재방식을 묵상하게 만든다. 바퀴벌레와 인연 사이에는 상당한 간극이 개재되어 있는 것으로 보인다. 바퀴벌레는 이른바 비체(abject)의 상징이 되기에 충분하다. 혐오스러운 대상이며 퇴치할 목적물이며 어쩌면 가장 거룩하기 힘든 존재의 등가물일 것이다. 반면 단순히 연으로 제시된 우주의 원리는 필경 인연의 다른 이름일 것이다. 가장 비루한 존재와 가장 초월적인 주제 사이에 하늘이 매개체로 존재해 있다. 살아서는 올려다볼 꿈도 못 꾼 푸른 하늘이 바퀴벌레가 죽어서야 대면하게 된 대상이다. 그 하늘이 시인으로 하여금 연의 의미를 질문하게 만든다. 바퀴벌레의 죽음을 그리는 방식은 바퀴벌레의 속성에 적합하게 구사된다. 과잉된 감정이 개입할 여지가 없다. 미화의 시도를 기획할 필요도 없다. 시인은 참으로 적절하고도 사실적으로 그린다. 벌렁 나자빠져 죽어있다고 재현한다. 벌렁 나자빠져 죽어서야 비로소 올려다 본 하늘이 거기 있다. 살아서는 꿈도 못 꾼 하늘을 비로소 마주 대한다. 삶이란 그런 것일 수도 있겠다. 아니 어쩌면 우리의 삶이 모두 그러하다고 시인은 이르고 있는 듯하다. 벌렁 나자빠져 죽은 다음에는 푸른 하늘을 대면하게 될 것인데 한사코 바닥을 응시하며 기어 다니는 존재로 인생을 그리고 있는 듯하다.

그처럼 핵심적인 이미지만 발라내고 잉여의 미사여구는 통째로 버려지는 곳에서 시조는 빚어진다. 시조 시인들의 책상에는 파지가 수북하리라. 잘라내고 버린 언어의 시체들이 즐비하리라. 김문억 시인이 11월의 의미를 추출해 낸 텍스트, 「달 11」도 그 좋은 예이다.

　　지는 달
　　뜨는 달

평생을 경영하고

아무리 셈을 해 봐도
도둑 맞은 것 같다

은박지
일회용 접시
하나 남은 빈 접시

– 김문억, 「달 11」 전문 (『좋은 시조』 2019 겨울호)

12월 동짓달만을 남겨둔 채 세모를 향해가는 달, 11월을 은박지 일회용 접시, 그것도 하나 남은 빈 접시라 이른다. "지는 달 뜨는 달" 구절에서 달이 지니는 의미의 이중성이 흥미롭게 텍스트에 드러난다. 달은 달(月, month, moi) 일수도 있겠고 달(月, moon, lune)일 수도 있겠다. 우리말의 달과 한자의 달은 두 의미를 함께 지닌다. 우리와 중국의 문화는 달에 기반을 둔 음력 문화권에 속하기 때문일 것이다. 일회용, 하나 남은, 도둑 맞은 것 같다. 모두 아울러 무엇인가가 비어있는 듯한 느낌, 시적 화자가 경험하는 공허감과 상실감 혹은 회한을 표현한다. 특히 은박지 일회용 접시로 드러나는 달의 이미지가 빼어나다. 해가 종종 황금에 비유되고 달이 은에 비유되어 온 것은 인류 보편의 문화 전통이다. 시인은 그 전통을 재미있게 비틀고 있다. 그리고 친숙한 일상의 사물로 추상화된 것을 대체하는 기량을 보여준다.

이화우 시인 또한 청미래덩굴의 생태를 관찰하여 인생을 청미래덩굴에 투영해본다.

더불어
사는 일을 내 일찍
알았다면

꽃 아니라 가시라도 피워낼 줄
알았겠다

도르르 움켜쥔 손을 펴 볼 줄도
알았겠다
　　　　　　　– 이화우, 「청미래덩굴」 전문 (『좋은 시조』 2019 겨울호)

　시인은 초장에서 이르고자 하는 바를 먼저 제시한 다음 중장과 종
장을 통해 그것을 확인하는 방식을 선택한다. 즉 청미래덩굴을 보면
서 시인은 삶의 의미를 묻고 답하지만 결론을 텍스트에 전면 배치하고
있다. 흔히 종장이 담당해 오던 종결이 초장에 이미 등장한 형국이다.
그러나 종장에서는 초장의 교훈을 한 번 더 반복하게 만든다. 그리하
여 초장과 종장이 상호 호응하는 수미쌍괄의 구조를 만들어내고 있다.
중장의 가시 또한 초장과 종장 사이에 적절한 연결의 지점으로 작동하
는 이미지이다. 중장에 나타난 청미래덩굴의 가시 이미지는 초장에 제
시된 의미의 전개이면서 동시에 종장을 위한 준비 역할을 적절히 맡고
있다.

　홀앗이 외딴집에
　부대밭 돌담불에
　웅당못 도랑가에
　하늬녘 까치밥에

싸락눈 싸락눈 치네
먼 옛날의 저녁답에
    — 박기섭, 「저녁답 싸락눈」(『좋은 시조』 2019 겨울호)

계절의 변화를 선명한 이미지로 그려낸 인은주 시인의 5월도 그런 맥락에서 새겨 읽을만하다. 레몬향으로 충만한 여름밤과 그 밤을 배경으로 삼은 사랑의 안타까움 등은 인은주 시인의 텍스트에는 드러나지 않는다.

개울에

갇혀있던 냄새를 건드렸나

미친 듯

고라니가 비탈로 달려간다

변색은

시작되었다

온 산이 출렁인다
    — 인은주, 「5월」 전문 (『시조시학』 2019 겨울호)

시인의 정직한 감수성에 포착된 것을 시인은 있는 그대로 그려낸다. 눈에 보이는 것을 세 줄에 압축하여 그려 넣었다, 그러나 독자는 그 간결한 스케치에서 삽시간에 번져가는 5월의 녹음을 발견한다. 그 변화는 산불만큼이나 강하고 엄청난 힘을 지닌 것임을 충분히 보여준다. 그토록 급작스럽고도 대단한 변화가 일어나고 있어서 고라니는 미친 듯 비탈로 달려간다. 마치도 산불을 피해 달아나는 짐승처럼 미친 듯 달려간다고 그린다. 그리고 그런 산불 같은 변화의 전개를 완성할 비밀을 초장에 던져둔다. 누군가가 무엇인가를 건드렸기에 변화는 일어나는 것일 터이다. 그것을 충분히 알고 있으면서도 시인은 짐짓 의아한 듯 고개를 갸우뚱거리는 모습을 연출한다. 그 변화가 냄새, 그것도 개울에 갇혀있던 냄새를 건드려서 생겼으리라는 시인의 상상력이 텍스트의 정점에 놓인다. 텍스트에는 봄의 냄새가 충만해 있다. 그러나 시인은 그 냄새에 구체성을 부여하기를 거부한다. 반드시 냄새가 아니어도 좋을 것이기 때문이다. 개울에 갇혀 있던 것이 날이 풀리자 풀려나왔을 뿐이다. 이를테면 갇혀있다 풀려 나온 것은 봄의 기운이며 생명의 힘일 터이다. 냄새란 가장 은밀하고도 미묘한 방식으로 그 기운을 표현해내는 장치일 뿐이다. 독자에게 여름의 냄새를 레몬향이라고 적시하지 않는 것이 시조시인의 특징이다. 설레는 5월의 산에서 사랑과 그리움의 흔적등을 소거해 버리는 것이 또한 시조 시인의 개성이다. 그러므로 시조는 잉여를 효과적으로 경계할 수 있는 것이다.

2. 시조는 바람과 달을 유희하는 장르가 아니다

음풍농월이라는 표현은 시조의 존재의미를 폄훼하고자 할 때 자주 동원되곤 하던 표현이다. 생각해보면 음풍농월 자체가 굳이 비판의 대상이 되어야 하는지도 의문이다. 고시조에 등장하는 바람과 달이 과연 당대 인물들의 삶과 유리된 시적 소재이었는지도 다시 생각해보아야 한다. 시조에 대한 그러한 편견과는 무관한 곳에 현대시조가 있다. 현대시조 텍스트들은 한결같이 구체성이 결여된 묘사나 재현을 배척한다. 시조는 하릴없이 바람과 달을 유희하는 장르가 아니다. 시조 시인들은 우리 삶과 유리된 것들을 끌어들여 아름답다고 찬미하지 않는다. 삶과는 무관한 것들과 유희하는 장르가 아니다. 오히려 시조 시인들은 가장 구체적이고 설득력 강한 삶의 요소들을 질료로 삼는다. 그 소재들이 불러들이는 이미지를 간추리면서 그 속에서 우리 삶의 의미를 묻고 답하는 문학 장르가 시조이다. 홍성운 시인의 텍스트에 드러나는 누님의 삶, 그 구체성을 먼저 살펴보자.

백두대간 휘돌아 내려 상주시 외남면에
새둥지 햇살을 품는 소상마을 나앉았다
이 마을 터를 일구며
누님이 살고 있다

집은 오십여 호, 층층이 논다랑이
곶감마을 이름만치 감나무가 지천이고
한차례 소나기 같은
복사꽃도 한창이다

4월 끝자락엔 가마솥에 불 지핀다
쑥이나 머위잎, 두릅이나 가죽나무

풋풋한 산나물 내음
집집이 새나온다

갓 짜낸 들깨기름, 쑥 인절미 한 입 물면
산골에 왜 사냐고 누가 물을까만
내 누님 요즘 시에는
쑥 향이 솔솔 난다
　　　　　－ 홍성운, 「누님의 쑥」 전문 (『시조시학』 2019 가을호)

　홍성운 시인이 섬세하게 묘사하는 물상들, 쑥, 머위잎, 두릅, 가죽
나무등을 보라. 문명 속에서 자꾸만 설 자리를 잃고 우리의 기억 속에
서 멀어지고 있는 것들을 홍성운 시인은 불러들인다. 시인은 시각적인
것들을 나열하면서 후각적 요소들을 거기 결부시킨다. 풋풋한 산나물
내음, 들깨 기름, 쑥 향… 그 뒤에 드러나지 않게 스며있는 것이 누님
의 생애이다. 복사꽃처럼 곱고 눈부시다가 산나물 내음처럼 풋풋하다
가 쑥 향처럼 신선한 삶이 동도렷이 떠오른다. 법정 스님의 수필집과
함께 짝을 이룰만한 텍스트를 홍성운 시인은 보여준다.
　홍성운 시인의 텍스트와 함께 배인숙 시인이 되새김질하는 삶의 철
학을 살펴보자.

눈치없이 내리는 비
어르고 달래가며

육십갑자 한 바퀴에
무릎 관절 삐걱댄다

예당호 다리를 건너듯
나 그렇게 출렁댄다

하늘을 이고 앉은
호수빛에 마음 열고

까치놀 등 굽은 솔
그 향기에 취해가며

안간힘 부리지 말고
흔들흔들 건너야지

           – 배인숙, 「출렁 나이」 전문 (『열린시학』 2019 겨울호)

육십 갑자의 삶에서 시인이 찾아낸 깨달음은 출렁다리의 상징을 통해 매우 구체적이고 적확하게 드러난다. 늘어난 흰머리를 두고 흘러가 버린 세월을 탓하며 인생무상을 노래하는 것은 극복되어야 할 상투성이다. 시조 시인들은 오래된 전통의 형식인 시조 형식은 간직하면서 그 안에 참으로 새롭고 구체적인 새로운 삶의 전망을 부려놓는다. 3, 4 음절 위주로 이루어지는 우리말의 자연스러운 가락은 그래도 유지하면서도 내용에 있어서는 전통적 인생관과 결별한다. 흔들흔들이라는 의태어에 압축된 유연한 삶의 자세가 쉽고도 재미있게 독자에게 전달된다. 유연하게 출렁다리를 건너가려는 자세가 구체적으로 텍스트에 담겨있다. 육십 이후의 삶, 그 발견이 값지다. 두 마리아 시인의 그려내는 이발사의 삶도 구체적이고 사실적이며 또한 긍정적이다.

삼색 등 뱅뱅 도는 변두리 뒷골목
머리빗 위에서 가위가 춤을 춘다
흰 가운 은발의 이발사 마술이 시작 된다

포마드에 미끄러지는 이 대 팔 가르마
순간 이동한 듯 십년이 뒤로 간다
거울 속 두 동년배가 너털 웃음 날린다

마누라 앞세우고 다잡아 키운 삼 남매
대학 간판 달았으니 대성 인생 아니냐며
간판이 칠을 벗어도 대성은 대성 이란다
　　　　　　－ 두 마리아, 「대성 이발소」 전문 (『열린시학』 2019 겨울호)

　　이발소의 이름인 대성의 의미를 이리저리 디루면서 시인은 말과 삶
의 연분을 강조한다. 삼색등, 변두리, 뒷골목, 포마드, 이 대 팔 가르
마, 거울 속 두 동년 배… 한결같이 정확하고도 구체적으로 노동자의
삶을 재현하는데 동원된 시어들이다. 대성이 달리 대성이냐고 이발사
는 웃으며 묻고 있다. 탐욕 대신 필요가 삶을 추동하는 곳에서 대성은
쉽게 발견된다. 소박한 기원이 이루어진 곳에서 대성은 또 그처럼 자
연스럽게 드러날 것이다. 시조는 매우 구체적이다. 리얼리즘 시학이라
는 이름에 걸 맞는 장르이다. 정용국 시인의 텍스트 또한 그러한 맥락
에서 새겨 읽어야 할 텍스트이다.

　　솔안골 된 산비얄 갑성이네 기장밭엔
　　속 깊고 바지런한 우렁각시 사나보다

이삭 핀 밭고랑 사이 살뜰하게 거뒀네

유복자 막내아들 집안 기둥 되라고
으뜸 갑 이룰 성에 갑성이라 지었는데
출세는 뒷전에 두고 고된 땅만 살폈다

남들은 마다하는 유기농사 짓는다고
이순을 훌쩍 넘긴 친구 손은 거칠어도
갑성아 무거운 이름 네가 지켜냈구나
　　　　　　　　　　 － 정용국, 「갑성甲成이네 기장밭—동두천」 전문
　　　　　　　　　　　　　　　　　（『나래시조』 2019 가을호）

　　대성이든 갑성이든 많이 이루라는 기원의 표현으로 등장하는 이름일 터이다. 갑성이라면 으뜸가는 성취일 터인데 살뜰하게 가꾼 기장밭의 풍경은 갑성이라는 말의 의미에 그대로 들어맞는다. 세태의 변화에는 무심한 듯 주어진 일을 천직으로 여기며 살아가는 소박한 삶을 시조 시인들이 그린다. 다시 한 번 매우 구체적으로, 적확하게 그 삶을 재현한다. 레몬 향기도 바람도 달도 물러선 곳, 이 땅에서 오늘을 살아가는 사람들의 가장 구체적인 삶의 모습들이 시조 텍스트에 있다. 그러므로 시조는 음풍농월의 장르가 아니다.

　　김영란 시인은 보말이라는 이름의 제주 고둥을 시적 질료로 취한다. 시인은 이 땅에 살아있는 생물들의 존재 양상을 살피고 기록하는 생물학자이며 그 이름의 기원을 찾고 보존하는 언어학자 혹은 고고학자의 역할을 감당하고 있다.

코토드레기 문다두리 메홍이 먹보말 뎅겡이 수두리 거들레기 깅이보말

들어는 보았는가, 먹어는 보았는가? 갸우퉁 하지 말게 이게 다 보말 이름이네 자네들 귀에는 외국말로 들릴 걸세 제주에선 고둥을 보말이라 하거든. 보말이야 봄알이야 되묻고 싶어지지? 상상력 풍부한 그대 봄알로 알아 듣네 그려. 그 말도 그럴싸한 게 조간대 사타구니에 다닥다닥 알을 슬거든 떠스한 봄날 성씨 다른 아이들 꼬물꼬물 젖을 빨며 안겨 있을 테니까. 그 녀석들 싸잡아 보말이라 그러거든 입안에서 보말보말 두 번만 굴려보게 보말보말 하다가 봄알봄알 될 걸세

아마도, 보말이란 말, 봄 알에서 왔나 봐

− 김영란, 「다산(多産)의 봄」 전문
(『우리 시대 현대 시조선 133: 몸파는 여자』 고요아침)

시인이 자신이 삶에 가장 근접해 있는 대상을 아끼고 사랑하는 방식이란 이처럼 그 역사에 귀 기울이고 그의 이야기를 채록해 기록으로 남기는 것일 터이다. 보말의 자서전을 대신 써 주면서 시인은 보말의 존재 의미를 증폭시킨다. 보말에 봄알이 추동하는 상상력의 옷을 입혀 주고 있다. 김영란 시인의 손길을 통해 보말은 봄알로 다시 태어나게 되었다.

윤경희 시인은 스마트폰이 시대의 우상이 되어버린 현실을 매우 구체적이고 사실적으로 그려낸다.

말은 금물이다, 전철 안엔 숨소리뿐
우상처럼 떠받든 폰 씨와의 속삭임

영원한 사랑은 없다고 오래 가지 않는다고

그것은 거짓말 저리 불타는 사랑인데
태연히 매만지는 중독의 애정행각
그것도 모자랐는지 끝도 없는 눈 맞춤이다

둘 만의 열렬한 교감 이젠 뗄 수가 없어
애타게 숭배하며 노예가 되어간다
희열에 가득 찬 얼굴 내릴 곳도 잊은 채,
   - 윤경희, 「스마트 폰 씨와의 이중생활」 전문 (『시조시학』 2019 겨울호)

스마트폰이 없이는 불안함을 느끼는 우리 시대 사람들은 대부분 중독된 자들이다. 지나치게 깊이 빠져서 조절할 수 없는 상태를 중독이라고 본다니 우리 모두 그러하다. 스마트폰을 숭배의 대상으로 삼아 스스로 노예의 삶을 자원하는 것이 현대인들의 모습이다. 윤경희 시인은 그 모습을 불륜의 사랑이라는 은유를 통해 다시 해석한다. 집단적 이중생활의 장면을 매우 사실적으로 포착하여 텍스트에 부렸다. 시조가 우리 삶과 유리된 채 옛 것에 집착하는 사람들의 장르일까? 그렇지 않다. 시조는 그런 장르가 아니다.

3. 시조는 고답적이고 폐쇄적인 장르가 아니다.

고시조는 기본적으로는 양반 엘리트들의 노래 방식이었다. 그러므로 시조의 기원이 유교 사상을 기반으로 하는 선비 정신에 놓여 있다는 것은 부인할 이유가 없다. 그러나 현대시조는 기원에 집착하거나 전통의 권위에 억압되어 있는 장르가 아니다. 시조 시인들은 우리말의 자연스러운 리듬을 음악적으로 잘 살리는 시조 장르의 형식을 차용할 뿐이다. 그 장치 속에 매우 발랄하고 생기 넘치는 새로운 사유와 상상력을 부린다. 과감하게 에로티시즘의 텍스트를 실험하기도 한다. 박옥위 시인의 「아마도(我摩島)」를 보자.

뉘 게나 주어진 꿈 진실하게 닦고 싶은 그리움이 섬이란 걸 그대 혹 아시는가 한생의 푸른 바다에 부침하는 외로운 섬

아마도, 그런 섬일까 인생의 부표처럼 어디까지 흐를지 알 수 없는 고독한 섬 스스로 갈고 닦으며 빛나는 환상의 섬

아마도, 그래야지 소담스런 사랑으로 도타운 믿음의 섬에 새 깃발을 올리며 오늘도 새 길을 연다 내 마음의 섬을 향해!

* 아마도 (我摩島): 내 상상 속 그리운 섬에 뜨는 나의 푸른 섬.
  — 박옥위, 「아마도(我摩島)」 전문 (『문학청춘』 2019년 겨울호)

박옥위 시인은 상상 속의 섬 한 채를 텍스트에 구현한다. 그리하여 그 섬을 통해 자신이 지향하는 삶의 철학을 형상화한다. 섬을 노래하고 있으므로 고독의 심상이 텍스트의 전면에 놓인다. 그러나 시인은 그 섬이 고독하기만 한 것이 아니라고 번복한다. 스스로 갈고 닦으며 빛나는 환상의 섬이라 고쳐 부른다. 그리하여 시적 화자의 확고한 신념과 강한 자존감이 투영되는 대상으로 섬은 다시 등장한다. 새

깃발을 올리고 새 길을 여는 자신감이 이를 뒷받침한다. 그리하여 강한 삶의 긍정이 종장에 드러나게 된다. 그 섬의 이름이 하필이면 아마도이다. 우리의 언어 생활에서 그다지 낯설지 않은 말, 아마도. 내포가 단순했던 한마디 말을 시인은 발견한다. 그리고 거기 새로운 의미의 옷을 덧입힌다. 중장과 종장의 서두를 여는 말이 아마도이다. 아마도… 아마도, 하고 따라 읽으며 독자는 시인이 창조한 상상의 섬을 향해 함께 바다 물결을 저어가고 싶어질 것이다.

21세기 시조 동인이 동인시집 11집 『이명』을 발간했다. 에로티시즘 시 특집을 꾸몄다. 그 기획을 통해 성적 욕망을 소재로 삼는 다양하고도 개성 넘치는 텍스트들을 선보였다. 과거의 시적 전통에 얽매여 사는 고답적인 사람들이 시조 시인이라고 아직도 오해하는 독자가 있다면 반드시 읽어보아야 할 텍스트들이다. 조성문 시인의 「개불 군 전복양」과 김남규 시인의 「밤의 일」을 먼저 읽어보기로 한다.

날씨마저
♂나게 좋네

허♀나게
좋네 좋아

꼭, 차마
생긴 게, 꼭

어찌 그리
잘 어울린당가

어시장 빨간 수조 통에 몸 푸네, 첫날처럼

- 조성문, 「밤의 일」 전문

한편으로는 변강쇠타령의 전통을 이어받듯 노골적인 성적 은유를 과감하게 구사한다. 그러나 그 작업은 다른 한편으로는 매우 현대적 이고 전위적인 시적 실험에 해당한다. 저자 거리를 떠도는 민중 언어, 비어, 속어를 골라 모아 정형시의 형식 속에 적절히 배치하면서 조성 문 시인은 이모티콘이 시의 영역을 침입하는 현장을 생중계하고 있다. 컴퓨터와 스마트폰등의 기구를 통하여 광범하게 유통되고 있는 다양 한 부호들이 어쩔 수 없이 신성한 모국어의 경계를 파괴하고 있는 현 실이다. 시인은 그런 현실의 상황에 민감하게 반응하면서 허용 가능한 범위의 협상을 통하여 시어의 영역을 새롭게 가늠해보고 있다. 부호들 을 어떻게 읽을 것인지는 독자의 몫이다. 낭송을 불가능하게 만드는 텍스트이며 언어의 본질에 대해 의문을 제기하는 텍스트이기도 하다. 프랑스 문학이론가들이 씌어진 글(écriture)은 말하는 것(parole) 보다 열등한 것이라고 보았지만 조성문 시인은 시각이 절대적인 역할을 맡 게 될 문학 텍스트를 생산함으로써 그 말과 글의 위계 질서에도 도전 하고 있다. 시각적 텍스트의 시는 말라르메(Malarme) 등의 상징주의 자가 선구자였고 우리 문화에서는 이상이 그 선봉에 섰었다. 가장 전 통적이어서 고루하리라고 생각되는 장르인 시조의 형식 속에 조성문 시인은 최전위의 실험시를 시도하고 있는 것이다. 보통의 교양인이라 면 외면하고자 하는 것들을 집요하게 노려보고 있는 시인의 모습을 상 상해보자. 원초적인 생명력의 근원인 성적인 에너지를 시조 운율 속에 그렇게 다스리는 솜씨는 오랜 공력 없이는 불가능할 것이다.

　김남규 시인은 에로스를 매개로 한 타자와의 연결, 그 가능성과 불가능성을 탐색하는 텍스트를 보여준다.

> 잠자리를 나누는 일
> 서로의 방을 지키는 일
>
> 얼마나 깊이 안아야
> 당신을 가질 수 있나
>
> 당신을
> 미워할 것이네
> 발가벗은 마음으로
>
> 가슴에 가슴이 닿으면
> 위로될 줄 알았으나
>
> 찌르는 일 가두는 일
> 무난하게 섞이는 일
>
> 서로를
> 함부로 탐하네
> 각자 알아서
> 쏟아지네
>
> 　　　　　　　　　　　　　　－ 김남규, 「밤의 일」 전문

공유이다가 분리이다가 나누는 일이다가 지키는 일이다가 발가벗은 것은 마음이다가… 그의 시어들은 꼬리에 꼬리를 물고 이어지면서 미끄러지기를 반복한다. 나누는 일이 곧 지키는 일이 되고 발가벗은 마음을 기대하기 전에 미워한다는 선언이 전제된다. 가슴에 가슴이 닿는 장면에서는 소통과 위무의 이미지를 연상할 것인데 독자는 "위로될 줄 알았으나"에서 배신당한다. 탐하는 것은 함부로 탐하는 것이니 깊이 안거나 가지는 것에 이르기가 불가능하다는 것을 암시한다. 찌르고 가두고 섞이고… 그러나 결국 쏟아질 때에는 각자 알아서 쏟아진다. 잠자리를 나누는 일로 텍스트는 시작된다. 서두에서 제시되었던 소통과 융합의 기대는 끝내는 무산될 운명의 것이었음이 명백하다. "각자 알아서 쏟아지네"에서 보듯이. 천상천하 유아독존의 단독자, 그 운명적 고독에서 벗어나려는 벌거벗은 몸부림으로 관계는 움트고 자라나고 뒤틀리기도 하고 폐기되기도 한다. 그 운명의 한계를 벗어나 보려는 몸부림들이 우리의 삶을 이루고 또 새로운 삶은 그런 움직임의 결과물로 태동된다. 영화 《안드레아의 라인》의 한 장면이 떠오른다. 달이 둥실 떠 오른 밤, 층층마다 삶들이 이루어내는 밤의 일들을 카메라가 한 층 한 층 올라가며 비추어주던 장면이 생각난다. 밤이면 지구 곳곳에서 밤의 일이 이루어진다. 살아있는 생명이 살아있음을 증명하고 확인하는 일, 한계를 알면서도 끝없이 거부해보는 일, 거부해보지만 결국 다시 수긍할 수 밖에 없는 일, 수긍하였으나 다시 시도하는 일… 그 모순을 살아가는 일이 삶인가 보다. 김남규 시인은 그 모순의 틈새를 현미경같은 눈으로 관찰하여 미세한 세포의 언어로 그려낸다.